1

陳景容〈散步的老人〉2009 年，油畫，146cm×98cm

陳景容〈海邊的騎士〉1986 年，油畫，201.5cmx282.5cm

陳趙月英〈母雞〉1994 年，水彩，32cm×27cm

陳景容〈裸女與騎士雕像〉1999 年，油畫，228cm×162cm

曾獲 1999 年法國藝術家沙龍銀牌獎。

陳景容〈教堂與騎士雕像〉1994 年，油畫，194cm×130cm

曾獲 1988 年法國藝術家沙龍銅牌獎。

陳景容〈聖家畫〉2003 年，馬賽克嵌畫，270cm×190cm

陳景容〈黃昏〉1994 年，油畫，190cm×270cm

陳景容〈十年樹人，百年樹木〉1988 年，油畫，810cm×1260cm

陳景容〈醫身醫心，視病猶親〉（局部），馬賽克嵌畫

陳景容〈樂滿人間〉1987 年，濕壁畫，220cm×940cm

寧靜的世界

陳景容 著

三民書局

再版序

自從二〇〇三年由三民書局出版了我的散文集《靜寂與哀愁》，算來已經是十八年前的事了，時間過得飛快，這期間我也出版了很多本書，例如：繪畫技法的參考書和我到世界各地寫生的遊記，此外，也寫了一些散文。

通常我每天大約作畫八小時，我的創作大都是以表現內心世界為主。近年來，常一面在音樂廳裡聆聽音樂時，一面作畫。另外，由於我在巴黎的盧森堡公園附近有一間畫室，除了創作之外，也常在公園散步、喝咖啡，順便也畫了不少張喝咖啡的人，以及巴黎的乞丐的畫作。有時候，在咖啡廳裡，我就順手寫了一些心裡感受的小品文和一些回憶。

如今因疫情回到臺灣，較多時間待在家裡，有機會整理以前寫過的文章，幸蒙三民書局的同意，才有機會將散文集重新集結出版。

由於我在二〇二一年的佛光山佛陀紀念館舉行個展，主題即為「寧靜的世界」，我想我的這本散文集《寧靜的世界》因為增加了不少篇文章，有別於《靜寂與哀愁》，於是想把書名改成「寧靜的世界」也不錯！至於封面的畫作，也曾經被沙龍（Salon）「ILE DE FRANCE」作為海報的主視覺，意境也頗符合這本書的內容。

陳景容〈畫室的模特兒 (I)〉1997 年，油畫

曾獲 2000 年法國藝術家沙龍榮譽獎。

自序

陳景容

一九七八年，東大圖書公司（三民書局）出版了一套《滄海叢刊》，當時我的《繪畫隨筆》也是其中之一，主要內容是我利用作畫之後的閒暇時間，所寫的散文，或者應報社、雜誌、校刊的邀請，陸陸續續所寫的一些有關繪畫的心得、回顧或評論。自從該書出版之後，幾年來這類文章又累積了一大抽屜，最近打算加以整理集結出版，以免散佚。剛好三民書局又欣然同意出版，可說是一種巧合。

我的繪畫作品特質，帶有一點靜寂與哀愁的氣氛，由於這緣故，新文集經過長久的考慮才把書名定為「靜寂與哀愁」。我想這本文集若以散文為主，更為合適，可是為了延續三十年前的《繪畫隨筆》的風格，因此內容顯得較為多樣。

大致來說，畫家在創作時把自己心裡的感受藉由色彩、造型，表現在畫面上，可是有些情形光用繪畫方式是不易表達的，只好訴諸文字作更完美的表現。其實繪畫的特質，是來自視覺的要素較多，而心裡的感受有絕大部分還是要使用文字，例如：詩、散文、戲劇才更為合適，因此除了繪畫，我也常寫寫散文，以補繪畫表現之不足，而從小我就喜歡繪畫，同時也常寫作，尤其當心情煩悶，或是完成大幅作品之後。

白天，我一向勤於作畫，直到深夜就寢之前，常因作畫時過分集中精神，以致不易入眠，也由於一向很喜歡閱讀，上床之後，常在床上念些文學書籍，以便讓繃緊的神經鬆懈下來。有此習慣，床頭除了常放些中、外書籍之外，尤其有不少日文翻譯的世界名著，每天在床上大約閱讀一兩個小時之後才睡覺，久而久之成為我生活的一部分。尤其住在巴黎時，朋友較少，那段閱讀的時刻似乎是和朋友對話，覺得無限快樂，也是辛苦工作了一天之後唯一的享受。

我也希望這本書能放在讀者床頭，隨興翻翻看，藉此也多少能瞭解畫家創作時的心境，像朋友般和你對話，若能給你的生活帶來一絲喜悅，則幸甚。

二〇〇三年一月一日記

陳景容〈珍重再見〉1995 年，油畫

我父親去世時，為了紀念他所畫的。

寧靜的世界 目次

輯二

後記

輯一

彰化——陪伴我心靈成長的故鄉

彰化是我的故鄉，一直至今留給我很多美好的回憶。

一九三四年，我出生於彰化市，父親是第一公學校（今中山國小）的老師，日治時期曾經在這所學校當過老師的臺灣人，大約只有六、七位，其中有一位同事名叫鄭安，應是彰化最早的油畫家，由此可見臺灣人在小學任教，十分不容易。

一九三五年，中部有后里大地震，後來母親說：「待在房子裡太危險了。」只好在絲瓜棚下露宿，當我開始有記憶的一件事，便是父親請鄭安到家裡畫祖父的肖像，大家怕我會吵，不讓我去看畫家揮筆作畫，可是我偏偏要看到底怎麼能夠在白畫布上畫出祖父的畫像。另外我還記得在鄰居桌子上，看到一個會轉動的黑膠唱盤，居然會流出美妙的旋律，十分好奇。這兩件事對我來說是一場「藝術」的開眼。

我在大約三歲時和鄰居的小孩爭吵，從樓梯跌了下來，醫治很久，以致額頭上留下一道大約七公分長的傷痕。後來小學三年級時，在水槽上洗完頭髮，說是要學傘兵跳下去，就往上一衝，撞上橫樑，又在額頭留下橫寬五公分長的傷痕，這兩道傷痕看來就像十字架的「聖痕」，理光頭的學生時代綽號便叫 Plus（加號）。

六歲時搬到古月園（現在水池已埋掉，建了一排房子，位置在彰化藝術館對面），旁邊有一個大庭園的古屋，右邊有大榕樹，樹上養了一隻大猿猴，院子裡有蛇、小鳥，門口的小水溝我曾經看到被大水沖下來載浮載沉的烏龜，也和父親的學生到公園捉蟬，讓我知道這世界還有這麼多動物。古屋左側就是古月園的水池，祖母曾經和她的菜姑仔（吃素的）談天時提到，水池旁邊有一棵樹，夜裡水鬼穿著紅色的游泳褲，準備捉替死鬼，一聽到有人聲便噗通就跳下水，拉人的腳作替身。哦！原來，人、動物之外還有鬼神之類的神祕世界。

後來這座古屋，為了建造現在的孔門路，便被拆除，只好搬到總爺街，開始和鄰居小孩子們，坐在榕樹下聽大人講故事。

當我上小學時，父親轉到無盡會社（今中小企業銀行）任職，同時也分配了一棟有院子的日式宿舍，這是座落於隔著陳陵路，就是古月園的長興街上。

從這宿舍的窗邊可以看到翠綠的八卦山和辜家陵園的紅色圍牆，早晨看日出，夜晚欣賞滿天的星斗和月亮，開始體會到大自然的變化。

令我回憶的是：有一次，我的圖畫作品被張貼在教室的公布欄上，好不得意！從學校操場可以看到右手邊是翠綠的八卦山，從山麓有石階，可到達一座精緻的別墅。我還記得父親帶我們造訪過這座「別墅」，院子裡的水池邊還有一尊石造的狸貓、洋房裡的木地板、吊燈，令人覺得彷彿走進另一個「西洋世界」。

這時我也開始翻閱父親書櫃裡的藏書，如日本文學全集、世界文學全集和世界美術全集，尤其特別欣賞印象派和象徵主義的作品。

第二次世界大戰末期美軍開始來空襲，即使如此，我們一早都要到紅毛井附近拾取蝸牛，那時物資缺乏只好吃炒蝸牛肉，經過紅毛井時也順便在井邊俯瞰深藍色井水，裡頭有紅色藻類在青翠的水裡一搖一擺，十分好看。還有辜家陵墓的石刻也十分精緻，在在都影響我往後進入「美的世界」。

此後，經過一陣激烈的空襲，只好疏散到口莊，大約住了半年，又搬回彰化。

這時辜家陵園前的廣場，有一隊從東北撤到臺灣的騎兵，很難得看到這麼多的駿馬，對往後我多畫以「馬」為題材的作品，應有所關聯。

我在小學五年級便以同等學歷，以第四名的成績考上彰化中學，校長是以辦學嚴格聞名的翁慨，在當時和新竹中學、臺南一中，並稱臺灣三大名校，初中招生六班，到高中畢業時只剩下三班，可惜並不注重美術，以致學校連一尊石膏像都沒有。

考上彰中之後，上學時要經過日治時期的公會堂（即後來的中山堂，現在的藝術館），右手邊有一片高大的大王椰子樹，走不多遠左手邊有日本神社，再走幾步右邊是小小的池塘和一座小涼亭，如今都已改建為文化局、縣議會了。當我念小學時，常在這池邊捉蜻蜓、灌蟋蟀，再往前走就有白色水泥路，轉個大彎通往八卦山頂。每天早晨上學時，常有濃霧籠罩著樹木，似乎走在雲端裡，十分奇妙。

到了初三獲選為班上的繪畫高手，不用上體育、音樂課，特別留在教室畫水彩畫，為的是在校慶時多展幾幅我的作品，以便提升繪畫部門的水準，有此特殊經驗，對美術也萌起濃厚的興致。

當我考上彰化中學的高中部，舉家搬到水里經營西藥房以便改善家裡的經濟，我孤單地留在彰化，寄宿在大姑丈家裡，剛好是在呂世明家的對面，晚上菜園上有不少螢火蟲飛來飛去，似乎走進淡藍色光的世界，整個人像是漂浮在銀河的繁星裡，十分奇妙。

在大姑丈家住了半年，便搬到彰中的學生宿舍，每天早晨就一面念書一面徘徊在八卦山上。晚自修尤其美妙，我們的教室，還是日治時期留下來的舊教室，有一道很長有連續拱門的走廊，月光下，拱門的黑影映在灰白色的走道上。四周又是黑色的樹木、草叢，同樣的走廊，和光天化日的白天，真是兩種不同的世界，後來看到奇里柯（Giorgio de Chirico, 1888～

1978）超現實的作品，才恍然大悟，這就是一種形而上的意境，多少也影響我在七〇年代的繪畫風格。

記得有一個週末的晚上，不知何故一個人到八卦山散步，灰白色的水泥路上，配上路邊黝黝的樹影，整座山靜悄悄的，只有我一個人，令人覺得些微恐懼，一陣寒風從太子樓仔（應是太極亭）吹上來更覺得不寒而慄。樹枝像怪人般搖著雙手擋在路邊，心想：男子漢，既然來了怎麼能退縮回去！只好壯壯膽子勇往直前，走不多遠月亮出來了，白色的道路上，投下黑色的樹影，像是走進水墨畫的世界，涼風吹來路上的樹影也跟著擺動，像在作夢般，在這富有詩意的世界，不知走了多久。

像這樣的生活過了三年，終於考上師大藝術系，之後留學，當師大美術系教授（系名於1967年改為美術系），巴黎也有一個工作室，如今已是八十歲了。回想六十年前在彰化的那一段浪漫的青少年生活，對我來說無形中孕育了我的內心世界，也影響我的繪畫創作。我想為了回饋影響我至深的彰化，只有留下一些好的作品，以紀念那一段美好的生活。除此之外，還有不少值得懷念的同窗好友，這一切都讓我銘記於心，永遠難忘！

二〇一五年三月一日寫於翡冷翠

回憶中的母校——彰中

我在民國四十一年畢業於彰中（彰化高中），屈指算來已是四十七年前的事了。早先因為還有同學在母校服務，回去過幾次；一直到五、六年前，才再度回到母校，覺得變了許多，這些校區的變化，讓人覺得像是到了一個陌生的地方。

回想民國三十六年的時候，我從彰化的中山國小五年級考上彰中初中部以後（早期的國小是有聯考制度的，而我是跳級生），一直到高中畢業之間，教室大致沿用日治時期的「小學校」規模。在校的六年期間，除了運動場旁邊蓋了一排簡陋的教室之外，沒有多大的改變；優美的環境，至今給我留下深刻的印象。

當時，從家裡到學校時，都要經過古月園和公園。在白茫茫的晨霧中，首先是一排大王椰子樹和綠油油的八卦山映入眼簾，令人神清氣爽，睡意全消；接著又看到造型優美的水池、亭榭、半月形的小橋和戲院；走出公園後，接上公路，兩旁都是菜圃，看那早起的農夫忙碌的穿梭在其中，也頗有詩意。走過一個大彎路後，左手邊就有呂世明先生豪華的別墅，白屋、綠樹，在當時的彰化是頗為少見的西洋式建築物。再走一段路，有座造型優美的橋，半月形的橋洞下，有清澈的流水；走過橋，左邊有一條通往彰商（彰化高商）的道路，直走就到彰中。

一走進校門，兩側是鳳凰木，夏天開著朱紅色的花。轉彎處有一堵專為名書法家王麗水老師，設置書寫名人語錄的水泥造石碑。早上怕遲到時，就把書包放在樹下，趕緊跑到運動場參加升旗，否則因遲到而被記名字可不是好玩的事。

走正門時，可以看到有日本風味的小院子，右手邊的辦公室是校長室，左手邊經過辦公室，就有高中部的教室。當我高二時，住在宿舍，晚上便到教室做功課，夜晚的教室和白天的印象截然不同，多了一份神祕之感，彷彿進入另一個世界；尤其是下課熄燈之後，月光下的走廊，那一排拱門所投下的陰影和蒼白的月光，成為美妙的對比。一如奇里柯的「形而上繪畫」，帶有超現實主義的幻境。這月下走廊的拱門給了我很深刻的印象，後來我成了畫家，這場景仍然潛意識的出現著，反映在我的作品上。

從國小五年級以第四名考上彰中後，往後的在校成績便一直滑落；讀高二那年，還補考過代數，但是補考的成績也仍不足以過關，所以只能以「隨班附讀」的資格跟著同學升上高三。幸而經過一年的埋頭苦讀之後，終於考上了師大的藝術系，如今也是師大美術系的教授。

當年的彰中是個升學率很高的明星學校，學校裡有很多作育英才的好老師，同學們也相處得很融洽，彼此有著深厚的情誼，至今也都還保持著聯繫。

為什麼我在彰中的成績會一直的滑落，檢討起來，是由於在升上高中部之後，過分的熱衷於看小說、畫畫和運動的關係。因為我們第五屆的同學，除了功課好、升學率高之外，體育運動的表現也很出色，尤其是以足球稱霸，一直都不曾敗給別的學校，可說是名將如雲，打的是區域防守，進攻法。回想起來當年的戰術雖然十分的幼稚，但要成為正式的足球校隊卻不容易，雖然我也經常的努力練習，但仍是個候補球員，只上場和彰商比賽過兩次而已，可說是乏善可陳，但我還是以身為足球校隊為榮。

上次回母校時，最讓我失望的是運動場變小了，小得簡直就無法讓同學們踢足球。仔細一看，原來是升旗臺前立有蔣公銅像，既然有偉人銅像在場，跑道當然就要讓賢退縮，足球場也跟著縮小很多。我想為了安全起見，還是把蔣公銅像遷移到一進校門的正中央位置才好。足球場、跑道也要儘可能的恢復到我們那黃金時代的位置才更恰當。如果當今的校長，願意花心思把足球場的規模恢復往昔的面貌，對我們這一群老學長而言，實在是一大德政；當然，我們更希望彰中的足球隊永遠的威風凜凜，是「從來沒有吃過敗仗的」。

提起足球，就讓我想起當年踢右輔王明雄的盤球過人，左翼李瑞茂的切入勁射，後衛如

「牛」的張漢東；以及有一次，在踢完球後，高再傳和我兩個人，一起坐在樹下吃完一個西瓜的甜蜜往事；這些足球好漢的當年勇，好像是發生在昨日一樣，記憶猶新的呈現在眼前，令人回味無窮。

除了在足球場上的叱吒風雲令人懷念之外，也有很多值得回憶的趣事發生在我們這一群人當中：例如我們班上的一個黃同學寫給彰女（彰化女中）同學的情書，被那個女生公布在火車站前的電線桿上；還有自治會的黃理事長，每天傍晚就到我家鄰居的門口唱國歌，問他為什麼要這樣做，他說想追我家隔壁就讀於彰女的王小姐，但是因為他除了國歌之外，什麼歌也不會唱，所以就把國歌當作是情歌拿來唱個不停了。

寫到這裡，也想起了更多的陳年往事，那些發生在青澀少年的舊事，一幕一幕在眼前呈現，也將留存在我們的心目中，直到永遠永遠。

一九九九年記

我在師大的種種回憶

記得民國四十一年考進師大藝術系時，正值政府從大陸撤退來臺不久，社會政治環境大致安定，但一般人的生活仍極為清苦。那時，我們都一律穿著學校所發給的制服，也一起吃著學校的大鍋飯；當時的大學生很純真、很用功也很保守，生活中的一切妙聞趣事，也都以「貧窮」為背景；雖然沒有什麼娛樂，但大家也生活得多彩多姿、自得其樂，和現代的新新人類相比，是毫無遜色的。

我們前後期的同學，有很多是當今的名人，除了有立法委員之外，也有人當上了部長、大學校長、教授、中學校長……等；這些大人物，可能每天都得板著臉裝正經，偶爾以滿口的仁義道德來說教，可是當年的我們卻有數說不盡的趣事。

我考進當年的師範學院時，大家都得住校，吃、住、床單、衣服和零用錢等也都仰賴公費。男生宿舍是一棟兩層樓的建築，現在已拆掉，舊地重建了。依照分配由八個同學共用一個房間，體育系、藝術系和音樂系的同學多半會住在一起，這三個系的同學也較為豪放和不

陳景容〈魚〉1956 年，油畫

拘小節，是很容易相處的，室友之間也有深厚的情誼，至今我仍有不少這兩系的朋友，就是當年同寢室的緣故。

大學一年級的時候，住在男生宿舍五〇四室，我們的寢室被公認為全宿舍最髒亂的；八個室友當中，除了一個是體育系的之外，其他都是藝術系的。藝術系學生的穿著是全校最邋遢的，而我又是藝術系裡最邋遢的一個，頭髮比歌手披頭四還要長，衣服上也經常沾滿了顏料，至於那雙用一塊錢買來的美援皮鞋，也在踢足球時踢裂了一個大洞，走路時，皮鞋就像是張開的大嘴巴，一張一合的，看來十分的滑稽。

有一次，男生宿舍要舉行清潔比賽，我們為了要爭一口氣，便把所有髒亂的東西都暫時疏散到教室裡，再把寢室整理得井然有序、煥然一新，果然勇奪全校清潔比賽的第一名。次日，升旗典禮完畢要頒獎時，大家叫我上臺去領獎，邋裡邋遢的我便一搖三擺的上臺領獎，校長當時的表情很驚訝，瞪著我看了老半天，簡直不敢把這個邋遢的人和清潔比賽的第一名聯想在一起，打算把獎狀收回去，我眼看情勢不妙，便主動的把手往前一伸，半接半搶的抓著獎狀不放，校長也不便僵持，只好勉強的擠出一絲笑容，心不甘情不願地把獎狀頒給我。回宿舍後，我們把獎狀高高的掛在牆上，寢室也恢復了往日的髒亂；後來如果有教官在檢查內務嫌髒嫌亂時，我們就笑一笑，指著那張獎狀叫他念念看。

因為我們是公費的師範生，所以伙食也由學校來供應，每當吃飯時間一到，大家便拿著飯碗排長龍，讓當監廚的同學先在飯票上劃一下，然後再去領菜。監廚的工作是由同學輪流負責的，雖然辛苦一點，但也有不少好處；例如當監廚的同學，在完成任務後，便會把剩下來的豬肉帶回寢室，讓大家可以再吃到五、六塊的豬肉。有人就留下那個裝豬肉的水桶，先拿到洗手臺把油膩弄掉，再用肥皂沖洗乾淨，以便帶到浴室裝洗澡水。沒想到，殘留在夾縫裡的豬油，遇熱便溶化了，在陰暗的浴室裡根本看不出那浮在水面上的油漬，只是奇怪著身上的油膩為什麼老是洗不掉，足足洗了兩個鐘頭，才知道自己竟是用一桶豬油水在洗澡！

我們也曾經把裝過美援脫脂奶粉的大塑膠袋帶回寢室，然後在底邊開個洞，再從頭上套下來當雨衣用。不料袋子裡還有些殘留的奶粉，經雨水的攪和而成了乳白色的牛奶，把衣服都染花了，令人啼笑皆非！

好在當時的農復會，時常把一些美援的麵粉分配給家境較差、營養不良的人家，吃完麵粉之後，有人就用那個空布袋縫成褲子來穿，可說是一舉兩得。同學當中也有來自鄉下的清寒子弟，便很坦然的穿了一件利用空麵粉袋作成的短褲，前面寫著淨重二十五公斤，後面寫著中美合作的字樣，還畫了一個握手的圖案。好在這種短褲只有男生在穿，萬一女生也穿了這種短褲，那就更好玩了。

那時候的我們，並不像現在的年輕人，老是想著要賺錢、要兼差、要打電動玩具、要吃喝玩樂……，大家雖然都很窮，但是卻富有一份浪漫的情懷，而且很認真的在做研究；由於很難在市面上買到繪畫、文學方面的書籍，所以就常到圖書館借書，然後再整本把它抄寫下來，這樣一來，反而讀得更精，印象也更深刻！

民國四十一年前後，臺北的音樂會大都是在師大的大禮堂舉行。我們因為買不起門票，只好趴在窗外聽，不管聽得懂也好，聽不懂也好，都裝得很入迷的樣子。有一個冬天，我們照樣站在窗外聽，中場休息時，有一個觀眾說：「太冷了，把窗子關起來吧！」我說：「窗外比裡面更冷呢！」那人一聽覺得有道理，也就住口了。

就像是這樣，我們也常在熄燈之後，避開教官的耳目，躲在棉被裡偷接電來聽貝多芬的交響曲；更值得回憶的是，音樂系在主辦唱片欣賞會時，我們都會踴躍參加，大家都在草地上席地而坐，耳朵聆聽著《新世界》的串串音符，眼睛則盯著音樂系的美女，在初夏晚霞的餘光和陣陣微風的吹拂下，編織著青春綺麗的夢，如痴如醉度過了一個美好的夜晚。

有一件和音樂有關，印象也最深的是：大三時，我們男生宿舍的隔壁住的就是音樂系的同學，所以大家都很熟；音樂系的楊子賢和廖樹浯都擅長拉小提琴，有時也彈奏吉他，他們除了正規的古典音樂之外，偶爾也會彈些較為輕鬆的樂曲，例如探戈或華爾滋之類的小曲子，當他們演奏時，我們就在旁邊欣賞。

有個夜晚，我正在校園散步，忽然聽到熟悉的琴聲來自游泳池，覺得很奇怪，便去一探究竟；原來游泳池的水已被放光，老廖他們正在黝黑的游泳池裡，聚精會神地合奏著一首探戈名曲〈夫人！請原諒！〉，整個池子當中，只有一絲橘紅色的微光照在樂譜上，幾個演奏者的身影也在黑暗中若隱若現，仔細一看，原來他們找來了幾個罐頭的空罐子，又在罐子中央挖了一個洞，裡面點支蠟燭，這樣一來，燭火便不會被風給吹熄，他們也可藉著微弱的燭光來彈奏音樂，這種在星光下的浪漫情景，令人難忘。

我在大二時，選修了宗孝忱老師的書法課，第一天寫的字，被老師評為「有筆力」；可是我也搞不清楚什麼叫做「有筆力」？想了半天，大概就是用力寫吧！為了求好心切，於是就更為用力的寫了下去；沒想到，幾天後，老師卻批了一句「糊塗不堪入目」，令我失望到極點，從此我就失去學書法的興趣了。又有一次在國畫課的討論會上，有一個女生說：「這一筆畫下去，要代表四千年來的悠久文化。」我心想，假如妳這一筆畫下去是敗筆的話，那四千年來的悠久文化豈不完蛋了！

在藝術系裡，也常有新鮮事發生。每年在慶祝藝術節的典禮中，總會請很多的貴賓來演講，可笑的是，不管輪到誰上臺，總是以：「各位先生，各位女士，今天是一年一度的藝術節……」來做一成不變的開場白，真是令人匪夷所思；想想看，既然第一個演講者已經講明今天是藝術節了，別人當然也都知道了，為什麼還要一再地重複，一再地強調呢？再說，如果今天不是藝術節的話，他們也不會站在臺上演講，而我們也不會坐在臺下當聽眾了。

在藝術節這一天，年年都會舉辦的化妝晚會是我們最期盼的。有一年，我在晚會中化妝成女生，因為實在妝扮得太像女生了，一個漂亮的女同學居然一直依偎著我，還拍著我的肩膀說：「怎麼有這麼漂亮的同學，你是哪一班的？」害我猛然一陣心跳，既緊張又興奮，可是卻不敢開口說話，生怕露出破綻，只是默默的享受著這飛來豔福。

提到來賓致辭的事，也常令人噴飯；早年師大的定期週會，孫校長經常會請些社會名流到校演講，演講之前，校長照例的要替貴賓做一番介紹，校長慣常會說：「××先生的道德文章，令人欽佩……」對張三是這樣的介紹，對李四也是這樣的介紹，久而久之，同學們只要聽到這千篇一律的介紹詞便哄堂大笑，弄得在臺上的貴賓很不自在，以為他的道德文章不被看好了。

有一年的校運會，各系的老師都得排隊繞場一周；因為我們藝術系年年都得總錦標，所以走到司令臺前面的時候，梁校長便說：「藝術系的老師運動很好，去年得了總冠軍。」我們聽了也頗為得意；接著是音樂系的老師上場，大家都等著看好戲，要聽校長怎樣介紹去年在校運中抱了個大鴨蛋的音樂系，校長說：「音樂系的老師，」說到這裡停頓了一下，接著又說：「音樂系的老師音樂很好。」我聽了以後不由失笑，覺得校長果然厲害，倒也介紹得非常中肯；因為，音樂系的老師音樂很好，數學系的老師數學很好，藝術系的老師美術很好，這都是事實；到底是做官的人，頭腦果然不錯。

在師大的校運中，一般學系的同學參加的是乙組的比賽，以便和體育系的有所區隔。因此，有些參加水上運動會的乙組選手，水準很差，連不會游泳的人也敢報名參加比賽；有些女生之所以參加水上運動，也只是想趁此機會穿穿泳裝，下水展示展示身材而已。

當水上運動會接近尾聲時，有一項最熱門的女子組游泳接力賽，只聽見擴音器傳來的廣播：「女乙組一千五百公尺團體接力開始預備，救生人員各就各位！」聽到這種體貼入微的廣播，難怪我們會爆笑如雷了！

提到游泳，也讓我想起了師大從前的舊游泳池前有七、八層臺階；有一次，女同學在上完游泳課後，大家都穿著游泳衣坐在臺階上休息，我看了以後便說：「我出一道對聯讓大家對對看；上聯是『二十四位美女如雲』，」她們想了半天也對不出來，我便語帶戲謔說出下聯：「四十八條玉腿如林。」逗得那些女同學都笑得直不起腰來。

自日本留學回來之後，我便在美術系任教。有一次，回到故鄉跟鄰居老王談天，他說：「老陳，你在大學裡教些什麼課？」我說：「教人體素描。」他好奇的問：「人體素描是不是畫模特兒？」我說：「沒錯！」他又悄悄的問：「那模特兒是不是沒有穿衣服的？」我說：「當然了，模特兒是沒有穿衣服的。」他不敢置信的又問：「那麼，你教這種課，也有薪水可以領嗎？」我笑著回答：「當然有薪水呀！」只見他長嘆了一聲，羨慕的說：「天下哪有這麼好的職業啊！」

其實，我在師大念書那段時期是很難請到模特兒的，藝術系曾找了一位體育系的女生穿著泳裝來當模特兒，後來大家畫膩了，便說：「可以裸體了吧！」那位模特兒爽快的回答說：「要裸體也可以，只是你們也都要裸體一起畫才行。」廖繼春老師便在一旁笑著說：「你們都可以裸體，可是我不要，我太老了，老ㄅㄛ ㄅㄛ（臺語：乾瘦），不好看！」

有一次，學校找來了一個男模特兒，女生便故意的不進教室，都留在外面聊天，假裝不願意畫；而男生也很調皮，故意佔了背面和側面的位置；上課之後，我去叫女生來畫，女生只好硬著頭皮走進教室，找來找去，背面和側面的位置都客滿了，只剩下正面的位置，真的是日正當中，王見王，弄得女生都不吭一聲的低頭猛畫，大概很不好意思吧！

李小姐是個很瘦的模特兒，想把她畫成大胖子是絕對不可能的。所以在休息的時候，便有人在走廊上大聲嚷嚷：「她的排骨，一支一支都可以彈 Do Re Mi！」可能這些取笑的話也被她聽到了，第二天，李小姐就不來了。

還有一次，我帶了一個新模特兒來上課，我看模特兒老是不願意把衣服脫下來，於是便叫男生都到外面去，讓女生留在教室裡「勸」她；過了將近半小時，一位女生出來說：「老師，已經準備好了，請進教室吧！」我會心的笑了一笑，然後命令男生都進教室；沒想到，走進教室一看，那模特兒端端正正的坐在那裡，還是一絲不脫；既然如此，豈不是枉費了大家的唇舌和時間嗎？真是要命！

有一天，老師們在美術系的辦公室聊天，A教授說：「昨天我那上小學五年級的小鬼叫我幫他畫一張圖畫去交作業，他媽的！居然給批了個丙回來，唉呀！真是欺人太甚！」說完還不停的搖頭嘆息！想想看，一個堂堂的大學美術系教授替小學五年級的小鬼當槍手畫作業，而居然被批了個「丙」，的確有點匪夷所思吧！

我在當導師時，為了要瞭解同學們的情況以及對將來的展望，便請同學們寫自傳。有一個女同學寫著：「我已看破風塵，要回故鄉做陶淵明第二。」哦！她可能是要看破「紅塵」吧！另外也有一個同學寫了一段她的教學心得；有一天，她告訴學生說：「畢業後，你們在約會時不可遲到。」沒想到，有個同學竟然把這些約會守則一五一十的寫在週記的師長訓話欄裡，又很巧合的被督學抽出來當眾朗讀，真是叫人哭笑不得。

更妙的是有一個女同學寫著：「我在河邊寫生時，有個男士前來搭訕，問我在什麼學校教書，我說：『在一個跟牙膏同樣名字的國中。』那位男士想了一想，便說：『是不是黑人國中？』」弄得她啼笑皆非，原來她是在「百齡」國中教書的。

說起來，教書也有教書的樂趣，大學教授也是人，只是因為披了教授的外衣，而不得不裝得正經一點；在師大還開了一門叫「德育原理」的課，其實所謂的道德也沒什麼一定的標準；如果以「男女授受不親」這句話來說，好像只有柳下惠才是男人的標準；可是「不孝有三，無後為大」，又似乎讓唐伯虎也變得蠻合乎標準的；至於告子的「食色性也」的理論，又好像把「色」看得跟「吃飯」一樣的稀鬆平常，令人覺得很有趣，也很現代。

有一次，電話鈴響了，拿起話筒，馬上傳來一聲「爸爸」的清脆童音，乖乖！我連半個兒子和女兒都沒有，怎會突然冒出一個孩子來叫我爸爸啊！如果不是因為家中有客人在，我就會問她：「乖女兒，找爸爸有什麼事啊！」反正她也不知道我是誰，更不會知道我是個道貌岸然的大學教授。此時此刻，也只能對她說：「小妹妹，妳打錯電話了，我不是妳的爸爸，再見！」

在生活當中，除了繪畫之外，我也相當的喜愛運動，而且是樣樣都專精，也常常參加校運的各項比賽；大四時，我得過全校運動會跳高比賽的第一名，並且還保持這項校運紀錄達十多年之久；游泳方面，是在當教授之後才參加比賽的，得到相當多的獎牌（至少有十多面金牌）；最後一次的比賽甚至囊括了三個第一名，可是體育組居然不發給金牌，實在令人洩氣！想想看，拼了老命去參加，目的就是要站在臺上威風凜凜的領獎，接受觀眾的喝采而已。所以自從沒有把獎牌頒發給我之後，我就很少再參加比賽了。

學生時代，我在藝術系裡一向都是最用功的，經常從早晨畫到晚上；在藝三時，我得了系展的油畫第一名，術科成績也總是名列前茅；我的為人其實很老實，不像我的文章，總是有點阿西阿西（臺語：不正經）的。

回想在師大的四年期間，每天晚上都要到張義雄老師的畫室學素描，除了免不了的單相思之外，哪有時間交女朋友？再說那個時代只要和女同學並肩走在一起，或者相約看過一場電影，保證她就會問：「陳景容！你看我們應該怎麼辦？」太危險了，所以直到畢業時，都還沒有牽過女生的手。其他的男生也一樣，萬一室友有約會時，就會向同寢室的人分別借上衣、借長褲、借皮鞋、借領帶、借手錶，然後像八國聯軍似的前去赴會。

既是學生，當然免不了要參加種種的考試。當年的師大以培育師資為己任，是嚴禁作弊的，一旦被捉到了就得開除；不過也流行一則順口溜：「考試靠作弊，作弊靠眼力，眼力靠運氣，運氣靠老師不注意。」這麼看來，好像也有人冒著危險在作弊，當然在技術上一定沒有當今的學生高明了。

我們也聽說過黃君璧主任在課餘教不少官太太畫畫，於是大家就編了首打油詩：「官大、名氣大、學問更大，娶個老婆，還會畫國畫。」其實那些官太太也蠻聰明的，能藉著畫國畫來附庸風雅培養氣質，只要多畫幾筆竹子、幾株蘭花，必定三年有成。如果她們選擇彈鋼琴或學聲樂的話，可就沒有那麼簡單；學油畫的話，又太容易弄髒衣物和玉手了。

聽說蔣夫人也是黃主任的門生，蔣夫人原先是要拜溥心畬教授學畫的，可是溥老師收門徒時要行跪拜的古禮，所以蔣夫人便跟著黃主任學國畫了。這種官夫人習畫的風氣歷久不衰，所以國畫老師大都有官太太可教；可是像畫油畫的在下，只能收一群小毛頭，如果碰到家境清苦的學生，更是不敢收他們的學費，一個禮拜之中還開放我的畫室四天，給學生來自由練習或是畫模特兒，讓用功的同學在課外也有進修的機會，不要像我們當年一樣，實在是「窮」怕了。

最後有一個懸案，那就是我們「吃飯」大學，到底為什麼把免費供應的「吃飯」制度廢掉呢？會不會是我們當年領了飯票之後，除了幾位頭腦不好的同學之外，我們就在飯票上塗一層漿糊、善加運用的關係，其奧妙之處，只能意會，也許因有這群聰明的「先賢」，才導致不得不廢掉免費的「吃飯」制度？好了，當年擁有「偷領菜」絕技的同學們現在有一些人也擔任官員、院長、民意代表的，也有當教授、校長的，整天正氣凜然地，四維八德、禮義廉恥地訓話，好像從來沒做過虧心事，從來也不曾「偷領過菜」，關於這些問題，我想也許大人物一定會說：「沒有、沒有、沒有、從來沒有、絕對沒有。」小人物們則會說：「有，有，有，我講給你聽。」而且比手劃腳談得津津有味。

至於什麼時候才沒有「吃飯」制度呢？好像剛蓋了新的男生宿舍時還有，似乎也不見得跟我們有直接關係。最近為此事問了當時幾位同學，大家都笑而不語，似乎我編了一個故事，

陳景容〈白花〉1957 年，油畫

腦中留下一片零亂的回憶，像是我的老花眼，變得一片模糊。

回想今天我能成為師大教授和法國沙龍的成員，可說是當年的老師們的教導，奠定了良好基礎。如今多位老師都已去世，真是令人十分懷念。

最後我想：人的生命猶如滄海之一粟，何不及時行樂？何必太嚴肅？在我們的日常生活，有很多很好笑的事，尤其表面上看來很嚴肅的師大人，其實也有值得我們回憶的妙事。想當年我仍是個年輕小伙子，如今已近退休年齡，有時回想當初在校時的種種往事，也頗值得懷念。

「模特兒」與我在藝術系的生活

昨日父親寄來林絲緞的〈我的模特兒藝術生涯〉的剪報，讀了之後真是感嘆萬分，不覺說了：「阿緞仔終於退休了！」其中有一段文章還提及我的事，不禁想起種種往事，她在這九年來受盡了世人無理的冷視；也受了不少知己的友人的鼓勵，她終於努力成為一舞蹈家，這九年來她對於藝術界貢獻不少，也許今後我們才會覺得她的存在實在可貴。

也許有人會奇怪為什麼我不稱她為林小姐，而叫她「阿緞仔」，這只是我們這一群和她相處較熟的朋友都這樣叫她而已，正如她叫我 Out，叫江明德為老江一樣，不足為怪的。

回想我初進師大藝術系時，住在男生宿舍五〇四室的同學都是很用功的。那時根本找不到模特兒，晚上便在飯廳桌上，大家輪流著畫速寫。二年級時除了五〇四室的人加上江明德與林書垚兩個同學住在一起，整天大家都熱心討論藝術上的問題，大家痛覺藝術系沒有模特兒是一件十分遺憾的事。

那時本省畫壇尚是相當遵奉寫實的畫法，最新的也不過是野獸派的那一種作風，多半也是以後期印象派的畫法為多，所以大家對素描的研究也就特別的用心，我個人除了白天在師大上課以外，晚上還到第九水門的張義雄先生的畫塾學素描，那時學素描，畫到指皮都磨破了，可是人物畫就得各自找熟人畫。

那時我是專找師大的皮鞋匠畫，這老皮鞋匠的樣子很像廖繼春老師，有一次我誤認為是老師，與他行禮，他也和藹地回禮，我回到宿舍還跟大家比劃說：「到底是廖先生，他的油畫箱有這麼大。」惹得同學大笑不已，原來我以為那個大油畫箱，是放修理皮鞋的工具箱。不過從這一件小事，我倒和老皮鞋匠成了朋友，以後他修理皮鞋我便在他的旁邊畫。大家就這樣地隨時隨地找人來畫，也的確花了不少苦心。記得有一次在男生宿舍的浴室畫速寫，結果淋了一身水回來。

這時學校請了一位男模特兒，畫了幾個月他便不做了，接著就有一位胖胖的林小姐也畫了一段時間，她不當模特兒的原因，有人說是江明德瞪她太久，林小姐便生氣不做了，事實上是否如此，依我的記憶是那一天剛剛下雨，老江遲到了，他還在門口找位置還沒開始畫，而那模特兒便借題發牢騷。事後廖老師也規勸了那模特兒一番，說畫家不一定要畫，認真觀察也是一個重要的事，那事似乎就平安無事，不久那模特兒便辭職倒是事實，大家也不怎麼留心到底是什麼原因。

當孫多慈老師擔任我們導師時，老師剛從法國回來，大家的研究風氣更盛，我們便每月舉行全班的觀摩會，多半是在晚上布置翌日展出，當布置完了之後，依例有點心吃，有一次是煮紅豆湯，這是師大同學最愛吃的東西，在和平東路拐入男生宿舍的小巷，龍泉街的巷口有一家小紅豆湯店最好吃，不過湯很多，我們取笑說那是「紅豆湯的湯」。

紅豆湯，要知道要煮熟是不容易的，煮的時候是用我的美軍飯盒，煮了兩、三小時還不熟，這時女同學要趕回九點鐘的晚點名，她們又捨不得，後來我們叫她們回寢室去，煮熟了之後再想法送去，當我們吃完之後，才想起女生宿舍門禁森嚴，除非有孫悟空七十二變才有法子送進去，正當我們沒法時，只好走到她們窗下，剛好曾同學站在二樓的樓梯窗口，「紅豆湯煮好沒有？」原來她還念念不忘。「好了。」「怎麼送？」我說：「把繩子拋下來。」她拋下繩子，便結在飯盒上叫她吊上去，我們在路上還說女生真「夭鬼」（臺語：餓鬼），不吃便不睡，不過這事假使給訓導處的王先生知道了準是大過一次，好在現在我們都畢業了，曾同學也做了媽媽了，即使王先生知道也沒法了吧，不用說我們回宿舍是翻牆進去的。

經過幾次觀摩會之後，班上的人更團結，同時我們的班也是最用功的班，不過大家尊尚藝術家氣質，各有各自的作風，怪人也最多，幸而那時還沒實行軍訓，學校也對我們另眼相待，也不怎麼樣嚴格處分。

那時的校長是劉真先生，每天都趕來升旗，下雨時也要到男生宿舍來看看，對我們是件頭痛的事；有一次校長和訓導處的王先生來了，我還躲在棉被裡，王先生大聲說：「起來了！起來了，不要睡懶覺。」我在夢中還以為是同學在開玩笑，叫他不要吵人安眠，還踢了一腳，反正大家都那樣頑皮，系主任生氣了，便叫我們去罵，不過我們頑皮是頑皮，用功也是最用功的。

我們畫油畫時，大家輪流當模特兒，記得陳肇榮彈吉他彈的也很好，我曾打扮成叫化子（乞丐），不過女同學都乘機穿著平常不大穿的美麗的衣服就是。那時雖然只能畫穿衣服的人物，不過唯一的好處，便可找美麗的女同學來畫，而當時的女同學也認為給藝術系的人畫是一件光榮的事，所以也不怎麼費力。當時音樂系有一個被人稱為褒曼的女同學我也畫過，特別值得記憶的是：我畫了低我二班的鄭雪馨同學的畫，居然在藝術系的油畫比賽得了第一名。那是大三的事，到底是畫好還是人美麗，至今我都不大清楚，不過鄭小姐在美國的大學當了校花，人美麗的成分大概居多。

那時我們只能找現成的同學來畫，一面既不能坐太久，也和我們所想畫的目的（裸體模特兒）大不相同。那年年末聚餐大家吃了酒，又提起此事，我便寫了「誠徵模特兒啟事」，而鄭永源則畫了一個裸體的畫，便貼在寢室門口聊以解嘲。

在大三下學期我曾找了體育系的同學來當模特兒，當時的老師是袁樞真老師。有一天，老江告訴我說：「今天晚上，在張先生的畫室有兩個模特兒來，你去看看，是老汪找來的。」我半信半疑的，因為我們為了模特兒吃了不少苦頭，即使有的話，架子也很大，當了幾個月便不當的比比皆是，所以也並不抱太大的希望。

那天晚上果然來了兩個女孩子，當張先生問大家說要畫哪一個好。大部分的人都說要畫林小姐的朋友，可是我看林小姐的朋友，有點「肉餅面」，我對「肉餅面」的臉型不大喜歡，便堅持要林小姐好，其實她們兩個都有點土裡土氣的，反正半斤八兩，不過我看至少林小姐的鼻子筆直，輪廓有雕刻的立體感，我說明了我的意見之後，便決定畫林小姐，我想林小姐對此事也不會記得，反正那時大家由她看來都是陌生面孔，呆呆地站在窗口而已。那時她穿白衣黑褐的裙子與黑鞋，是坐在椅子上左手靠在椅背上，我相信大概這是她第一次當模特兒的畫，這畫畫了兩個禮拜之後，張先生的畫室便搬到濟南路，所以這事我還記得很清楚。

翌日在學校遇到老汪，老汪便警告我說對模特兒不要「太粗魯」，她的意思是知道我說話心直口快，怕嚇壞了這小姑娘，依她的方法是一步一步慢慢來，記得老汪對林小姐很耐心，將很多裸體的名畫給她看，待她如自己姐妹一樣，我們暗地裡也對老汪很感謝，也就不大管，讓其自然發展。

照我看來林小姐能當真正的模特兒，老汪、老江的功勞最大，起初林小姐換下平常的衣服換上淡綠色的芭蕾舞衣，記得似乎是老汪送給她的，或者至少代她縫製的。這因為我曾怪過老汪挑的顏色不好看，結果現在真是弄假成真，林小姐便與芭蕾衣結下不了緣。

這樣的開始是專畫林小姐的穿芭蕾舞衣的畫。

在寒假期間袁樞真老師曾請林小姐去畫，當時我和陳肇榮也特別准予一起畫。袁老師的畫是在火盆的旁邊畫林小姐的背影，這幅畫在系展展出；我在早上畫完模特兒，下午便畫吳太太的肖像，大概花了一個月的功夫才完成，吳太太因而送我一雙皮鞋。這時孫多慈老師也特別將她的畫室借給我用，並送給我很多顏料，甚至我在師大畢業製作的畫布也是她送給我的，那是六十號的畫布，算是我第一次畫大幅畫，所以也頗為興奮，這兩位女教授都對我十分關切，至今難忘。

林小姐到藝術系之後，上課時多半是由我管理作畫與休息的時間。一方面我從大二以來以至畢業，素描與油畫的成績都是一直保持全班第一名的成績，所以那時自負心也很強，遇有女同學上課時喜歡談笑，我都不客氣地叫她們不要講話，也得罪了不少人。

那時我仍在濟南路的畫室學畫，林小姐也到那裡兼業，工作完了之後，因她住在安東街，我們都要搭十五號的公共汽車，所以都一道在法學院站候車，那時期十五號車又不準時，有時來了因為坐滿了人又不停車，所以在下雨的時候，我們都比拋石頭看誰拋得遠聊以取暖。有時便索性跑到南門市場坐三號車，這一段路不算短，我們都用跑的，我通常都讓她先跑一段路之後，再從後面追趕，我是田徑選手，怎麼會跑不過她，不過有時我覺得以一個女子的腳力，算來不怎麼慢，有時我讓她太多，真是害我追得滿身大汗，想不到她這過人的腳力，竟是她成為舞蹈家的一個要素。後來她買了腳踏車之後，我們便各自從畫室回家，我一個人失了賽跑的對象，就乖乖地在那法學院站候那難得一停的車子。

我尚依稀記得濟南路的畫室是由倉庫修改的，牆壁是木板釘成的舊房屋，當我們畫模特兒時，林小姐說有人在外面偷窺，我在氣憤之餘，有一天便伏在外面，結果抓了一個頑童，令人啼笑皆非，不僅如此，在師大上課時，據說有人從辦公大樓居高臨下的可以看到，所以我們也研究了半天預防這不愉快之事。

起初林小姐在師大都很少講話，後來也跟我們借些書去念，後來也學英語，多少有好學的習慣，也聽說開始學芭蕾舞，我們都不怎麼關心就是，當時我們並不當作一回事的這些她業餘的消遣，怎麼知道今日也有成就的一天，想來一個呆呆的小姑娘，由於環境的薰陶和她的毅力，真是使人佩服。

當我畢業之後，林小姐在賀慕群女士家裡當了一時期模特兒，我受完軍訓，在基隆一中任教時，那時老江老汪已經結婚了，住在山上顏氏家祠裡，林小姐知道我們生活很苦，收入有限，便常來義務給我們畫，林小姐還有這義氣的一面。多半是在週末，畫完之後便吃便飯，她都先回臺北，有時陳肇榮也來一起畫。我記得林小姐回去後，我和陳肇榮曾在老江家的磚地上睡了一夜，我們五〇四室的人大都有這安貧樂道的精神，而且素描基礎都很好。

當我赴日之後，第二年林小姐舉行了人物展轟動一時，也受了不少人嘲笑，大概氣憤之餘寫了一封信，要我寫一篇文章替她辯白。不過我那時看攻擊她的文章並不是站在藝術上的觀點，而站在道德上的觀點立論，因為這立足點之不同，使我不知應如何下筆才是！後來有翁女士替她寫了，我也就沒寄文章回去。

今年暑假回去時，我陪持田先生來臺，到教育部交涉舉行世界兒童畫展的事，林小姐介紹李英輔對持田先生幫助很大。

回想林小姐這九年來的生活，真是充滿著得意事與失意事，有幾次想辭去師大的模特兒，我都勸她要繼續下去才好，因為我們經過了找模特兒，沒有模特兒的痛苦，深知倘若林小姐辭去工作，同學們一定會十分不方便，每次都安慰她要繼續下去，她有什麼不如意的事，也都告訴我們，每次我們都說「阿緞仔不要壞了」，就這樣她獨當三百六十行之外的模特兒一行的事業，如今她辭去了模特兒，這有一行只有一人的專家，從此就只留給我們美好的記憶，何時我們才有一個模特兒呢?我們怎麼能不感謝林小姐的貢獻，怎麼能不佩服她由一個「呆呆的女孩子」變成一個「舞蹈家」呢?希望以後我們都以善意的態度來看待這「呆呆的女孩子」，不要以邪意的酸葡萄心理來看待她。

在日本請模特兒來畫是很簡單的事，在東京有兩家模特兒協會，我們只要打電話告訴協會的人說要模特兒，模特兒就會自己來，大概是車馬費之外，每三小時一千五百圓日幣，約合臺幣一百六十元左右，我在東京時要畫大幅油畫，便與同學合雇一位前來畫，除此之外，有許多畫室隨時可以去畫，每次一百圓，可說十分方便。

畫模特兒是學畫的基本條件，尤其西歐從希臘時代以來都以人體為繪畫與雕刻的主體，這傳統至今不衰，我們要研究西歐的造型精神，勢非畫人體不可。在林小姐的文章上面曾有一段說「有人批評畫家都是色情狂」，我認為根本不對，正如常有人問我會不會抽菸、喝酒，我兩樣都不會，那麼他們都說藝術家怎麼不會喝酒?依我看來這是大大的謬說，反過來說那麼凡是菸鬼酒鬼都是藝術家了。這是個人平常的嗜好，不能強予人下定義，世人常對畫家有所誤解，所謂藝術家在平常的生活也和常人相差不多，也許感情比較真摯，追求「真實」的意志比較常人認真就是了。在畫家裡面固然有色情狂，不是畫家的何嘗也沒有，但不能一概而論說畫家都是色情狂的，若有人以這種眼光來看畫家，可見那種人也不是什麼高尚的人吧!

同樣以人體為素材而創造的作品，由於風格之不同，予人種種不同的感覺，尤其西歐對人之喜怒哀樂的表現，側重手部及全身的姿勢，而常忽略臉部表現為慣例。如埃及的雕刻尊崇「正面性」（即是連結鼻子與肚臍之線與地面成為垂線時，稱為正面性），正表現埃及人相信人永生不滅，一如相信太陽神，那種雕刻都筆直地坐著，或作步行的立像，但永遠都筆直地尊奉正面性的風格，我們對這種人體的造型，只會感覺到他們的宗教、太陽神、尼羅河；永生不滅的靈魂，他們都向注視遠方的地平線，那些雕刻的人體是那麼安靜莊嚴。

再說富有人情味的希臘雕刻，在希臘主義（Hellenism）以前的雕刻都是端莊靜穆的，即使像「給人看屁股的維納斯」，也不過使人引起會心的一笑而已。笑那鄉下粗魯男子的豔福而已，照我們自己的經驗，看了那麼多裸體的畫和雕刻也沒什麼「邪念」的事。

在師大期間的生活也許是一生最有意義的一段時期，雖然現在也在過著學生生活，可是再也沒什麼頑皮的事，天天趕著電車，也照樣用功，但覺得生活如機械似的單調，在這裡要畫模特兒也方便，可是時常想那些我們竭力找模特兒來畫的日子。在那些盡心用功盡心玩笑的回憶裡，總免不了阿緞仔的影子出來。假使我們沒有模特兒，也許會感到少學了點什麼。

一九六一年記

我學壁畫的經過

一九五八年，當我赴日留學的時候，起初是在武藏野美術大學，插班進入西畫系三年級，當時日本畫壇盛行抽象畫，學生們所畫的也是以抽象與半抽象的居多。至於具象畫卻很少，即使有也帶著抽象的味道，色調也以單色的為多，例如以土黃為主的人物，或以朱、白、黑三色畫強烈對比的風景，或以黑、灰色畫牛頭的靜物。

這時期（1958～1960）法國是以畢費（Bernard Buffet, 1928～1999）為具象派的代表，東京常有他的畫展，有不少的畫家都受到他的影響，因此畫具象的同學也同樣的受影響；除了受到畢費影響的具象繪畫之外，也常受到法國五月沙龍畫家的影響。

這件事對當年的我是個極大的困擾；過去在師大時，我總是很認真地畫素描，所畫的油畫也只是以後期印象派傾向的寫實主義為主，對於抽象畫根本沒興趣；雖然退伍後，我曾經在基隆市立一中服務，和劉國松、莊喆等一起參加五月畫會，這時他們已經開始畫抽象畫，但我一直都無意放棄以素描為主的繪畫。

當然，我留學的目的，是想學些新的觀念和技法，可是對抽象畫，我一直都不喜歡，對日本這時期的學習環境也感到異常的失望，只好去逛逛美術館、聽聽古典音樂，有時乾脆就待在那棟破舊的學生宿舍裡頭看看書。雖然在繪畫上的進展並無所獲，過的卻是頗為清寒而富有詩意的生活。

我所住的那棟宿舍，非常的破舊。宿舍旁邊，長滿高大的銀杏樹，一到秋天到處都落滿黃葉，寒風颳著樹梢所發出來的淒涼聲音，使人聯想到人生是虛無的。這棟宿舍是在戰前所建，經盟軍轟炸後，一直沒有整修過，野草叢生蔓延，從我的窗子可以看到一棵長滿紅葉的樹，當晚風吹來，樹葉就紛紛掉到地上，發出輕微的聲音，偶爾也聽到有人從井裡打水的幫浦聲，一切都顯得十分寂靜。

從我的床上可以看到一棵銀杏樹。黃昏時分，躺在床上看那天空由淡藍漸漸變成深藍色，沒點燈的室內顯得十分陰暗，令人聯想到，人若死了，便是像這樣被包圍在陰暗裡，僵硬而筆直地躺著，讓雨淋濕，也讓秋蟲爬過逐漸腐爛的身體……。

偶爾會有悠長、淒涼的喇叭聲音劃破寂靜的世界，這淒涼的聲音常引人愁思，直到後來才曉得這是賣豆腐的喇叭聲。

就這樣，我還是對素描課較有興趣，油畫課時也以粗獷的風格居多，是抱著應付的心態在上課的。

有時我會到神保町的舊書店買一些美術、音樂、文學方面的書籍，利用晚上的閒暇，就在床上剪貼畫片，欣賞這些在臺灣沒有辦法買到的畫片，滿足一下空虛的心靈；有時我會泡上一杯紅茶，在茶香中化解鄉愁；有時就悶聲不響的呆坐床上，苦思自己應走的路、風格，以及渺茫的將來。

回想起來，當時之所以如此，應該是隻身從臺灣來到東京後，在過渡時期的一種心理變化，但是這虛無夢幻般的日子，卻左右了我往後的精神生活。

武藏野美術大學是一個極度注重術科的學校；上學科只是聊備一格而已，那是在一間大教室裡，有幾百個人一起上課，老師利用擴音機來講課；同學們，有認真記筆記的，也有猛打瞌睡的；若是覺得枯燥乏味，等點名先生一走，學生便也跟著溜課了。

有一天，下課之後，看到大教室外面搭了一個鐵架，有人在這面大牆壁上開始畫壁畫。這牆壁大約有兩層樓高，十二公尺寬的大小；起初，他們畫了一點天空，和國會議事堂，看起來並沒有什麼特別吸引人的地方；過了一個星期，再去上課時，已經畫上了一群學生；一個月後，整個壁畫都完成了。我對他們能畫得這麼快，和那既有魄力又寫實的畫面，覺得十分有趣，尤其壁畫的顏色是無光澤的，畫面是平坦的；不像畫油畫時要玩弄技巧製造畫肌的

陳景容〈黃昏〉1968 年，濕壁畫

陳景容〈野柳風景〉1982 年，濕壁畫

變化，往往弄得像塗牆壁似的，擾得人心煩不已。

於是我就去打聽這是哪一科開的課？有人告訴我這是壁畫的社團，是長谷川路可老師教的，不屬於任何一科，是可以自由參加的。

不久，我便在午餐時見到了長谷川老師；同時也和幾位壁畫社團的同學見了面，並且加入了壁畫社團。這個我在意外中加入的社團大約有二十個人，包括有各科的學生，其中以西畫科的最多，男女生都有，看來像一家人般的和氣。

當第一次到壁畫社團的教室時，大家正把生石灰倒進水槽，生石灰就像一塊塊的石塊，放入水槽中就散發出熱氣和噓噓的聲音，水因熱氣而翻滾。這水槽分成兩個，一邊是浸了半年的石灰，另一邊是剛浸泡的。

做完浸石灰的工作，便去磨已經浸了一年，化成消石灰的石灰和洗砂子，砂子都要洗到沒有黃水為止。像這樣，我就先做洗砂和磨石灰的最基本工作。

老師曾經在義大利研究壁畫，是日本壁畫界的權威，我們都依照古代義大利的師徒制度，把師長、師兄和師弟分得很清楚，在工作上，做師弟的人絕對要服從師兄的指示。畫壁畫時要從搬砂、洗砂、做石灰槽等粗工做起；當做嵌畫時，第一年只是讓新來的師弟做些搬運石頭的工作，雖然工作粗重無趣，但是沒有人敢發出怨言，因為師兄們在第一年也都做過類似的工作，所以師弟們也不能越級去學作畫的技巧。

這樣的教法其實也有好處，首先是從做粗重的工作中，使我學會了如何辨別砂質、石灰質的好壞，也能瞭解大理石的石質和石性，同時也可以讓我們養成很踏實的工作習慣。所以大家都認為這種「師徒」的工作制度是學習的必經過程，所以也沒有人對這種工作抱怨過。

在做大理石嵌畫的初期，要將大理石切割成大約一公分立方的方塊，以便供給師兄們做嵌畫之用。切石頭有一種機械可用，但細部仍要靠鎚子來切成方形、三角形、扇形、圓形等基本形體，這些都要符合師兄們的要求；到了第二年便可以參加作畫了，這一年的暑假，我們先把那畫有國會議事堂的畫剝下來，開始準備作新畫。

起初我們做好畫稿，每天早上就在水龍頭上裝上橡皮管，像消防隊那樣的把牆壁打濕，再塗上石灰，先在牆壁上畫上底稿再開始作畫。首先用綠土畫上綠色的素描，再加上土黃色、淡紅色；大家各畫一個人物，赤著腳站在鐵架上，每人手上都拿著調色板，聚精會神地畫著。

這鐵架是用三根有螺絲的鐵管接上去的，一直到達屋頂處，中間分三層，各鋪一層木板，總共有兩層樓高，站在最頂層往下看，會感到輕微的頭暈。

每天一大早便趕到學校，一直畫到傍晚才返回住處，中間幾乎沒有休息的時刻，回家之前也要把工具收拾好並打掃乾淨；這個習慣一直持續到現在，每當我結束一天的工作之後，一定要把工具整理乾淨才休息。

在炎熱的夏天，畫這樣大的壁畫是很累的。首先，因為我們所畫的是天棚畫，塗天棚的石灰壁，所含的石灰成分要多一點，否則就會往下掉；同時，作畫時需要仰著頭，畫的時候，顏料便一直的往臉上滴下來，仰著的頭頸部也會十分酸痛；而且常常是滿身大汗，可以感覺到汗水由額頭冒出，先流到鼻頭，然後從鼻尖滴下來的情形，大家的衣服也都濕得像是掉到水裡一樣。

在難得又短暫的休息時間，大家常累得躺在地上大喘特喘，就這樣，一天過了又一天，大壁畫終於宣告完工。畫面上大約有近一百個人物，但是大家並沒有因為大壁畫的完成而特別的興奮，只是覺得這個暑假過得很累，也很充實。

後來大家也常在一起做嵌畫，彼此更像一家人一樣，雖然辛苦卻很快樂。

這期間我們在日本合作了很多的嵌畫。我曾經參與製作的有武藏野美術大學禮堂的嵌畫，高五公尺、寬三公尺；飯廳牆壁的嵌畫，有四公尺高、五公尺寬；國立競技場正面兩幅黑白兩色的嵌畫，各約十公尺高、六公尺寬；日生劇場的地面嵌畫，這面嵌畫總共動員了六十個人，花了六個月的時間才完成，大約有五百平方公尺大，非常壯麗可觀，用的是黑白兩色而已。

做嵌畫嵌石頭時，有時要使用粗面的石頭，有時也會用磨亮的石頭，有時要利用瓦片，有時更會用到貝殼。這種種不同的使用方法雖然沒有一個規則，但是師兄們總是做得比較好，他們的作法也會影響到師弟，無形中就成了一個師承的方式了。

我在這段時期，不但學了所有的壁畫技術和剝離法，也創出一種可以畫在木板上的壁畫。所謂壁畫的剝離法，是指從牆壁上將壁畫由壁面剝下一層移植到麻布上，我想這種技法，在國內尚沒有人會做。據說，義大利人不輕易將這個方法傳給外國人，以便作為該國的專利技術；老師從義大利辛辛苦苦學回來，因此對學生們也不隨便談此奧妙技法，非要到相當年限，認為是得意門生，才會傳此技法，在日本得此技法的人也相當有限，不過十人左右而已；現在老師已經逝世了，我想，在日本能夠移植壁畫的人應該還是不多的。

我們做壁畫或嵌畫是採取共同製作的方式，因為現代建築，工程迅速，不像古代要花上幾十年來造一屋，或幾百年來建一教堂，一切都是慢慢來。現代人講求效率，總是希望能儘速完工，所以常在趕進度，一天內往往要工作十五小時以上；做嵌畫的工作量很大，除了滿身大汗之外，手指也都搥得紅腫瘀青，男女生都一樣的工作著，但是大家都做得很愉快，尤其是一幅嵌畫完成了之後，就像完成了一件困難的工作一樣，令人覺得很有成就感。

從學校回到住處之後，經常在孤燈下苦思壁畫的草圖，將過去所畫過的人體素描一張一張地拿出來，希望能找出一張用來畫壁畫。有時苦思到午夜時分，我所住的小房間，窗外長有藤蔓，當月光照映到窗邊，就有藤蔓的投影反射在窗上形成美妙的圖案，頗富詩意。

壁畫是一種構成畫，先要有一個主題來構思，常在苦思之後，藉著畫面來表達自己的思想。所以有時會為了一幅小的壁畫而畫到天亮，當畫壁畫時，常存有一種心態，就是只許成功，不許失敗！

我跟老師學了四年之後，剛好東京藝術大學設立了大學院，開有壁畫科，我便考進了該科。在藝大期間，不像過去那樣有舊式師生關係的拘束，除去了這種師兄弟制度的包袱。輕鬆之餘，在作畫方面比較勇於表現，也更有創意，但對石頭的位列，失去嚴格的要求。

這裡的壁畫老師是島村三七雄，嵌畫老師是矢橋六郎。期間，完成了東京大丸百貨店的壁面嵌畫，東京車站的兩面嵌畫。矢橋老師所用的石頭顏色較多，有一種從非洲買來的藍色石頭會閃閃發光，其他也有很多從各國進口的大理石，大約有五十種不同的顏色，色彩較豐富，但嵌畫的位列較亂。因為不太喜歡這種作風，我還是較喜歡黑白兩色，位列嚴格的古典大理石嵌畫。後來，我便去學銅版畫及繪畫修復，兩年後，得到了壁畫科的碩士學位。

當我進入東京藝大之後，曾和一位義大利籍，名叫拉吉的同學，在東京的撒萊及奧教堂製作壁畫。教堂的神父是義大利人，所以在工作時，一切都要按照義大利的習慣來做。

例如在作畫之前要先談好畫題，神父告訴我們須注意些什麼，除了畫製壁畫的報酬之外，材料費是另外計算的。這樣做有一個好處，就是工錢雖少，但我們可以儘量買最好的材料，也沒有偷工減料的必要，實在是個很好的制度。

可是，在畫這教堂的壁畫時，我剛好盲腸開刀，傷口尚未痊癒，身體還很虛弱，站在鐵架上總會發抖，幸好這時我的壁畫技法已很成熟，所以也可以應付自如。休息的時候，我和拉吉常坐在教堂的地上觀看壁畫，討論技法的種種，這個義大利人不太會講日語，溝通時，常以手勢來輔助，可是我也懂得他所說的意思，拉吉說我畫的有點像拜占庭式樣。

教堂的靜穆和安全感，使人感覺到好像脫離塵世，回到中世紀虔誠的宗教信仰生活一樣。教堂裡的人，對我們又很客氣，就像古代裝飾「神的宮殿」的畫僧那樣，我們也受到了應有的尊重。有時候，我們會把教堂的地面弄髒，打掃的工人便很認真地一次又一次的來清掃，我常向工人道歉，但她總是說：「這是為主在做工。」絲毫沒有怨言；此外，在暑氣逼人的盛夏，能在陰涼的教堂中工作，也是一大享受。尤其是能夠在教堂吃午餐，更是一件愉快的事。外國人在喝了湯之後，通常會有一道大約一公分厚的大牛排和吃不完的菜，最後還有很多水果可吃；對窮學生來說是一件很誘惑人的事，也就不去計較工錢的多寡了。

可是，義大利籍的拉吉卻不這麼想，他說工錢那麼少，而且要在神父吃過飯之後才輪到我們吃，是不應該的。因為在義大利，畫家是和神父一起用餐的。看來，東方人和西方人在觀念上還是有差距的。

這位和我一起工作的拉吉，在義大利羅馬美術學校壁畫科畢業了之後，再到東京藝大留學，他常提起在義大利修復壁畫時的趣事，其中的一件事是：有一次，他奉命修補一幅壁畫，這壁畫因為空氣跑進壁畫與石壁之間，以致壁畫有浮起的現象，這時便要灌注石灰，以便固定住壁畫；可是當他們在灌注石灰時，再怎麼灌也沒法灌滿，灌了半天覺得很奇怪，就跑到教堂外面去看，原來剛剛所灌的石灰漿水，都從石縫流到一輛私人的汽車上，汽車的主人正在那裡咆哮不已。後來他就在灌注石灰之前先灌一次水，把水會流出的地方，用泥土塞住後再去灌石灰。拉吉也教我們畫蠟壁畫和使用乾酪素的方法，使我獲益不少。

除了白天在教堂的工作之外，我也利用空閒的晚上到上野公園畫肖像，賺取下一學期的生活費。日、夜不同的工作方式，成了暑假生活的最好寫照。

當壁畫完成後，我的盲腸傷口也復原了，神父來驗收壁畫時不停的讚美，使我感到非常安慰，這幾個月來的心血果然沒有白費，牛排也沒有白吃了。

在東京藝大期間，由於我的壁畫技巧很好，才不至於受人歧視，同時我在入學之後很自愛，也很用功。因此，在藝大結交了不少的好朋友。除了壁畫社團之外，我也參加軟式網球及版畫的社團，並且加入了軟式網球的校隊，而我對版畫的熱忱也贏得了很多寶貴的友誼。

當我即將離開日本回到臺灣的前夕，版畫社的同學要為我餞行，我以為可以到高級的日本料理店去大吃一頓了，想不到大家卻帶著我走到高架鐵路下面為工人而設的廉價酒店。一進門，整個酒店充滿了喧譁聲和香菸、烤肉的煙氣以及酩酊酒客的瘋言瘋語，橙紅的燈光下，瀰漫著藍色的煙霧，構成一幅生動而有活力的畫面，當我們坐定後，會長也沒徵得我這位主賓的意見，就大聲喊：「來三瓶二級酒。」據我所知，酒有特級和一級酒，卻沒聽過有二級酒的，可見我們是多麼的窮了。儘管如此，我們還是把酒言歡盡興而歸！這二級酒裡所蘊藏的寶貴友誼，至今難忘！

我也特別懷念那一段在東京畫壁畫的日子，那順著鼻樑流下來的汗水，那教堂樹蔭下的習習涼風，那敲打著大理石的「叮！叮！叮！」聲依然在耳邊迴響；深夜裡也常想起留在東京的那些壯麗的壁畫和嵌畫。

一九六七年回到臺灣之後，我便著手設置石灰槽，先去買了三個大水缸，然後到燒石灰的工廠買了一牛車的生石灰，接著又到大理石廠買了些大理石片，準備好畫壁畫的一切事宜。

回國至今，我先後畫了一些小幅壁畫，同時也剝離了不少自己畫的壁畫，知道自己的技巧還是沒有退步，可惜當時我沒有做大規模壁畫和嵌畫的機會，我只是偶爾隨興所至的畫一

陳景容〈澎湖的老婦人〉1983 年，濕壁畫

些小壁畫，或在出國前後，臨摹幾張名畫，像馬薩其奧（Masaccio, 1401～1428）的作品，以便到義大利參觀壁畫時，有更好的心得。

一般說來，在國人的觀念中，只要一提到公共建築物的藝術品，首先都會想起雕刻或浮雕。其實在外國，壁畫和嵌畫才是壁畫藝術品的主流。

一九八六年，文建會（今文化部）給了我一個機會，到大甲郭家古厝做壁畫剝離術的研究，算是一個可以做壁畫剝離術的機會，也趁此讓大家知道有這一門技藝；據說以往修建古廟或古厝時，遇到畫有壁畫的牆壁，都是先用透明紙描下作品後，打掉舊作品，再在原來的牆壁上根據透明紙所描下來的樣本重新作畫，因此就把原先的壁畫破壞掉了。

一九八七年五月，我在國家音樂廳一樓的正廳有繪製〈樂滿人間〉（220cm × 940cm）的機會，從構思到完成作品，幾乎每天早上七點鐘到晚上十點鐘都在現場工作；從做素描稿開始，到整幅的濕壁畫作品完成為止，前後有四個月的時間，投入全副精神；自從定稿之後，在作畫時局部的小修正竟有一百多處，也因經過了這些絞盡腦汁的推敲和修正，在構圖上才更完美；同時為了配合華麗的音樂廳，我採用相當柔和的色彩，背景是灰藍，地面是淺綠，而畫面上人物的衣服，則考慮對稱與協調的原則，作合適的配置，以期壁畫能和整棟建築物作完美的配合，合成一體，相得益彰。

陳景容〈佳冬風景〉1972 年，濕壁畫

完成音樂廳的濕壁畫後，我百感交集；一方面是為了國內第一面大壁畫的誕生而慶幸，一方面也為了這幅大壁畫未來的維護而憂心。我常利用音樂會的中場休息時間到這幅大壁畫前做再次的巡禮，回想起作畫的經過，那些辛酸的過程便歷歷如畫的浮現眼前，如同觀賞一齣別人演的戲，十分有趣。但願今後能有機會再畫一些壁畫留下來，這樣也就不虛此生了！

東京藝術大學

一九六五年三月，我考入東京藝術大學美術學部的大學院（相當於臺灣的研究所），茲將藝大的情形簡介於後，以便愛好藝術的朋友有所瞭解。

東京藝術大學是日本唯一的國立藝術大學，座落於東京上野公園的一角，因此東京藝大又被稱作上野（UENO）的美術學校，而上野的美術學校還比東京藝大在人們心目中熟習，大戰結束以前這所學校叫做東京美術學校，戰後與東京音樂學校合併，而稱東京藝術大學。

東京美術學校創立於明治十七年，音樂學校創立於明治十二年，距今約有九十年的歷史，其間人材輩出，例如音樂部之三浦環，以唱《蝴蝶夫人》而聞名於世，美術學部的藤田嗣治亦是世界第一流的畫家。

上野公園可說是東京藝術中心，在上野公園有四個國立美術館、博物館和音樂廳，加以東京人口超過飽和點，上野公園無疑是一般市民陶冶性情的好去處，這裡有森林、噴泉、寺塔，環境十分幽美，在上學的途中，路經西洋美術館，看到沐浴在朝陽下的羅丹作品〈沉思者〉、〈地獄之門〉、〈卡萊的市民〉等雕像，不覺生出向學之心。

目前日本的大學都招收很多學生，人數往往過多，比如日本大學，有十萬學生，而學生人數上萬者比比皆是，像擠沙丁魚一般。上課時，一個大教室坐上幾百個學生，老師講課要用擴音器；藝大的學生不過兩千左右，每一科系只取三十至五十名，至於大學院的學生，每四、五個便佔一個教室，大可隨心所欲地製作。

日本的大學入學考試，是各校分別招生，但國立大學分兩期招生，所謂一期校，是於國立大學中，選出較好的數校在同一天考試，二期校是較差的國立大學在一期校放榜後再招生（一期校中有東京大學、東京藝大等），藝大的競爭率一直保持最高的倍數，東京大學平均是五倍，而藝大則高達五十倍以上，尤其以油畫科最難，大部分的高中生都無法考上，只好進補習班，精習素描、油畫；這些落第者，稱之為「浪人」，第二年的稱為「二浪」，依此類推，藝大年齡最大的是九浪，也就是說考了九年才考上。

考生乃集全日本有志於美術、音樂者，入學考試經三次淘汰，第一次考學科，歷年來學科都是在三月三日考，幾天後放第一次榜，闖過這關者再考素描，素描通過者才考油畫，素描考試通常是〈布魯塔斯〉一類的大胸像，一共畫兩天，計十二小時，程度不亞於我國美術系的畢業生，在臺北市面上可買到的アトリエ（美術雜誌「畫室」之意）的石膏像素描參考書，全是藝大油畫研究室主編。這些作品都是沒經過老師修改的一年級學生作品，由此可以見其程度之一般；油畫入學考試，則畫人物也是十二小時一張。這些考試放榜都在下午六點鐘，是初春的季節，天色昏暗，幾千個考生徘徊在校門外，都懷著不安的心情，準六點校門開了，大家一湧而進，有喜色、也有悲色，這一榜無名，勢必明年再來。

浪人的生活，是早上四小時素描，下午四小時油畫，晚上再四小時素描，大家如此，程度自然就高，浪人的生活也夠慘的，不分晝夜，為的僅是考試的那六天，今年在第二關失敗的，明年也不能保證過得了關，而這些考不取的大可再報考其他大學，可是他們偏偏不肯，一浪、二浪、又三浪，有浪人自殺了，也有一個女浪人，因為一直考不進，就乾脆當藝大的模特兒，以滿足擠進這狹小之門的慾望，說來也委實可悲。藝大的校門實在狹小，大約只有三公尺寬，磚造的兩個門柱又不高，校名寫在一塊木板上，也不知經過多少歲月，木板已呈灰黃，墨跡也褪了色，十分模糊，這窄門是多麼平凡，卻那樣難進去！

擠進來的人，自然也身價百倍，總是畫一張素描掛在過去浪人時代的補習班的牆壁上。偶爾回到補習班，浪人們都奉為神祇，私立或其他美術大學一聽到藝大，也莫不敬懼三分。有一次，我穿了件染滿油畫顏料的衣服去聽音樂會，旁邊一位小姐唯恐我會沾汙她身上那件漂亮的衣服，臉上有不甚討厭的表情，但當她一看到我的速寫簿印有「藝大」兩字時，便問了一句：「是藝大的學生？」我點點頭，她臉上那種討厭的表情立刻消失了，還借了我的速寫簿看了半天，在演奏休息時間，也表示十分敬重藝大的學生，後來她說她是皇族。

入學後我曾聽到一件頗有趣的故事：在二次大戰期間，全日本禁酒，警察，憲兵都在取締喝酒的人，偏偏有些藝大的學生好喝酒，往往喝得爛醉，當時管理上野公園的警察和藝大的學生很要好，怕學生受到憲兵的干涉，便把他當作病人背在身上走回學校，更妙的是這個醉翁反把警察當作馬，連呼「走得太快了」或「走得太慢了」。這一則逸事，流傳至今，雖不知是真是假，但現在藝大校慶，化裝遊行上野地區，便管制所有的交通，任憑學生在街上遊行，倒是事實。

音樂學部的入學考試如聲樂要過五關，和美術學部一樣難考。

日本所謂的學部，相當於我國的學院，如文學院，在日本稱文學部；所以美術學部即等於我國的美術學院。我念的是油畫科，相當於我國的美術系，他們稱某某系為某某科。可見他們劃分得很細，油畫科又分壁畫、油畫、版畫，及繪畫修復各研究室。

我是屬於油畫科的壁畫研究室，在壁畫研究室又偏重於西洋壁畫（在歐洲稱 Fresco），另選修銅版畫及繪畫修復，這裡的同學對自己專門的專長分得很細密，又可以自由的選擇喜歡的科目。對每一樣都有機會嘗試，看看自己適合什麼表現法，這樣可以學得精細一點。

在我國各大專美術系如師大是屬於文學院，美術系的學生不論圖案、國畫、西畫，都要學。藝專則分西畫、國畫組，另有美工、雕塑科，這有點像藝大的分法；文化學院則在三年級才分組，總是不如藝大精細。

藝大的美術部分：油畫、日本畫、雕刻、建築、設計、藝術學、保存修復技術等科。各科各設研究室，如油畫則有八個研究室，我是屬於第八研究室，各研究室有一位教授、副教授、兩位助教，學生由三個至十個不等。像壁畫科，有八位老師而只有三個學生，日本政府對每一個國立大學的學生每年要補助十萬圓，無怪乎國立大學之難考。

藝大的上課情形，我所知道的油畫科，一、二年級每天上午都是術科，一半是油畫，一半是素描，下午有一點點學科。三、四年級，以及大學院，完全是術科，因此進入學校之後，都是畫畫，不必念書了，同學們多半經過一段很長的浪人生活，素描基礎相當好，因此不須老師怎樣教導，教授們一星期也只來一次，大都是口頭上批評一下便完了，絕不動筆修改學生的作品，十分自由。

一年級上學期是在石膏室畫，這石膏室規模大極了，有兩座大騎馬像，米開朗基羅的〈摩西〉、〈奴隸〉，以及〈米基奇〉與廟中兩組雕刻（共六座），石膏像有一層樓高，全和原作一樣大，至於維納斯、戰神……那些近兩公尺大的石膏像，在此也不過小巫見大巫，看來僅為一尊小立像而已，唐納太羅的〈格太梅拉達騎馬像〉是與原作一樣大小，比普通的馬還大一成，十分雄壯，近者如羅丹的〈巴爾札克〉、〈青銅時代〉，都是很好的雕刻，真是令人不知要從哪一個像畫起才好。

這石膏像室是一個有天窗的教室，光線十分柔和自然，缺點是年代一久便會漏雨，而鴿子在這裡築了許多鴿巢，常掉下鴿糞。鴿糞掉得太多，會汙損素描，學生便向學校抗議，學校久久不加處理，有一天教務處派人查看情形，是否如學生說的那樣嚴重，當這位禿頭的先生一進門，鴿糞從天而降，正中禿頭，這一下學生哄然大笑，禿頭先生連說：「知道了，知道了。」便回去了。

一年級下學期，每天上午一定有裸體素描，而下午上「學科」，若沒學科便排群像裸體素描，所謂學科亦是與藝術有關的，只有美學、西洋美術史、美術解剖學、繪畫組成與修復，以及英、法文而已，只在一、二年級的下午偶爾有這些學科，其他時間便可專心作畫，念的功課少，作畫的時間自然就多，考試也只作論文，臨時做個文抄公，真是輕鬆極了。

三年級以後都沒這些功課，所以大家都在作畫時更能專心，上課也沒人點名，只要將教務處有的學生名牌，翻成正面便可以了；正面用黑字代表出席，反面寫紅字表示缺課。

藝大的教授，有伊藤廉、小磯良平、山口薰、牛島憲之、久保守等，各開一個教室，任由學生選擇。教授要畫得好，學生才會選他的教室，而教授對自己的學生也要特別用心指導，似是一種互相信任、責任制的方式，凡是好的教授都擁有十多個學生，名氣差一點的只有一、兩個，各教室都很團結，往往都以說自己是某某教室的學生而引以為榮。

上課是專畫模特兒，模特兒一定準時到，不管學生來了沒有，而且一定等到下課才走，即使來了一個學生，也照畫。每一個教室分配一個模特兒，最多十個同學畫一個模特兒，教室又很大，所以畫得很舒服。

藝大畫模特兒，以立姿為主，但其他困難的動作，只要學生想得出來，都要做，全校擁有七、八十個模特兒，而且隨時可以解約，所以模特兒都很認真，每三星期輪一個新模特兒，由學生挑選，在星期一早上先到校的人，便可以去挑選。這古老的學校，一如過去的設備，早來的人，便要在煤爐上生火。我一向最早到校，便變成燒煤專家，生火的技術也很到家。

藝大可說是畫家的登龍門，就是日本各大畫展的得獎人，大半也是藝大的學生，即使現在成名的畫家，亦以藝大畢業生佔絕大多數，試翻開畢業生名簿便知道，每一班都造就了不少名畫家。所以現在在校生，十年、二十年之後，成為名家的可能性很大，所以在教室裡莫不各盡所能，為將來的生存競爭而努力，各教室的學習氣氛也十分緊張，在藝大落伍，也可說是以後漫長的畫家生活落了伍。

中午是唯一休息時間，大家都在餐廳吃簡單的午餐，談談笑笑，也頗有人情味，因為緊張了一個早上，下午又要開始畫，中午休息時間十分寶貴，但我總利用這時間去做銅版畫。三年級有半個月的奈良古美術研究，這時大家都分班到奈良古寺院參觀，學校有一寬大的木造房子，大約可住二十位同學，白天大家看寺院，晚上則自由活動。

在學校有很多研究會，可自由參加，我在校時加入版畫研究會，和軟式網球會，這種課餘活動可以調劑過分緊張的學生生活，另外，冬天可以到學校設在山上的小屋去滑雪，一切免費。

藝大的美術學部像一個古老的森林，在校門的前庭有一棵大樹，據說有一位同學在這樹上蓋了一個小屋，過了四年有巢氏生活，校舍是仿古代寺院的木造房屋，但教室全是天窗，所以光線十分好。

一年一度的藝術祭是十分有趣的，美術學部有畫展，而音樂學部有演奏會，每三、四位同學便組成一個室內樂，演奏相當有分量的曲子。音樂學部，也分成聲樂、鋼琴、器樂、樂理、作曲等各學系，每一位同學的程度都很高，尤其藝大的聲樂更是有名，是全日本最好的學系，在藝術祭前夕，慣例有兩場歌劇，由藝大交響樂隊伴奏，布景、衣裳，全是照原作的規模。兩場歌劇演出的人員都不同，在校時我聽了莫札特的《魔笛》、費加洛的《婚禮》，及

《唐．喬凡尼》等，對於音樂外行的筆者，也嘆為觀止，音樂學部每年慣例由學生演出《彌賽亞》，及貝多芬的《第九號交響曲》，入場券非常難買，可見程度之高，演奏之完美。

在藝術祭的五天裡，每天總有五、六個會場，從早上一直演到晚上九點，一直連續不停，有獨唱、有歌劇、合唱、室內樂，作品之多實在難以選擇，美術學部各科系也都有盛大的展出，參觀者真多。學生們並設有露店（路攤的意思），這些露店都表現各科系的特徵，我們油畫科的是烤肉，肉一烤「油」便出來了；雕塑科賣炸豆腐、肉丸之類，這些都要切，和雕塑相近；日本畫科賣的是日本麵。像這類露店到處可見，物美價廉，大家一手持杯，談笑風生。

藝術祭前夕，有化裝遊行，每年都以雕塑科最為壯觀，他們體格好，力量大，往往塑一個四、五公尺的大雕像，抬到街上遊行；油畫科比較差勁，每年只是一隻油蟲，學生們化裝成印第安人，在油蟲裡面，叫叫而已。

十月的藝術祭，結束之後，四年級的同學便進行畢業製作，一直到二月下旬，這時每一個教室都有兩位模特兒，可以畫群像。原則上，畢業製作是一百到一百二十號的具象作品，另加自畫像一張。

畢業展是借東京都美術館舉行，十分盛大，畢業式由音樂科的老師演奏管風琴，畢業式之後，各自回家了，也沒有什麼就業不就業的問題，學校並不保證學生就業，僅憑各自去發展。

藝大的美術學部和音樂學部隔著一條道路，各有各的校門，行政上也各有各自不同的作風。音樂學部的人叫我們「美校」，我們叫他們「音校」，這是合併前的傳統。美術學部內古樹蒼鬱，樹下到處有歷代任教老師的塑像，看這些塑像真有如看日本近代的美術史。

各學系學生的氣質也不相同，美校的有如乞丐，蓬頭垢面、滿身油汙，沒人會見怪；音校的學生卻十分整潔，紳士淑女型的居多。學校餐廳，常見許多男乞丐型的畫家與貴族型的女音樂家談話，真是強烈的對比，但音校的女學生嫁給美校男生的很多。

我在學期間，其他學校常鬧學潮（即學運）、罷課的事，只有藝大沒有，在校史上只有兩次罷課，一次是反對學校限制學生在校的研究時間，原則上可以到晚上九點鐘；另有一次是學校採用能力研查的入學考試方式。不過都是校內之事，這兩次我照例來校上課，並沒受影響。

我早上八點鐘便到學校吃早飯，一直到晚上九點鐘才回家，在校時可向各科專門的老師求教：素描找小磯良平，油畫找寺田春貳、山口薰，版畫有駒井哲郎、女屋勘左衛門，其他同學們也各有所長，在好學校不止有好的老師、好的設備，更重要的是有良好的研究風氣、好的友人。

我回國雖已四年了，還常和故友們交換技法上的意見，有一位在義大利留學三年，只學一樣技法，也只畫一張畫，是用Tempera（蛋彩畫）畫的。在他回國之際，中途特地來看我，教我幾天Tempera的技法，三年不算短的時間，但窮三年的時間，學一樣技法，而集這技法的各種技巧於一張畫中，也確實是一個辦法，藝貴在精，而不在多。

在日本常有一個人到外國精學一樣技巧，一國之中有幾個這樣的人，不但可學完別人的技法，也往往勝過那些學得多而不精的人。我也願有機會花三年功夫，去學人家的一樣技法回來。

在藝大，我是壁畫聞名，尤其是我在壁畫剝離術有特別的技術，凡是有人要將壁畫剝下來貼在畫布上時，都說：「去找陳君。」事實我是剝得很好，連壁上的裂縫都照原來的狀態剝下來。

這是我曾在日本名壁畫家長谷川路可先生處學的，老師第一年要學生替他洗砂子，第二年磨石灰，第三年才教壁畫技術，如塗牆壁、作畫和剝離術，這也是老師在義大利時學畫的習慣，這樣學藝才能學得精。

版畫技法，在銅版畫我也相當有名，但以竹內和子最好，素描以野田善一有名，這些同學各人都有特徵，可補老師很少到學校的缺點。

技能的微妙之處，是要有很多失敗的經驗，老師明知缺點在何處，卻冷眼旁觀，讓學生自己研究，如銅版畫印得不好，老師只告訴你這個地方不好，而不說應如何改進，讓學生去摸索，一旦研究出來了，便永遠忘不了，還有很多其他的祕訣，書本上永遠找不出解說和答案。有的技法，只有自己心領神會，無法說得出來，因此，互相研究的風氣很盛。

在校期間，我研究了素描、油畫、水彩、壁畫、大理石嵌瓷、銅版畫、石版畫、以及繪畫修復等技法，可說樣樣都學得精通，因此也比別人更為用功。人家休息時，我都在作畫，經常從早上八點鐘畫到晚上九點鐘，回寓所之後，到公共浴室洗個澡，十點十分聽一下新聞報導，和棒球比賽的結果，看一會兒小說，便上床，早上走到學校便生火、吃飯，三餐在學校吃。

就這樣我念完了大學院，因成績優秀，教授會通過可留校當助教，可是李主任要我回國任教，於是辭去助教的職位回國。

去年我赴日，看見母校增建了一棟八層樓的教室，已不再有從前古色古香的氣息，但教學似又進步了很多。油畫科正在教十四世紀北方古典油畫畫板的製作法，於是我也參加了製作畫板的研究，天天到學校去磨畫板，磨了十多天，磨了二十幾張畫板，真是個大收獲，而壁畫科又新開了一門彩色玻璃畫，我也學了一些，可惜時間不多，不能如願。只要三年不長進，人家已進步了很多，學問的世界真是冷酷到驚人，由此看來，每三年總要到外國去看看，否則自己就在不知不覺中退步，而終於做一個「庸師」誤人。

在藝大，眾多有才氣的同學中，大家只說一句「工作！工作！」而不是「天才」之類的空話，工作——即作畫。大家都腳踏實地，不斷地工作！工作！沒有「狂」人。

我是以第二名的成績畢業，這成績實在也不錯了，可惜我們壁畫科只有兩個學生，說第二名是為了好聽，事實上我和第一名的小姐，壁畫、素描的學分同樣是A，因此說我以第一名畢業亦未嘗不可。

讀者看了這篇文章，一定會以為我在吹牛，但事實歸事實，不信者不妨去試一試，考一考便知。在日本別的大學，如東京大學對留學生都另眼相待，只有藝大對留學生毫無優待，想入學就得平等。從我入學到畢業，再連前幾年的畢業生在內，只有我一個是唯一考進大學院的外國學生，校內也有不少德國人、美國人、還有羅馬藝術學院畢業的義大利人，但他們都是旁聽生，算來我也為國爭光不少。

這所學校畢竟太偉大了，我始終感到非常驕傲，因它是我的母校，當我有挫折時，只要想起，我是藝大畢業生，便油然生出努力的決心！不斷地去「工作！工作！」

一九六七年記

模特兒、學生與教授

模特兒大概是兩個禮拜換一個，那是看課程的關係而定的，有時也會繼續到三個禮拜才換一次。半年來，我差不多畫了十五、六個，但也沒有和哪一個特別親近，也不覺得哪一個特別討厭的。

起初，我們開始畫模特兒，多少有點好奇，也有點兒緊張；老實說模特兒比石膏像難畫得多，但畫慣了就很有味道，也不會感到怎樣難為情了。當輪到較難看的模特兒，大家總有點洩氣，都故意讓她做較難做的姿勢，這真是人之愛美天性，誰叫她生得醜呢。

在畫固定的姿勢前，都給模特兒做四次的速寫，然後由同學們表決要畫哪一種姿勢，普通做一次「姿勢」給學生畫是二十分鐘，然後休息十分鐘，每一個模特兒都很守時間，從沒有偷懶的現象。

我們所畫的全部是站的姿勢，站的姿勢對於人體的比例，動態都比較容易研究，同時也最難畫，因為稍稍畫得差了，人體就顯得站得不安定，記得我在師大好像全是畫躺著睡、坐著看書的多，這樣比起來，日本的模特兒是好些。

在夏天，模特兒是無所謂，可是到了秋天之後，天氣漸漸冷了，做模特兒也就較為辛苦，雖然火爐生了火，靠近火爐的一邊身體熱得發燙，背爐的那一邊卻是冰涼。一個人做時還好，如果同時畫兩個人，一個也許淌著汗叫熱，而另一個卻催促我們加炭，真是沒法，如果像西洋或美國有暖氣設備，就不會有這種現象了。

當休息的時候，抽菸的居多，因為抽菸可以提神；有的模特兒在休息的時候，面對著學生大抽外國菸（日本的外國菸也比本國菸貴，我們的「雙喜」，也算是上好的外國菸）害得有菸癮的學生羨慕不已，看來模特兒收入不錯，也有時會救濟一、兩個窮學生。又有些模特兒比較客氣，面向牆壁抽菸。曾經有一次我忽然看見那在畫室內用三夾板釘成，而沒有頂的更衣室的上面冒出煙來，我還以為是火爐的火燼落到更衣室裡燒著了模特兒的衣服，隨後才發現原來是模特兒躲在更衣室裡悠哉悠哉地抽菸呢。

起初幾天，模特兒差不多都不大和同學合得來，以後熟了，才知道有的學音樂，有的在大學裡念書課餘兼此業，一天工作多達九小時，看來也很辛苦，不過每天畫完了以後，大家都跟模特兒說一聲：「辛苦了。」如此看來，也有點人情味呢，模特兒自己也不會有被人歧視的感覺。

有一天，我跟一個比較愛遲到的模特兒說：「妳真會遲到。」第二天，她來得很早，害我十分不好意思。

被說遲到的還是學生，學生們有的夜間兼有副業，白天都無法早起，幸而我靠父親接濟，只好儘量不遲到地來上課，有些學生光坐車就花三小時，也難怪她了。

同學裡，男的居三分之二，女的佔三分之一，不知如何，男生待我不甚親熱，女同學倒對我很好，其實，我也很懶得理會那些男生。

助教佐藤小姐，十分關心我，每當老師第一次到教室來的時候，都要特別地拉我上去介紹一下：「這是從臺灣來的……」說了一大堆，這樣那樣的，因此老師也就表示特別關心似的，說上一大堆話。這些話聽得多了，真不耐其煩。因此常遷怒於佐藤小姐，然而每當我傷風感冒時，她那份問東問西的關懷，使我這遊子又感到些微的溫暖。

在日本作男子較好，也不要代小姐開門，也不要代小姐提畫箱，生火爐的事全是女生，女生也不敢在教室講話講得太大聲，如果講得大聲，男學生毫不客氣地叫起來，也不怕失了女同學的歡心，她們反而會來賠罪。

在畫畫的時候真是安靜得很，從無一面談天一面吃燒餅的情形，也沒人管別人怎樣畫，總是自己管自己，畫的畫大都稍經過強調的寫實的畫，最大的不會超過三十號，最小的也在二十號，太大了會阻擋別人的視線，太小了又不好畫得太久（大約兩、三個禮拜，每天早上畫三小時）。

在走廊上經常有同學把自己的畫掛起來開簡單的畫展，牆壁上也似乎任由學生亂畫亂寫，大都不怎樣有傷風雅，而且很多是雙關語的話，由此看來學校很尊重學生自由，培養獨特的個性。所以並沒有教授整天鎮坐在教室的情形。

雖然學校很尊重學生，可是由於科別性質不同，看了學生的服裝、氣質，大致也可以分辨是哪一科的。最驕傲、同時也最窮的是油畫科的學生，大都有窮秀才之稱，所用材料是最花錢的，但很少聽說有人能賣出一張畫，雕刻科與油畫科的人的氣質較近，不過整天刻石頭，似乎有點倦色；日本畫科的人個個都很規矩。有油彩塗滿衣服的是油畫科的；有泥巴的是雕刻科，著制服是日本畫科的，而穿西裝的則是工藝設計廣告科的，有點商人氣質。

老師只在星期四來一次，大都沒有改，只用嘴巴講一講，我想：這樣也好，省得有人盯在後面畫，畫得也很難受，每隔兩、三個禮拜有一次批評會，這時，全班的人都集在一起，照著座號把自己的作品拿到前面去，讓教授批評，然後打分數。

批評的時候，教授也毫不客氣，在臺灣似乎老師會給學生留點面子，即使要老師批評也私自拿到老師家裡去的多，說來在大家面前來給老師說東說西是頭一次，真是不慣，所以在等著輪到自己的時候的這段時間真是難挨，真像等著判刑的犯人一樣難受，我座號又在最後，等得更加焦急。每個學生都似乎想從教授的判斷中，知道自己將來能否成為名畫家。老師在批評的時候，有時老是沉默地不說一句話，把他的禿頭左右搖上兩、三分鐘，這樣不要他說也會知道他會說什麼了。

我總以為藝術家還是自己去體會要緊，用講的沒什麼用，而且覺得這三小時真是精神虐待的時間。

老師也沒有特定哪一位，每一禮拜換一個，這樣就有各種各派的看法，也不怕會得罪老師，習慣後，聽老師說的也有點意思，不過至今，我仍然不大喜歡批評會的時間。

有些模特兒也會跑來雜在學生的香菸陣裡聽老師的批評，有些人似乎也很懂，或許模特兒們會想到自己白皙的身體怎會給人家塗一塊青，一塊紅的顏色；也許模特兒們在回想這兩禮拜自己的腳是如何地酸痛，現在學生們在受煎熬，而自己卻是那樣地優閒。

等到批評會散時，教授回去了，模特兒也在考慮下次要做什麼姿勢，學生也是搖搖頭像敗戰將軍般地收拾畫布回去（為什麼說敗戰將軍呢？老師從不說學生好，說學生好了，老師自己就失色了，而學生在畫的時候，又是那樣洋洋得意）等下次再來吧！因此這裡沒有人認為自己不行，也無人敢自居天才，這樣的教育也有重新研究的必要。

學生們都如此這般的過日子，過了半年，夢想著畫得好些，夢想著和模特兒有什麼從天上掉下來的「浪漫史」——或許大家最關心這一句話吧！真是別想，別想。

陳景容〈山崖下的裸女〉2006年，油畫

〈樂滿人間〉——國家音樂廳的濕壁畫

〈樂滿人間〉是一九八七年我在國家音樂廳一樓正廳所完成的作品，高二二〇公分、寬九四〇公分，也是臺灣的第一幅濕壁畫。

當我在五月初，知道有畫這幅作品的機會時，就開始搜集有關的資料。因為這次的作品是以中國的音樂為主題，所以也讓我困惑一時。在音樂欣賞方面，我對西方的古典音樂涉獵較廣，認識的演奏家也比較多，而國樂方面則較為生疏；因此，我只好從敦煌壁畫和一些歷代的美人圖當中來尋找一些有關國樂演奏的圖片，有空時就趕緊拿出來揣摩一番。

平常我畫慣了裸體群像，而這幅畫不但不能畫裸體，甚至於打赤腳都不行，所以在構圖上遭到了不少的限制。有時心想：若是以西方音樂作主題，在名畫裡常有不少半裸者在奏樂的例子，即使畫上裸體也不會格格不入。因此有一段時間就為了受到主題的限制而備受困擾。

縱然如此，我還是積極的借來了幾件樂器，如琵琶、月琴、笛子……等，更從張木養那裡借到了兩套古裝讓模特兒來穿，開始畫些拿著樂器的素描。這些原先對我來說算是相當陌生的樂器，經過我仔細觀察後，覺得在造型上也非常的優雅。就這樣，經過一、兩個禮拜後，終於累積了十多幅這類的作品。

剛好在這個時候，法國高等美術學院賓卡斯教授來藝專開油畫材料和修復的講習會，我當然不願意錯過這個千載難逢的好機會，於是白天和晚上都到藝專聽他講課。藝專的課結束後，又到文建會參加講習會，賓卡斯講了不少各種材料的配方，其中，有一段是有關壁畫的技法部分，倒是使我在無意中獲益良多，在這次壁畫的最後修飾階段，立刻就派上用場了。

同時，我也開始構圖，把先前畫好的素描縮小，畫在高約十八公分，寬約七十七公分的底稿上。這是一件相當困難的工作，因為，每一個人物的大小只有十一公分左右，必須像刻銅版畫那樣，畫得十分精細，稍有差錯就會覺得很不對勁。即使是聚精會神的認真在畫，效果也不太理想，如此花了將近一個禮拜的時間，對於畫好的底稿還是覺得很不滿意，令人洩氣。

有一天晚上，心情很不好，上街吃了點東西。回家後，用深灰色的炭精筆在灰色素描紙上隨心所欲的畫著，竟然在半個小時裡畫出一幅相當不錯的構圖，這神來之筆，可能是將醞釀在心裡的構圖，在無意中給畫了出來，看來是完全擺脫了敦煌和美人圖的影響，也完全符合了我自己的風格。

接著，我便著手做這張底稿的放大工作。當時我也正好要在臺北市立美術館舉行畫展，有好幾天都忙著掛畫和布置。等到展出後的第二天，才能專心在師大教室修改這大型的素描稿。修改到自己滿意之後，就拿到音樂廳的一樓正廳，把畫稿貼在牆上。不久，有一位工程師指著那張素描稿問我說：「是不是請老外來畫的？畫得真棒！」這句話就像定心丸一樣，給了我不少的鼓勵，所以心頭的重擔也因而卸了下來。

當我在放大底稿的同時，也請工人開始整理牆壁，首先是在牆壁上塗上第一層的 Arricciato 的灰泥層，等這一層充分乾燥之後，再塗上第二層的 Sinopia 層，並用褐紅色的顏料畫了一層 Sinopia 色的素描。

畫壁畫時，對於材料必須做非常嚴謹的控制，例如需要用浸泡在水裡一年以上的石灰，要使用經過清洗的上好石英砂，還得挑掉砂中的雜質，這樣才能保證顏料不會變色。

當我放大素描稿時，曾經請國樂科的同學幫忙，也請市立國樂團的團員充當模特兒，示範演奏的方法，並請她們把樂器的特徵和演奏時的指法詳細解說，儘量避免和樂器有關的畫面錯誤。因為到音樂廳來的觀賞者，有很多都是當代樂壇行家，所以是不能鬧笑話的。

因為我先前所參考的那些古代美人圖也不甚理想，例如吹笛子的手勢竟然是錯誤的。所以我還是要請會演奏那種樂器的人來幫忙，才能作出準確的姿勢。因此，素描就一再的修改，

陳景容〈樂滿人間〉1987 年，濕壁畫

連群像的配置也一再的推敲，直到定稿後的七月底，我才開始畫天空的部分。

這幅畫的天空部分加上遠景的人物，面積頗大。第一次畫天空和遠山的部分，是和七、八個學生一起畫了兩天，而且每天畫上十四個小時，結果卻因不理想而全部打掉重來。因為畫濕壁畫是要一氣呵成的，畫壞了只好重來。但是心理上也遭受了極大的打擊，因為我從來不曾在畫壁畫時失敗過。

幸好，我在美術館的畫展順利的結束了，花了大約十天的功夫把參展的作品整理後，又重新開始畫天空部分，這一次，雖然在用色上淡了一些，但遠景的人物畫得還不錯。三天後，就開始畫最左邊手上停著白鳥的少女，也畫得很順手，令我大為寬心。

一般說來，濕壁畫是要在灰泥未乾前及時完成作品，所以作畫時下筆要很準、很快，因為顏料一旦被灰泥吸收進去後就不能修改，所以在作畫當中，幾乎都沒有辦法休息，是相當勞累的。

畫完左邊的少女之後，我又從右邊那個拿笛子的少女開始畫第三個單元，畫好之後再繼續畫拿月琴的和拿柳月琴的人。等到這些人物都完成後，始終覺得遠山和天空的顏色顯得太淡了，在求好心切下，第二度把天空和遠山的部分全都打掉，然後規劃成兩個單元重新畫過。諸多的不順與試煉，讓我過了一段心情極為低落的日子。

天空的部分，看起來好像是比較簡單，比較好畫，但反而容易造成疏忽；折騰幾天之後，終於完成了天空部分，接著又開始畫那些尚未著手的人物部分。經過了這些日子的折磨與煎熬，我突然體會到米開朗基羅（Michelangelo Buonarroti, 1475～1564）為什麼在畫西斯汀教堂的壁畫時，時常會有放棄工作的念頭，這是因為壁畫畫失敗時，會讓人覺得格外的灰心，主要原因是在於壁畫的特性，它不能像油畫那樣可以隨意修改，一定要把失敗的部分打掉，再重新塗抹牆壁。我想，這便是壁畫的困難癥結所在，會令人望而卻步的。

這幅畫在長久的製作過程中，也曾經打掉重新再畫了好幾次，不過因為打掉的範圍較小，重做時的掌控度也較高，因此，我所承擔的痛苦和壓力也少多了，心情也逐漸開朗了起來。此後，每四天畫一個單元，總共大約分為十五個單元，每一單元之間的接縫痕也儘可能的給掩飾住。在文藝復興時期的畫家馬薩其奧畫作裡的接縫痕看得很清楚，而且有不照常規的情形，這是因為他只有畫 Sinopia 作底稿的關係。而法蘭契斯卡（Piero della Francesca, 1410/20～1492）則把接縫痕做得幾乎看不出來。我這幅畫也像法蘭契斯卡的作風一樣，儘量的將接縫痕做得很平整，當然，這是比較耗費精神和智慧的。

其實，在我開始準備底稿時，並沒有把整幅作品的色彩問題設想得很周全，等到開始作畫時，才意識到整幅畫色調的重要性。因此趕緊作了一些習作，慎重的研究色彩的分配問題，又因為考慮到壁畫和整棟建築物的相襯性，所以就用柔和的系統作為主色，但背景部分仍保持了我慣用的灰藍色，至於佔有大面積的草地綠色，則讓左右兩側的人物也穿上整套淺綠色的衣服。此外，在適當的部分，又安排了兩個人物穿上綠色的上衣，這樣一來，就可以將佔大面積的草地綠色系統，藉著這些綠色的衣服，從兩側往畫面中央部分帶上來，使之互相呼應。另一處佔有大面積的高山部分因為是灰藍色的，所以也讓一些人物穿上了藍色系的衣服，讓畫面有充分的調和感，前後互有關聯。

在畫框的部分，由於採用的是暗紅色的柚木框，色調相當厚重，為了使畫面色彩不受畫框的影響，所以把畫面中央的兩個人物的衣服設計成藍紫色和紅紫色。然後再找出兩個人物，把她們的裙子畫成暗褐色，不但能和畫框相配合，也加強了整體效果。最後，我又讓在畫面中央打鑼的女士穿上淺紫紅色的上衣，配以黑裙，使明度的差距大些，也較醒目。如此安排之後，整個畫面的色調就很統一，既不會過於華麗，也沒有失掉我的特色。

在構圖方面，我也注意到了整個作品的韻律變化，試著把樂器的方向連貫起來，整幅作品經由鋸齒狀的構圖形狀貫穿，使之充分的連成一氣。

從大素描稿完成到正式製作壁畫，這期間大約修改過一百多處的小缺點；那經過我一再推敲的構圖，在作品完成後看來是那樣的勻稱協調，使我覺得這四個月來的努力並沒有白費。

至於如何努力盡心作畫的情景，可就說來話長。因為意識到這幅畫在國家音樂廳的重要性，所以這幅濕壁畫，可說是我作畫以來花費最多精神、耗去最多體力的，我幾乎每天都工作十二小時以上，直到開幕前夕還忙碌到午夜，一直等到畫具收走、場地也清洗後我才安下心來。

開幕時，大家都認為這幅畫對音樂廳有畫龍點睛的效果，是十分完美的！在贏得讚嘆之餘，我也大大的透了一口氣，畢竟我們也有一幅相當大的濕壁畫可以展現於此了！這也是我所引以為傲的！

〈十年樹木，百年樹人〉的製作過程

大約是在一九八四年初，風聞省立美術館（今臺中國立美術館）準備要在大廳畫一幅大壁畫；聽了這消息後，覺得這種工作是不太會輪到像我這種不善於交際的人來做的——雖然我畢業於東京藝大壁畫研究所，對於壁畫的製作很有心得，但是回到國內二十年來卻一直得不到機會來施展所長，這次大概也不可能讓我來畫，心中未免悶悶不樂。

一九八四年九月十六日，省立美術館在師大綜合大樓舉辦「北部畫家座談會」，當時我認為在臺灣沒有人有製作大幅作品的經驗，所以就發言並極力反對製作這樣大的壁畫。反對聲浪一起，大家都頗有同感，看情形大概是不會畫了。老實說，這麼大的壁畫（810cm×1260cm），要如何構圖才能填滿這空間？連我自己也沒把握。

後來和幾位畫家在永和吃飯時，我也跟一位負責美術方面的官員表達，主張不要畫這壁畫；可是過了幾個月，仍然沒聽到要取消畫大壁畫的消息。

一九八五年四月二十九日在省立博物館的會議中，還是決議要做壁畫和大雕塑。既然如

陳景容〈十年樹木，百年樹人〉1988 年，油畫

此，我想利用徵畫的機會去試試看也不錯，於是將發表於歷史博物館的舊作〈十年樹木，百年樹人〉的畫片，影印幾張貼在速寫簿上，打算用這幅畫做基礎，再加上幾個人物，準備畫出規模較大的構圖作為大壁畫之用。

這時剛好是我在師大休假的下半年，本來是打算過完農曆年後就要出國，可是從電視上得知，歐洲的暴風雪凍死了不少人，我也因而裹足不前，直到三月天氣較暖和時，才先到希臘，再到義大利、瑞士、法國、西班牙、英國和美國的波士頓、洛杉磯等地，最後又轉到日本去。七月底回國時已經放暑假了，這趟旅行整整有四、五個月之久，雖然很遺憾的沒能看到下雪，但卻看了不少名畫，可說是不虛此行。

當我在巴黎時，有一天彭萬墀打電話告訴我，已經決定要畫那幅壁畫了，而我也是籌備委員之一。於是我趕緊到羅浮宮尋找可以參考的資料，面對那麼多的名畫，實在令人卑微了起來。除了在跳蚤市場買了幾張版畫外，到英國後，也利用時間畫了一些素描，順便聽了多明哥唱的歌劇。大體上是白天參觀美術館，晚上則是拿起速寫簿畫一些可以畫大壁畫的草圖。

在波士頓也畫了幾幅素描，到了洛杉磯後就住在弟弟的家。白天大家都上班去了，剩下我一個人在家裡終日無所事事，又不能像在歐洲那樣的到處去參觀，只好拿出沿途所畫的素描作參考，每天用原子筆在先前貼在素描簿上的〈十年樹木，百年樹人〉的影印紙上添加一兩個人物，先是採取並列的方式，幾天之後已有點雛形，我又把每一個人物都畫得很精緻，造型也很美，看起來相當不錯。如果拿這張構圖來製作大壁畫的話，在寬度上是沒有問題，但高度卻不易解決，老是變不出花樣，於是將畫好的構圖影印了幾張之後就擱置了下來。

這時，弟弟得了尿道結石症，因日夜疼痛不已而住進了醫院，在弟弟住院期間，我特地帶那些原子筆所畫的素描稿到醫院，得空便在一張厚紙板上用鉛筆隨意地畫畫看。有的人物予以放大，有的加以縮小，也嘗試把其中的幾個人物組合成為群像，畫面中央部分仍保留著植樹的少男和少女，左右兩邊各有一組群像，背景則加上一棵高大的枯樹、農舍、圍牆、河流和遠山，看來就有點像樣，已經不是先前並列的群像了。

先前所畫的那一幅構圖是類似埃及壁畫的那種並列式的構圖，注重人物造型的優雅以及人物之間美妙的呼應，每一個人物都具有同分量的重要性；這種並列的構圖，不管畫得多長，也有辦法接下去。當畫好第一個人物之後，畫第二個人物時只要留心和第一個人物相配就可以了，假如畫第三個人物時，便只要注意先前所畫的那個人物的造型，若畫得妥當，也就可以了。像這樣每天增添一兩個人物，後來算一算也畫有十來個人物，看起來還滿順眼的，只是略嫌單調——本來埃及的壁畫看來就是單調、穩重，這也正合乎壁畫的要求。可是把這幅素描放大後，估計只能畫出大約五公尺左右高度的畫面，那麼，其他的空間怎麼辦呢？自覺功虧一簣後只能自我調侃的嘆口氣說：「我已經是師大研究所的教授了，犯不著去參加這個徵畫活動。因為若是比贏了，人家會說你本來就該畫得比別人好；萬一輸了，落得名譽掃地，更是划不來。」

可是，在醫院裡所想出來的新構圖就不同了。在畫面右半部安排了一群人，他們之中有提水的少女、有肩上荷著十字鎬的青年、有背著米袋的農夫，還有一個身穿藍色衣服的男人，用手指著植樹的少女，更加強引導觀眾的視線注視畫面中央的視覺效果，也加深了對這幅畫的主題「十年樹木」的意義。至於人群中身穿紫色衣服回頭注視的少女，是避免這群人的動態太過分強調往上衝的氣勢，會顯得太單調，就讓她做個回眸的表情來增加一點點變化；群眾的腳部則被壓幫浦的老人遮住了大部分，僅露出幾隻腳，加強了這群人互相重疊的上半身，使之形成一個集團，看來更加有力。同時，為了更突顯出這群人的造型美，於是應用明暗交錯的效果，在他們的背景只畫了一堵有透視效果的圍牆，斜斜的指向畫面中央，這堵牆就像一個休止符——由於只有單純色面的圍牆當作這群人的背景，更能襯出人群上半身微妙的變化，而將觀眾的視線順著圍牆的斜線和這群人走向畫面中央，具有往上衝的氣勢，將觀眾的注意力帶到畫面中央的大樹。

大樹正好在畫面中央，樹蔭下坐著一個穿著白上衣黑長褲的中年農夫，旁邊還放著一瓶米酒，我畫的是這位農夫的背面，也是背光的，正好和屬於較為明亮的圍牆，做出「明與暗」的對比。畫面中央的大樹，伸展了樹枝，線條優美，大約佔了天空的五分之四光景，如此一來，畫面上半部便有東西存在，否則，在這十二公尺高的畫面，除非畫上疊羅漢的群像，或者像米開朗基羅的〈最後的審判〉，不然便無法填滿畫面。這也是這壁畫的困難所在。

大樹下的另外一邊，站著一個穿短褲的少年，拿著釣魚竿，身體稍朝左下方，如此便能把觀眾的視線繞過大樹，帶到畫面的左半部了。

左邊這群人象徵著「百年樹人」。最前面有一個媽媽坐在椅子上，她的左手拿著一本書放在腿上，右手則輕輕搭在小女兒肩上，似乎在教導小女兒。那小女兒伸出右手指著書本，似乎在問些什麼問題。後面有一群婦女，帶著拿了書本的男孩，似乎也趕著要來上課。人群中還有一個穿綠衣的太太，手掌上放著一隻青鳥，象徵著對未來美好的憧憬。婦女們的頭部有的往上仰，有的向下看，充滿了動態的美。也由於這是一群正在走路的人物，勢必要畫很多隻腳，但即使努力簡化，使之互相重疊，仍屬於相當難以處理的部分。這群人的氣勢和右邊的那群人相呼應，是從畫面深處朝著中央部分走過來，剛好和右邊的那群人相反，具有從上方往下端走過來的氣勢。整個畫面上左右兩組的群像，像是在跳支美妙的華爾滋舞，從右邊到大樹下，輕盈地迴旋過去，把人們的視線引導到畫面中央的主題——「十年樹木」，使畫面看來富有韻律感。背景的河流，也像右邊的圍牆那樣單純地襯托出人群之美，河岸的線條也像圍牆，具有一條朝向畫面中央的斜線，和圍牆同樣有往畫面中央集中的效果。

畫面的中央畫有鑿土的少年，他的左腳放在圓鍬上，漲紅了臉，用力鑿出一個可以種樹的洞。左邊的那位少女，則做出帶有宗教儀式的姿勢，很慎重的想把右手中的樹枝插進那少年挖出的土洞，左手則小心翼翼地微微張開，表現了心中緊張的情緒。

整個構圖已充分表達了「十年樹木，百年樹人」的意義，而把先前鬆散、並列的構圖，整合歸納成兩個大群隊的集團與幾個點綴在其間的人物。正像交響樂中的各種樂器，強而有力的合奏出一個主題之後，有休止的片刻，也有兩種樂器的唱和，有些地方也會具有迴旋曲的味道。我的構圖就像是這樣，已把那單純、獨立並列的構想，化成大幅作品所必須具有疏密變化的條件。

其他部分，我在畫面左側下方安排了三個男人，象徵了「三人行必有吾師」。站在中央的人看起來像是老師，出了一個問題，向右邊看來相當聰明的青年發問，那個青年的右手放在頷下作思考狀，而最左側的人在慈祥中帶有嚴肅的表情，則好像在期待著青年的回答。他們的手上都拿著一卷長卷，地面上則放著地球儀和寫有「天文」的書籍，這是代表「上通天文，下知地理」的意義。

畫面右側下方，畫有壓著幫浦的老人和等著提水的青年，象徵著「飲水思源」之意。老人、幫浦、青年，和左側的「三人行必有吾師」，從分量上看來，大致上是相稱的，三比三，剛好能夠保持平衡，也使得畫面更具穩定性。

沒想到陪伴在弟弟的病榻旁邊，為了打發既無聊又煩悶的時刻，在不到三個小時當中信手所畫的構圖看起來竟是這樣的令人滿意，也許是幾個月來苦思的結果，在一剎那之間，從潛意識中全都反映出來了。

回想幾個月來，一直都流連在無數的美術館中，面對了西斯汀教堂米開朗基羅那有震撼力的壁畫、拉斐爾（Raphael, 1483~1520）雅緻的壁畫；也面對了阿雷索（Arezzo）的法蘭契斯卡那種平穩而工整的壁畫，更面對了帕度亞（Padua）和亞夕西（Assisi）的喬托（Giotto di Bondone, 1266~1337）、翡冷翠的馬薩其奧、安基利柯（Fra Angelico, 1395~1455）、吉爾蘭戴歐（Domenico Ghirlandaio, 1449~1494）的壁畫，以及威尼斯聖馬可教堂和拉芬納（Ravenna）的嵌畫，都讓我有無限的感慨。西班牙的葛雷柯（El Greco, 1541~1614）、哥雅（Goya, 1746~1828）和委拉斯蓋茲（Diego Rodriguez de Silva Velazquez, 1599~1660）的大幅作品，以及陳列在羅浮宮的那些鉅作，在在都使人覺得在大師之前，自己是如此的渺小。千百年來，這世界不知來了多少人，又走了多少人，而他們正是人世間億萬人群中罕見的天才。當然，置身在沒有西畫傳統環境中的我們，要畫出像大師們的作品，更是有相當程度的困難！有時，光是初步的構圖就常令人絞盡腦汁，要完美的把作品表現出來更得大費周章了。

針對大壁畫的題材，我也考慮過許多不同的主題，既能畫出這幅較像樣的構圖，也令我滿足了。弟弟在病床上也說：「這構圖不錯！」我心裡想，如果弟弟沒有生病住院的話，我也不會有這段無所事事的時刻，可讓我暫時進入脫離現實世界的心境，而將潛在意識裡醞釀許久的構思畫了出來，也算得上是意外的收穫。

雖然構圖已經想出來了，但是我也沒時間把這幅看來不起眼的構圖畫成精密的素描。因為母親和弟弟都認為，應徵壁畫的事很難預料，最好不要參加，免得自尋煩惱，我也頗有同感，所以就把這件事置於腦後暫且不管了。

後來我到日本去，也和東京藝大的老同學談起這件事，他們認為要繃那麼大的畫布，內框的問題是很難解決的，同時，普通的掛鉤也很難支撐得住這麼重的作品。若是要到現場畫壁畫，在交通上也有許多不便之處。做嵌畫的話，恐怕很費事、費力。而瓷畫在安裝上也會有很多的困難點。聽了這麼多的分析之後，更讓我放棄了參加徵畫的念頭。趁著假日的尾聲，在日本期間，去看了不少場的棒球比賽，享受一下難得的清閒生活。

回臺北後，師大的暑期進修班也開始上課了，一切步入正軌。八月一日，我到臺中省立美術館開會，參加討論有關大壁畫的事。在開會之前，主辦單位讓我們先去參觀已經蓋好預定畫壁畫的大廳，只見像羅馬圓形競技場那樣大的大空間，到處放著土木工程的機器、廢料，高有二十四公尺的大廳，正面有一堵要畫壁畫的牆壁，像巨人般地呈現在眼前，夏日的豔陽正強烈地從天窗照射到牆壁，投下不斷移動的光影，映出框架方格子的陰影。我看了這種情形，覺得即使能把壁畫的作品畫得很完美，在這種強烈直射的陽光下，將會縮短作品的生命，也會影響到人們觀賞的品質。至於壁面周圍因樓梯和窗戶所產生的巨大陰影，對於畫面也會有很大的影響。要畫怎樣的畫才能鎮壓得住這個巨大的空間、陽光、陰影，將會是個很棘手的難題。同時，除非把人物畫得很大，否則看來會令人覺得十分渺小而無法產生美感。眼看著難以克服的諸多障礙，我不禁長長嘆了口氣，心情也頓時沉重起來。因此，在接下來的會議當中，我還是主張不要畫比較好，但贊成的意見很多，所以原則上還是會進行徵畫活動，並且預定在一九八七年五月開館的同時，大壁畫也要公諸於世。

會後大家一起聚餐，隱約覺得有點異於平常的氣氛。吃過飯下樓梯時，三五成群的與會者都互相招呼著要一起去喝咖啡，個性隨和的我，一向和大家也相處得很融洽，可是這時候竟然沒有人邀我參加他們的聚會。落單後，只好一個人垂頭喪氣，在眩目的夏日豔陽中孤零零的走向火車站……。

回臺北後，幾乎死了參與徵畫的心，每當想起孤零零的走到火車站的那幕情景，心中便是一陣悵惘。加上有一位畫友託人轉告我他要參加徵畫的活動後，更讓我死了這條心，覺得還是安心地畫自己的畫比較適合我的個性。於是就利用這個暑假，在師大美術系教室完成了一幅相當大的油畫〈海邊的騎士〉，畫面上有個無助的騎士在海邊騎著白馬，默默的走著，海浪洶湧，而在海的另一邊則畫有一片黑黝險惡的崖壁。

開學了，大家在教員休息室閒談時，常會提起壁畫的事，但幾乎沒有人在準備作品，即使偶爾有人提議到一起合作的計畫，也都被婉拒。在土城畫陶瓷時，林振龍也曾經建議和老畫家合作，利用陶瓷來做壁畫的事。後來在師大畫廊參觀了建築材料的展示會，覺得有幾種材料的利用價值很高，買回來做試驗後，效果也很不錯；但想到徵畫就提不起勁，因而作罷！

有一天碰到吳校長，問他參不參加徵選，他說：「這是年輕人的事，我們犯不著冒險，否則萬一落選，豈不是名譽掃地！」我也有同感。於是就這樣地過日子，大家碰面時也常把徵畫的事當作熱門話題，周遭的人沒有一個人在準備，靜悄悄的，只是發發牢騷而已。雖然聽說要在一九八六年二月十六日收件，但因為沒有參與應徵的打算，於是就利用寒假到菲律賓和泰國去了一趟。

日子一天一天過去，美術館通知我們二月十八日到臺中文化中心開會，並先看看應徵的作品，並不算是正式的評審會。在會場上，黃先生碰到我，第一句話便是說：「可惜！你怎麼不應徵呢？」聽到這句正中下懷的話之後，我的心突然怦然大跳了起來！

看完作品後，又是一場討論會，聽完各種意見之後，林教授的一句話留給我很深的印象，他說：「我們也不敢要求有世界級水準的作品，我知道這是不可能的事！只要臺灣目前能做到的最高水準便可以了！」聽了之後，覺得有點後悔，早知如此，大可放手一搏，可惜已錯失良機了。

搶在尚未選出評審作品委員之前，我也在會中發表了一個意見：「如果在座的各位以後被選為評審委員的話，請一定要憑良心選出好作品。因為評審委員是代表國家選拔好畫家來畫好作品的，萬一被選上的人將來把作品畫得不理想，評審委員也要負責的。」

幾天後的二月二十一日，大家在中國飯店聚會，討論一些有關評審和作品水準的問題。接下來，又有數次的集會，我都沒參加。據說是在選舉評審委員以及評審參賽的作品，也聽說評審結果並沒有挑選出理想的作品來。所以後來舉行第二次徵畫時，我才能保有參加徵畫的資格，這也是在中國飯店開會時，籌備處主任和規劃委員們的默契。

在中國飯店開會後，我曾跟劉館長提及：「一件作品五百萬，其實價格太貴了一點，若分為兩件，則幾乎沒有利潤，大家便不會爭得那麼厲害了。」這句話可能產生了一點影響。後來，有人問我怎麼把五百萬變成二百萬一張？我只好苦笑著說：「是我自己殺價的。」其實那時我自己也沒想到我會是參加徵畫比賽的一員，只是覺得利潤少一點，就可減少很多麻煩而已。

在學校上課時，偶爾也會跟學生提起徵畫的事，楊恩生跟我說：「其實，國內會畫人物畫的大畫只有老師最適合。」我就順便讓他看看在洛杉磯所做的壁畫構圖，他覺得很好，一再為我打氣；我的興致被提升之後，多少也萌起了姑且一試的念頭，對參加第二次徵畫的事也有點心動了。

等過完農曆年，三月二十八日到四月八日，我在龍門畫廊舉行個展。春假時，學生葉銘銅自告奮勇說要利用假期替我把底稿放大看看！於是我就把底稿交給他，教他放大的方法和放大的尺寸。過幾天到畫室一看，放在地上的放大好的底稿看起來相當不錯，於是抱定決心要參加徵畫了。

第一步，我先貼好和應徵作品等大的牛皮紙，把草稿放大到這張牛皮紙上，做相當精密的素描。同時也在這幅原有的素描上做了不少的修正：例如河流上的帆船改為竹筏，上面還畫了兩個撒網的漁夫。遠景也改成在山腰上掛著白雲的重山，畫面中央的枯樹也改成關渡廟前長著茂密樹葉的榕樹。地上再加上兩條狗，農舍稍微縮小，又把榕樹下拿著釣魚竿的少年位置提高了些，讓遠近有更為顯著的變化。幸好，我有這些人物相當完整的素描，畫起來滿順手的。很巧的，學校配給我在雲和街單身宿舍的牆壁，正好能貼上這等大的素描稿，也讓我大為寬心。

美術館方面，於五月一日發出重新徵求作品的簡章，五月二日招待預定參選的畫家看現場，五月二十九日拿到簡章，參賽者的交件日是八月十七日，評審日則定為八月二十六日，準備期限整整有三個月之久。因此，我在五月二十二日完成底稿之後便以蛋彩畫的綠色做素描，然後再加上油畫。每天有空時便窩在單身宿舍中作畫，早晨買一個雞蛋和醋一起攪拌，加上防腐劑和顏料，一筆一筆地畫著。酷熱的天氣，使我不斷地流汗，電風扇的雜音和著唱機流瀉出來的古典音樂伴隨著我。我每天都畫十多個小時，因此，在暑假前，便幾乎完成了一幅以綠色調為主調的作品，其大小為一六〇公分乘以二四〇公分，這也是縮小草圖的尺寸。

完成後一看，這幅畫的大榕樹，光是樹葉的部分，估計放大後大約就有八公尺長、四公尺寬，差不多有一間教室那麼大。我一想到要點這麼多樹葉，覺得太麻煩了，於是將這幅畫的構圖另外再畫了一幅灰色調沒有樹葉的作品，順便把水平線提高一些，讓人物部分能佔據畫面的中心位置。

我記得是在聯考後，暑期進修班開始的時候，可能是七月初才開始畫這幅灰色調的作品。在聯考時，我寫信給東京藝大的教授田口安男，請教他如何準備內框、畫布和掛畫的事，熱心的他馬上開夜車，連夜回了十張信紙的長信，教我如何打底和繃畫布的細節。同時我也寫信請教修復專家歌田真介有關這方面的事，也收到了他的回信。往後我也常打國際電話向他們請益，趁著有機會時，就趕緊請教他們一些製作大畫時必須知道的知識。雖然我還不知能否入選，但若能未雨綢繆，才不會到時慌了手腳。否則若有幸入選，到交件只有一年的時間來作畫，扣掉打底後需要有一個月的時間讓它乾燥，實際上可運用的時間也就不多了。在這期間，也傳來我的作品入選法國春季沙龍的好消息，如同打了一針強心劑一樣，我更有信心了。

日復一日，作品雖然畫得十分的順暢，可是內心深處卻是處於煎熬翻騰的狀態中，「參加？還是不參加？」假如不參加的話，那就永遠沒機會露一手了。假如參加的話，萬一沒選上，豈不名譽掃地！

不過話又說回來，除了葉銘銅之外，也沒有人知道我在準備參選的作品。不但父母親和妹妹們都被蒙在鼓裡，甚至連負責在我的畫室裡教畫的簡正雄和梁晉嘉，也只知道我正在畫一張畫。有一次，梁晉嘉看到這幅作品，說構圖很嚴謹，認為我是在畫一張相當重要的作品。臺中金爵畫廊的小姐帶收藏家到我家時，我也沒有讓她看到這幅作品，真可說是保密到極點，完全沒有人知道我在準備應徵的作品。

就這樣，我在白天教暑期進修班，晚上則專心的畫作品，平均每一天可以畫一個人物，大約二十天便畫好一幅灰色調的應徵作品。我在應徵作品時所交的文件上，於「其他說明」一項中，也寫得明明白白：「製作前已畫好了兩張一六〇公分×二四〇公分之油畫及一張素描（等大）稿，實際製作時難免有所增刪。」這也就是說，我準備了兩幅應徵作品，但只挑出其中一張灰色調有枯樹的參加。如此一來，入選後萬一沒畫樹葉，也不會遭人批評為「偷工減料」。假如以後心血來潮再畫上了樹葉，也符合有所增刪的那一句話，讓我有個伸縮的餘地。

七月十七日，我到彰化縣立文化中心布置個展的作品，展期從七月十九日開始，到八月三日結束。

正在這時，臺大哲學系郭文夫教授的大甲古宅，因拓寬道路的關係將被強制拆除。由於郭教授想保留牆壁上的壁畫，於是求助於文建會，陳主委便建議由我來作壁畫剝離的工作。於是，我在八月三日早上抵達大甲，先在壁畫上塗膠，下午到彰化收拾個展作品，由葉銘銅押車回臺北，我又趕到高雄審查市展；第二天再到大甲去，把剝下來的壁畫帶回臺北做剝離壁畫的研究。

八月初，完成應徵用的灰色調作品之後，八月十七日，我叫葉銘銅把我的作品交到臺中市立文化中心，當車子來的時候，正好蘇茂生來到我家，問我：「這幅畫要運到什麼地方？」我說：「參加美術館的徵畫比賽。」他說：「畫得很好，可是比賽的事很難預料！」我也給他看另外一幅綠色調畫有樹葉的那一幅畫，他認為綠色調的較好，追問我：「為什麼不拿那一張參加？」我說：「那麼多的樹葉，很難畫。」

車子開走了，直到這時，所有的畫家只有蘇茂生知道我要參選的事，我自己也沒去交件處，當然不知道別的作品的詳情。一直到評審發表結果後，我才知道有一幅作品因為超大而被評審委員抗議。

為了到大甲繼續做壁畫剝離的工作，我跟葉銘銅約好在大甲郭家古宅會合，以後就一直住在大甲做壁畫剝離的工作。這種壁畫剝離的工作十分艱難，雖然順利卻極為辛苦，在工作中也暫時忘掉作品被評審、不知吉凶前的壓力與苦悶，但心中卻十分後悔去參加了這個比賽。這期間我和陳銀輝等四個人也在永漢文化廣場舉行聯展，陳教授曾問起有沒有參加徵畫，我才告訴他已經應徵的實情。

當八月二十六日發表徵畫結果，得知我的作品列為第一名，當然很高興，多日來的陰霾也在瞬間一掃而空。就在這時，想起一件事，便把平日屯積的畫布找出來算一算，發現還少兩卷兩公尺寬的畫布，於是叫葉銘銅趕緊出去搜購，剛好臺北市只剩下兩卷兩公尺寬的大畫布，被我全數買下之後，市面上有一段時期便買不到這種大畫布了。

知道得到第一名後，找個大地方作畫又是一個難題。師大梁校長也很樂意幫忙，可惜也找不到合適的地方。後來想到了在臺北公務人員訓練中心的傅教育長，是預官班的老朋友，為人爽快，又喜歡繪畫，他的太太又是我的學生，便在八月二十八日打電話給他，請他幫我找個可以讓我在臺北畫大畫的場所，他說：「就到我們中心來好了。」於是在九月九日依約前往參觀，終於決定在公訓中心的籃球場作畫。這時收到了從日本寄來的一大箱油畫顏料，也收到了二十多公斤打底用的各種材料。

買到畫布後，接著便是要釘內框。我的朋友蘇學波任職於林務局，一向熟知木材的特性，九月七日在圓山大飯店的高中同學會上，便向他請教了這個問題，他說：「檜木的心材不會變形，我知道臺中有一家木材行，有幾十年來浸在水池裡的好檜木，上面還長了草，我可以帶你去看看！」

我的學生吳同學也從臺中寫信給我，說可以幫我解決畫框的問題。於是我到臺中和蘇學波拜訪木材行的老闆和吳同學，並參觀省立美術館掛畫的大廊；回臺北後，檢討了幾天，決定由吳同學代為製作內框。

當我忙著釘內框，買畫布、顏料，找地方作畫的同時，也借用了在開學前沒有檔期的師大美術系畫廊來放大素描。這次動用了十多位同學來幫忙，花了一個星期的功夫完成了和作品等大的素描稿，這十多位美術系的高材生，都曾在我的畫室學過素描，素描功力很好，又很聽話。能夠找到這樣堅強有實力的班底，並非易事，何況他們大都是歷屆系展、畢業展的得獎人，有很多位同學還是第一名的得獎者呢！

大家趴在地上，每天工作長達十多個小時。他們負責畫初步的線條，而我則是不斷的加以修改，畫出來的素描看來也頗有氣勢，有這麼完美的素描，自己也安心多了。

內框從臺中用大卡車運來之後，大概花了三、四天才綳好畫布。通常，要綳好一百號的畫布已不簡單，何況是八公尺十公分乘以兩公尺大的畫布，就更加困難了。想盡千方百計後，最後終於在我的指導下很順利的將七塊畫布綳好。只是在綳畫布的過程中，卻意外的發現其中一卷兩公尺寬的畫布曾被使用過而短了一點。好在何肇衢教授曾經告訴我他有存貨，便急急忙忙的向他求助，請他先行割愛，否則就真的要專程搭飛機到日本去買畫布了。

此外，畫框釘有銅釘的部分，我都給加上一層防銹的蠟，日後便不會有生銹之虞。當我釘好畫布，便打國際電話和東京藝大的田口安男教授討論有關打底的事。在打底時我把幫忙的同學分成兩組，每組四個人，大家把調好的打底用的白色顏料用大刷子在畫布上塗勻，有點兒像是在做粉刷牆壁的工作，一個早上可以塗好兩張，費時兩天便塗好了，把塗好的畫布放乾一個月後才可以進行作畫的工作。正式作畫之前，要先用細砂紙在打過底的畫布上磨一次，然後畫上素描，每天大約可以畫上一面。因為這幅畫是分割為七幅之後再合併而成的大幅作品，所以有很多環節要處理得很嚴謹，例如有分割線的地方要避免切到人物的臉部，而有些部分也因為要遷就切割線而需作些修正。就這樣，大概畫了一個禮拜才完成這工作，接著是在白畫布上描上第一張紅褐色的素描，描完了覺得相當好看，有著希臘花瓶上那種白底紅線的感覺。覺得若是用這種素描來畫大壁畫或是簡潔的嵌畫處理，應該也是可行的。

當開始作畫時，我考慮著：是用灰黑色調來作初稿？或是用褐色調來作初稿？前者近於素描的感覺，後者則是和美術館的牆色較為接近。

通常，灰色調的作品看來較有現代的感覺，例如畢卡索（Pablo Ruiz Picasso, 1881～1973）的〈格爾尼卡〉，就是使用這種色調。至於褐色調則較接近臺灣鄉村的情景。由於每種色調各有特色，所以我在作畫時也常徬徨猶豫，陷入選擇色調的苦惱中。

我想，白底的畫布對將來作品變暗的可能性較小，但要用顏色填滿整個畫面卻是一件相當困難的事；假如塗上灰色底，可能作畫時會省力些。最後，我以調稀的褐色和深綠的混合色先畫褐色調素描，這個顏色較接近人物的膚色，效果也不錯。

當時到場來幫忙的學生，都是師大、藝專的高材生，也是全國美展、省展（臺灣省全省美術展覽會）、雄獅新人獎或系展、畢業展的首獎得獎人，再加上幾個一直在我的畫室中學畫的同學，他們的素描根基都很好，但能夠幫忙的程度也畢竟有限。尤其是人物和其他重要的部分，都得由我自己親自動筆負責。更由於作品的高度有八點一公尺，以致無法豎立起來畫，只能把畫布橫靠在牆上作畫，畫個站立的人，就像畫個躺在床上的人一樣要橫著畫，而增加了不少作畫時的困擾。

依照進度，大約每天可以畫上一個人物，所以每一面畫布大約花一個星期便可以畫好。如此的花了兩個月的時間，等到全部畫好之後，拼起來一看，覺得還不錯，我和同學們的心血總算沒有白費了。

為了等第一層顏料乾燥的關係，加上作品比預定的進度畫得快了一點，所以就利用寒假到歐洲參觀。當我看了羅浮宮的名作後，猛然驚覺到自己所塗的顏色太單薄了，而且因為白底的關係，便看起來有點像是水彩畫的感覺。回到臺北之後，趕緊把第三面拿圓鍬的男孩用幾天的功夫畫好，因為這一面的畫布較粗，所塗的白底較厚，所以拖到二月底才畫好。

一九八七年三月二日，省立美術館劉館長和委員們來看作品時，提供了一些細節上的意見供我做參考，我經他們的提醒之後，發現了不少被自己疏忽掉的缺點，覺得很有改進的必要。整個說來，大家都覺得相當滿意，尤其劉館長講了一句：「比料想的要好得多。」確實帶給我不少的鼓舞與信心。隨後，我又利用了兩個禮拜的時間，重新畫素描，加以放大，同時再做細部的修飾，改正了那壓幫浦老人身體上的很多缺點，也把在樹下拿釣魚竿的少年加大了不少，幾乎花了一整天，放大數次之後才拍板定案。

開學後，除了每星期一、六在師大上課之外，都待在臺北市公務人員訓練中心的籃球場作畫。每星期日則請十位同學前來幫忙，有時就把所有的作品拼排在一起做檢視，若發現作品中有色調不一致時，就作大幅度的調整，尤其是天空和山的部分，更是特別加以注意，每重塗一次天空，就要勞動十個人整整塗上一整天，遠山的部分也是一樣。不過畫完之後覺得整幅畫看來充實多了。

樹枝的處理也是一樣，每次大概都動員了十位同學畫一整天。其他像是地面的部分也是靠著大家一起來塗色才能順利完成。

至於人物方面，雖已有素描作為依據，但作畫時，卻常常覺得對於肌肉、骨骼的描繪仍有不足的地方，為了彌補這些瑕疵，只好再請模特兒來畫素描。男模特兒請了五位，有兩位是師大的同學，三位是職業模特兒；女模特兒有些是師大的同學，有些是同事的女兒。我也常常抽空畫一些素描來做參考，整個的作品，每天都有進展，可說是一點一滴求精求進而累積下來的成果。

有一天，《民生報》記者黃寶萍報導了這幅畫作的消息，接著中視和華視也加以報導，臺灣製片廠更專程來拍了一段紀錄片。正忙得不可開交時，中華籃球隊也要來借用這個籃球場作為「瓊斯盃」的集訓場地，雖然很不樂意，但是也只能跟他們排定使用的時間，就是早上由我來畫作品，下午讓他們來練球。可是我也知道那些籃球隊員都力大無窮，萬一球沒丟準，很可能就把我的作品給打壞了。為了預防這些無妄之災，苦思之餘，找人用鐵架做了一個像鐵床般，以四根支架蓋在畫板上，讓支架撐在牆上，再以三夾板蓋在鐵架之上作為保護層，這樣一來，即使籃球打在三夾板上，衝擊的力量也會被鐵架給化解掉，就不會對畫板有任何破壞了。

很巧的，國家音樂廳也在這個時候找我畫大廳的壁畫，獲悉這消息後，便積極的開始準備草圖。同時，法國高等美術學院的賓卡斯教授也到臺北來開油畫技法和修復方面的講習會，我便把兩個禮拜的時間花在講習會上，以致很少去公訓中心作畫了。

其實我之所以敢這麼做是有原因的，據說原先承包省立美術館水電工程的公司倒閉了，美術館只好重新招標，於是開館的時間也順延到一九八八年的六月二十五日，這麼一算，我還有一年的時間可用。加上籃球隊練習的干擾，弄得我也不能安心作畫，趁此機會停一下筆，等瓊斯盃籃賽打完再繼續畫也比較好。所以，一方面準備音樂廳壁畫的草圖，一方面參加賓卡斯的講習會，不但在賓卡斯的講習會中，學到了用蠟來修復壁畫以及在濕壁畫上作最後修飾的方法，同時也學了一些修復油畫的新方法，可說是獲益匪淺。

緊接著，又需要準備我在臺北市立美術館的個展及印製我的作品選集，使我忙得頭昏腦脹有分身乏術之感。畫展開幕後，第二天便在師大的一〇一教室畫音樂廳壁畫的底稿，一直到八月七日畫展結束前夕才開始畫壁畫。這中間，臺中美術館的委員們再度來看大油畫，時間是七月十一日。

畫國家音樂廳壁畫的期間，幾乎都沒有去畫擱置在球場的這幅油畫，一九八七年十月二日壁畫終於完成，整個人也無法抑止的沉浸在畫壁畫時那種興奮的情緒中。一直到月底，一面準備龍門畫廊的個展，同時也抽空去畫了幾次美術館的油畫，並極力懇求公訓中心的教育長准許我在農曆年之前繼續借用這個籃球場。

十一月二十五日結婚後，利用婚假和一些假日，前後大約有三個禮拜的時間，天天都在畫這幅作品。有很多地方也痛下決心作出重大的修改：例如現在穿紫色衣服的少女，起先畫的是紫色，後來要配合綠色調的那幅油畫便改為黃色調，可是看來看去，覺得顏色實在太單調了，就再改回原先的紫色。蹲在樹下的那個老人，也是下了很大的決心，才改成背光的，連米酒瓶的商標也改掉了；至於在畫面中央種樹的那對少年，更是經過審慎的考慮之後，才把他們的褲子改成純黑色，衣服則是白色，以強烈的對比來作為畫面的重心。此外，拿來種樹的十字鎬也在寫生後作大幅度的修改，幫浦的出水量也增加了。而最左側青年的右腳被往上提了十公分，往左挪了十公分左右，讓他站得更穩。

我也常把作品拍成照片，然後再對著照片來檢討錯誤的地方。這是因為作品太大，又靠在牆上作畫，便無法顧及到細節了。

到這個階段為止，最使我舉棋不定的困擾，也就是劉館長在第二次和委員們來看畫的時候，提出一個問題：沒樹葉怎麼能種樹呢？原先我應徵時，故意拿出這一張沒有樹葉的構圖去應徵，便是因為怕畫樹葉。因為這些樹葉所佔的範圍有八公尺長、三公尺寬，足足有一間教室大。為了畫這些樹葉，我曾經和十位同學折取了不少榕樹枝，花了一整天的時間看著這些樹枝作寫生。因為這幅油畫算是每樣東西和人物都屬於硬邊的，樹葉也都畫雙鉤，每一片葉子都畫有清清楚楚的輪廓。不像印象派利用筆觸，用點描的方式來畫樹葉，而是看起來有點像波提且利（Sandro Botticelli, 1445~1510）的〈春〉，把每個葉片都畫得清清楚楚。這些樹葉早先在館長提起之前已準備好了，既然委員們這麼一提，便下了決心和十位同學埋頭畫了一整天，但看起來還是稀稀疏疏的，後來又花很多時間把樹葉加多、加暗、加密，也把樹幹加大，務必使這棵大榕樹看起來高大茂密。

因為加上了樹葉，比較起來，天空和遠山的色彩就顯得太淡了，於是我又把這些部分加深，使遠景部分看來充實許多。但如此一來，地面部分和人物反而顯得稀鬆了。

年底之前，我很用心的把地面和人物的部分加強。同時想起蘇茂生教授在看過我在國家音樂廳的壁畫後，曾講了一句：「可能音樂廳的壁畫比美術館的大油畫還要統一、精彩。」聽了之後，內心怦然一動，豁然開竅：音樂廳的壁畫是我在最後的完成階段加重了色彩，所以看來莊重有力，令人印象深刻。

於是我也在大油畫上加重色調，此時也顧不了透明色的部分了，白底上的透明色雖然很美，畢竟顏色太淡了。於是除了把人物部分的陰影加深外，也把地面上土黃色部分的草給加重了顏色。

地面上原先只有兩條狗，有一次我心血來潮，把黃狗改成有黑斑點的白狗，後來一看，整幅畫裡人物的衣服只有單色，根本沒有一個穿花俏衣服的，看起來並不相襯，所以又改為黃狗了。而且因為這幅畫很少有黃色部分，三原色中算來最少，如此一改就調和多了。

除了原先的這兩隻狗之外，我又加上了在褐色稿中那一白一黑重疊在一起的兩條狗和一大筐的水果。經此構圖之後，在畫面中央的下半部就不會顯得太空曠了。

利用寒假去做了十七天的旅遊，到羅馬和巴黎這兩個大城市，以欣賞美術館中的那些大畫為主，相形之下，似乎我的作品有些地方還是太單調了些，尤其是看到很多名畫的地面是採用褐色系，很少全面都是綠草的，也讓我徬徨動搖，考慮著是否要把地面的草地部分改為褐色的泥土？我有兩幅不同色調的底稿，到底要以哪個版本為依歸呢？

左思右想的結果，覺得還是綠色草地的地面較適合，當作品掛上去後，更覺得綠地和牆壁的顏色有微妙的對比，顯得十分和諧。可是在作畫時卻只能用想像的「理當如此」來作判斷，以致不時在心中浮起一絲疑慮——「這樣畫沒錯吧？」

至於近景的那五個男人，則全部只穿短褲。先前畫稿上的短褲，有的是深藍色，有的是淡黃色。最後畫在大油畫上的，則全部用接近膚色的淡黃，如此一來才不會由於深藍色的短褲，而把一個人分割成上半身和下半身。淡黃近於膚色看來像是一體，也比較接近一個全裸的人體。對於這幅畫我是渴望能畫上裸體像的，只是限於習俗只能作罷！而農夫只穿短褲在田野上工作，在鄉下是習以為常的，也是大家都能接受的。

另一個困擾是發生在陪小女孩看書的那群人物，那些人是穿著裙子赤著腳的，以致在開始構圖時就覺得小腿林立，卻又不知如何處理。後來，我畫第二張小幅油畫時，便加上了一個石膏像把那些腳給擋住了，石膏像看來也像是群像中的一個人頭，朝向畫面的中央，加上石膏像下面用黑褐色包起來的臺子，剛好造成一個暗色面，和複雜的人群正好形成一個對比，也使得畫面看來更是簡潔、有力。同時，我又將她們的裙子全部改成墨綠色，如此一來，這一群人的上半身較明亮，而下半身較暗、較單純，也是特色之一。

畫面中央種樹苗的少女，在打褐色稿時就已經畫得不錯，所以常常都捨不得加以修改。可是從歐洲回來之後，也狠下心來塗上厚厚的顏料，戰戰兢兢的修改著，下筆時非常的謹慎，深怕會把作品給改壞了。

關係著人物部分的色彩，男人的膚色以紅褐色為主，婦女則較白皙。衣服以純色為主，不加花紋，這有點像法蘭契斯卡的作品，以簡潔的造型為著眼點。

色調方面，我很喜歡馬奈（Édouard Manet, 1832~1883）的〈草地上的野餐〉，深綠草地與黑衣的對比很美。所以有一段時間，我都在加強綠色和黑色的對比，可是拍成照片後，卻顯得綠色太深了，於是就請了十位同學，來加以修正，塗上了不少的黑褐色，色調看來好多了。但是後來又覺得這黑褐色太暗了，就再塗上淺綠褐色，還隨處留有黑褐色的底色，如此看來更為深沉，效果反而更好了。

人物與地面畫得差不多之後，覺得草地像一片綠色的地毯，看起來有些單調，於是在近景的草地上，畫了不少蒲公英或羊齒植物之類的野草和野花。畫什麼樣的草？要放在什麼地方？都要細加考量。等我把這些花草的素描都安排好之後，再讓學生們照著素描來畫，等同學們畫得告一段落後，我再加以修改。由此可見，每一株不顯眼的草都是花了不少時間來繪製的。

有一天，我把七塊畫拼在一起，發現每一幅畫都畫得差不多，就是色調不太對勁，總是稍微有些差距。在求好心切的驅使下，又召集學生來大改一番，把圍牆一口氣塗成相當統一的顏色。放乾後，就像畫素描時再給予相當的變化，每一筆都考慮到和人物的關係。大致上，圍牆和整幅畫的關係是以地面為暗面，圍牆屬於亮面而遠山則屬於暗面，天空又是屬於亮面的。這樣明暗互相交映的來處理整幅畫，效果就好多了。

老實說，並非每次修改作品時都能進行得很順利，有時一念之差就會影響大局。所以常常在回家後還在檢討當天的工作得失，然後針對浮現出來的問題找出對策。有時沿途看著遠山和浮雲；有時淋著細雨，走在行人稀少的山路慢慢的回想。通常，我所用的油畫筆是以六號、八號、十號的居多。一次擠一點顏料，慢慢的塗，慢慢的畫，每一筆都是用足精神上色，絲毫不敢放鬆。製作這麼大的一幅畫，居然會為了兩三筆的不順暢而坐立不安，看在旁人眼中，大概覺得很不可思議吧！

很少人知道，我通常是蹲在兩支四、五公尺長的木橋上作畫，這怎麼說呢？因為每幅畫的色調不易統一，只好就把兩幅畫拼在一起，旁邊各放一個木箱，上面再架上兩根長長的木材，我便蹲在上面，彎著腰來修改作品。而且為了遷就畫面，所以要變換各種姿勢，常常覺得彎腰也不是，把腳伸下去也不是，有時甚至就側著身子躺著畫。因為姿勢不良，維持不了幾分鐘，腰和大腿就十分痠痛，但也只能咬緊牙關苦撐下去。所幸每一塊畫布在修改後看來都很統一，原先沒有連結正確的線條也能連結得很流暢。我也請同學們儘量的說出這幅畫的缺點和感想，經過一番評估後，我再針對缺失做出修正，反覆多次後，能挑出來的毛病也就越來越少了。

通常當畫作在快要完成之前的那個階段，我們就會變得十分謹慎，下筆也會變為遲鈍，深怕會把作品改壞而前功盡棄。這次當然也不例外：有些地方在初稿時覺得不錯的，往往要下很大的決心才能斷然的加以修改；有時改完了，卻仍忐忑不安，懷疑著是否已弄巧成拙，反而把作品改得更糟。例如有一次我把色彩改暗後，又覺得是多此一舉；第二天到苗栗審查作品時，趕緊打長途電話叫學生馬上去把修改的黑裙用松節油擦掉，回臺北後，還特地坐車去看看擦掉後的結果。

每當我做大規模的修改之前，都用一段很長的時間來思考，要不要改？怎樣修改？修改後的效果如何？同時要努力的回想，哪一幅名畫作品曾經如此的處理過？例如那棵原先沒有畫上樹葉的枯枝其實也很美，下了很大的決心後才給加上了葉子。地面的處理也是一樣，是採用黑白兩色為主的色調？或是以草綠色系為主？其他像是天空、遠山是否加暗？或所有人物的陰影處理方式，在下定決心之前，都讓我有諸多的疑慮和徬徨。

對於這幅作品的每一筆、每一畫，我的確都投下了相當大的苦心，而且很用心地上色，若仔細看，幾乎找不到畫布的白色部分。通常有些比較粗心的畫家，或許會留出那麼一點點沒有上到顏料的白畫布部分，或者上顏料時由於快速的運筆而留出飛白的情形，會在作品上留下一點一點的白色。

對於畫面我也力求平整，看來是較接近古典的畫法。因這幅畫的背景看來像是淡水河畔，多少有點臺灣田園的情景，還帶了些許的幻想味道。

當人物畫得差不多了，就考慮到兩個問題：若是人物採用像古典派全面受光的話，人物就會很清楚地顯現在背景上，不管離開多遠也能清楚的看出畫了幾個人，從頭到腳都一目瞭然，像夏畹（Puvis Chavannes, 1824～1898）的作品便是。我家的浴室牆壁，便貼了一張夏畹的壁畫圖片，已經看了兩三年，所以印象深刻。另外，我也考慮到用米開朗基羅的處理方式，以灰色為主的色調，人物有相當強烈的明暗對比，這種處理方式，跟我們通常畫人體有相當強烈的陰影的處理方式相同。經過多次考慮之後，決定採取介於兩者之間的方式：光線從畫面中央的頂光下來，有些人物用背光方式處理，有些則頭部畫得稍微亮一點，到腳部則漸漸的暗下去。

我之所以會採用這種頂光的方式，也是考慮到省立美術館掛畫的位置，上面有一個大天窗，光線從那裡來，所以人物多少也帶有頂光的情形，這也像西班牙特麗羅主教堂的祭壇上的石雕，承受著天窗投下來的光線，天使們背著光，像是從天上飛翔下來的情景，顯得十分生動。於是將幾個人物改成背光，看起來果然更為生動了。

這期間，我在臺中市文化中心開了一次個展，同時也順便把等大的素描稿帶到美術館，請美術館的工人把畫稿放在那堵掛畫的牆壁上，看來還很有氣勢，讓我增加了不少信心。

進入三月之後，臺北幾乎是天天下著雨，籃球場又會漏水。幸而我已把作品墊高，作品下面也鋪上塑膠布，如此一來，作品便不會受到濕氣的影響；我又怕蛀蟲會對作品有所破壞，便挑了一個星期天和幾個同學在板子的背面，部分塗上防蝕防蟲的藥劑。

隨著作品的完成，又開始了另一波的緊張情緒，考慮到作品裝貨櫃車時所要注意的一些事情，也在心中策劃著將作品掛到牆壁上的方法。省立美術館的工作人員也跟我保持密切聯繫，前後預定了三次搬運作品的時間，只是每次都是因為下雨而不能成行，聯絡好的貨櫃車也跟著被一再的改期。最後，終於決定要在四月十日將作品運到臺中。在此之前，我請木匠幫忙做了一個掛畫時當作保護用的木箱，也挑了一個晴天把作品都搬到一樓的走廊，因為從地下一樓的籃球場搬到一樓時，須經過一段室外的路，萬一下雨就很麻煩。幸好，皇天不負苦心人，我們終於在下雨之前搬妥了。

貨櫃車在四月八日來到現場，四月九日和一大群同學進行包裝工作：先在車廂地面鋪上厚三夾板，然後在每兩面作品中間夾以保麗龍，再用打包機打包後，準備抬上貨櫃車。搬上車時，則以公訓中心拍照時所用的臺子作為腳墊，人站在上面慢慢的把畫抬上車，之後再把那七幅作品重新打包一次。剩下的工作便利用鐵架做成立方體支撐著作品，填滿車廂，有空隙之處，則塞上防震的布條或硬海綿，再找空位放了一些到達省立美術館後所需要的工具、顏料等。經過這一番部署後，整個貨櫃車車廂是塞得滿滿的，萬一車子在轉彎搖晃時，也不怕畫布受到震動而損及作品了。

葉銘銅在四月十日押車到臺中，第二天我也趕到臺中，《民生報》的黃寶萍更特地到臺中拍照，報導出這個裝畫、運畫的訊息，刊登在當天的報紙上。

我在臺中住了四天，天天都在做修改作品的工作：例如有些地方看來顏色過於偏黃，這可能是因為籃球場的地板是黃色的，所以作畫當時會在作品上加多了黃色，有些地方顯得太紅了，也都儘量加以修改。最後一天，又怕樹葉看起來會太少，便卯盡全力加上了不少的樹葉，覺得樹葉還是茂密一點比較好；尤其在畫面的最頂端，因為離開觀眾視線最遠，我便多畫了幾片葉子上去，這樣看來才不會「虛掉」。

第二個禮拜二我又去臺中，禮拜三、四兩天整天都忙著掛畫：要在作品上面先鋪上塑膠紙後，再貼上保麗龍板，預防吊畫時不小心被刮傷。要從第七面畫開始掛起來，把「吊猴」掛在畫板頂端，每層鷹架上各站兩個人，先用人力把作品拉到適當的角度，再用「吊猴」把作品拉吊上去——這時，事先站在鐵架裡面的工人出來接應作品，將作品固定在鐵架上，糾正垂直線之後，便把作品固定起來，第二面也依樣畫葫蘆的吊上去固定好，其他各面都依次吊上去，總算是全部固定妥當了。

當我在星期四下午看到掛畫的工作進行得很順利之後，暫時鬆了一口氣，就到日月潭住了一個晚上，才回臺北。

等到作品真正懸掛完畢後，我又到臺中省立美術館修改作品。當我爬到大約有四層樓高的鷹架上往下看時，覺得有點頭暈，腳也不由自主的發起抖來。因為臺灣的鷹架做得十分簡陋，站在鷹架上就像是站在船上一樣的會搖晃。好在從前我在日本畫過壁畫，不乏爬高的經驗，雖然可以克服這種不安，但我仍然準備好一份遺書，以防萬一摔下去之後，後事無人處理。

當我修改好作品後，大致上看來還不錯，有些細節上的小缺點，我自己心裡有數，但別人卻不一定能看得出來。總而言之，可以把這麼大的作品畫得這樣的統一、完整，並非易事，我自己也覺得可以面無愧色的面對大家了！

倒是因為從天窗射下來的光線太強，以至於色彩看來較原先的淡了些；至於先前擔心畫面會反光的情形倒是沒有出現。

當鷹架和塑膠布全部拆除完畢後，從大廳門口看著這幅作品，覺得與大廳十分的協調、相配，裝上黑色金邊的畫框後，覺得更加的有力。為什麼我要用黑色畫框呢？因為這面牆四周有巨大的窗子、樓梯，上下兩端都有很大面積的陰影，若沒有黑色畫框來鎮壓，作品就顯得無力，這也就是一開始，我就打算用這種純黑色畫框的緣故，裝上畫框後，作品看來也整齊多了。

從繪畫的要素來分析，這幅作品要有嚴謹的構圖來處理這麼大的畫面，一如西方文藝復興以來，前輩大師的作品中，利用左右展開的構圖來襯托主題的重要性，而表現出其中的磅礡氣勢。例如達文西（Leonardo da Vinci, 1452~1519）的〈最後的晚餐〉，拉斐爾的〈雅典學院〉都是左右展開，而主題居中的構圖基本形式。此畫亦以大榕樹為中心，左右各配置兩群人物，使畫面看來相當統一。

除此之外，作品本身也令人覺得相當雄偉，而作畫態度又十分嚴謹，人物的比例及動感也處理得很得體，既表現出了優美的動作，也非常的有節制，不採用過分激動的線條及誇張的姿勢，使畫面看起來沒有絲毫的矯揉做作、無病呻吟的味道，更能以優雅的肢體語言，表現了相當含蓄、雅緻的情調。

整個作品給人頗有浪漫主義的印象，而雅緻的描繪及造型則又具有古典主義的風貌，加上畫面上的人物又含有象徵性的寓意，在精神上看來也含有象徵主義的哲理內涵，同時也有我個人獨特的風格存在於作品中。

這幅用了我很多心血來完成的畫作，也為我贏得了諸多的讚譽。除了《民生報》的黃寶萍小姐早在掛畫當初就圖文並茂的報導之外，《民生報》也把這幅畫評為：「這幅畫將是我國美術史上的重要作品。」《臺灣新生報》也認為：「這是可以留在我國美術史上的代表作。」除了這些報導之外，六月份的《雄獅美術》也以這幅作品作為封面。而七月份的《藝術家》雜誌也有郭禎祥教授評論：「在美術史上留下永恆的紀念碑！」這些評價讓我覺得，這兩年的努力並沒有白費。

很多欣賞過這幅作品的人，他們都十分驚訝的想知道，為什麼我能把這幅巨作照應徵作品一樣的畫得那樣維妙維肖，而且比應徵的那小幅油畫更為優異，大家都歸功於我有優異的素描功夫，其實更重要的是，我還有畫壁畫的經驗和控制大畫面的能力。

這費時長達兩年的作品，其中所花的心血、智慧和體力是無法形容的。望著掛在門廳中央牆壁上的作品，三年前第一次到省立美術館看那堵太陽照射中的牆壁的情景，仍歷歷如繪的映入眼簾，如今我終於完成了這幅作品，也了卻了一樁心願，畢竟我是國內唯一的壁畫碩士，是應該有所作為的。「假如老師不畫，誰來畫？」這句我的學生曾經說過的話，始終支持著我，鼓勵著我來完成此畫。在結束這篇文章時，我要由衷感謝所有幫助過我的人。

〈醫身醫心，視病猶親〉

——花蓮門諾醫院的嵌畫製作經過

一九九六年十二月二十一日，我在家裡作畫到晚上十點多鐘，才想起內人好像還沒回到家。心想，她今天不知又是去逛百貨公司還是到骨董店去了，嘴裡咕噥著，有點不高興，但也無計可施。

不久，內人興沖沖的到畫室來，手上還拿著一罐肉醬、一本書和兩片CD，她說：「今天晚上有DHL公司和臺北愛樂電臺在大安森林公園舉辦一個音樂晚會，為門諾醫院募款。」她還上臺買了大提琴家張正傑花了一個下午親自熬製的一罐肉醬，及一本叫《調琴高手》的書，也買了葉綠娜教授演奏的CD，並且和呂信雄副院長談了些往事。原來內人是花蓮人，從小多病，是門諾醫院的常客。

談話中，她也提到先生是畫家，專長於壁畫。剛好門諾醫院的發展室周恬弘主任有個構想，希望能在門諾新建住院大樓的門廳畫一幅壁畫。於是彼此留下聯絡電話，回來和我商量，詢問一下我的意見。

我聽了之後，知道門諾醫院經濟情況並不寬裕，而且一向造福花東原住民，聽說以前到門諾看病取藥只要付一塊錢就可以了，再加上念了門諾醫院出版的《山高水長——薄柔纜父子兩代中國情》一書，瞭解醫院創立始末的艱辛過程，以及最近黃勝雄院長放棄在美國年薪一百萬美金，回來當門諾院長的感人消息，令我十分感動，引起我想義務替門諾製作嵌畫，貢獻棉薄之力的念頭。

另一方面，也由於我自從東京藝大壁畫研究所畢業回國後，都沒有機會製作嵌畫，若能趁此機會留下一幅作品也不錯。我正在考慮的時候，內人又撒嬌的說：「沒有門諾，也就沒有你今天的太太！」聽了之後，心裡覺得好笑，天下哪有這種牽強的理由，不過也回答她說：「好吧！妳去問問看要做多大的壁畫？就由我來做吧！」

洗好畫筆，開始讀起那本張正傑的著作，得知他留學時的一些趣事，和我當年在東京的生活有頗多類似之處，不禁發出會心的微笑。不過為了解決他那罐精心熬製的肉醬，在往後的一個月，我們夫婦倆幾乎天天都吃義大利肉醬麵或是披薩加肉醬，不然就是臺灣式的肉燥麵和燙青菜加肉醬，餐餐如此，不吃又可惜，吃得我看到這罐肉醬就害怕！

一九九七年元月十七日，周主任和我聯繫之後，我正式答應了製作壁畫的這件事。當時，

陳景容〈醫身醫心，視病猶親〉（局部之 1）1998 年，馬賽克嵌畫

我正好在臺北的印象畫廊舉辦個展，便邀請周主任前來參觀，讓他先行瞭解一下我的作品風格。

對於這幅嵌畫，我早就有些基本構想，那就是在作品的中央部分，畫個外國醫生在替一位小女孩看病，當然這小女孩就是以內人小時候的模樣為模特兒。由於她常肚子痛，所以一手撫著肚子，表情愁苦，醫生則帶著慈祥的微笑，看來似乎在想：「這小女孩又來了！」表情雖和善，但是內心多少帶點嘲笑的意味，以此作有趣的對比，當作畫面的中心部分。左邊則有一個抱著小孩子的太太和三個蹲著抽菸的原住民，後方有一個帶著狗，前來看病的獵人。另外一邊則有護士站在醫生身邊，以及靜坐在凳子上等著看病的

陳景容〈醫身醫心，視病猶親〉（局部之 2）1998 年，馬賽克嵌畫

陳景容〈醫身醫心，視病猶親〉（局部之 3）1998 年，馬賽克嵌畫

老婦人和徒步帶著小孩子來看病的一些原住民。

我一向很喜歡畫原住民淳樸的生活和他們獨特的臉形、姿勢，以往曾經在山地門、日月潭、花蓮、臺東、卑南、蘭嶼等地畫了不少原住民的素描作品。這些素描剛好可以作為我構想底稿時很好的參考資料。

通常我都會利用寒假期間到巴黎作畫，這次把這些素描的影印本帶在身邊，踏上經雅典飛往巴黎的旅途後，在飛機上就憑著想像開始構思這幅嵌畫的構圖。最後畫累了便稍做休憩，然後又精神飽滿的憑著記憶，在寫生板上很快的一口氣畫下剛才試作的構圖精華。不知不覺中飛機也抵達雅典了。

很久沒到雅典了，在天色朦朧的清晨，拖著簡單的行李箱，好不容易才找到一家旅館，從房間的窗口可以看到峭壁上的希臘神殿，十多年前，我也曾住過這個房間，同時還畫了一幅畫；這次也打算從這裡畫下這片難得一見的景色。尤其是明月懸掛在半空中，照映在神殿的情景，顯得十分神祕。

利用在雅典的那幾天，很認真地天天寫生、參觀美術館和神殿，也專程到雅典郊外參觀著名的達佛涅(Daphni)修道院；這裡的嵌畫做得非常好，這也是我特地到雅典的原因之一。

在雅典的最後一天，我帶著畫板和小背包出外寫生，小背包裡裝的是一些在飛機上所畫的嵌畫構圖以及小幅的速寫簿。這裡的露天咖啡座白天時總是座無虛席，但在清晨時卻空無一人，所以我能夠任意挑選適合作畫角度的座位。

當我畫到一半，回頭一看，發現小背包好像不見了。起初還以為是在換座位時忘了帶走，慌慌張張地找了半天，還是沒有下落，當確定是被人扒走後，心中充滿了懊惱和沮喪。雖然我常旅遊在外，但也從來沒有被扒竊的經驗，何況這次被拿走的背包裡頭放有十多幅嵌畫的畫稿，對我而言，是極大的損失。當完成素描回到旅館途中，我還邊走邊找，希望那小偷只把錢給拿走，把其他的東西丟在地上，讓我有機會找回那些畫稿！

從雅典到巴黎的飛行途中，我又想了一些構圖，快到巴黎時，覺得還是先前畫在寫生板上的那一幅比較好。也許是老天有意幫忙，讓小偷把那十幾張不成熟的畫稿給偷走，省去我定稿時左右為難的麻煩，真是塞翁失馬，焉知非福！往後的寒假期間，我就根據那幅構圖畫出幾張背景畫有景物的底稿和一些像古羅馬嵌畫沒有景物背景的構圖。

寒假結束回到臺北，我就開始把這些畫稿放大成和完成作品等大的草圖，這草圖是用炭筆畫在牛皮紙上的，經過一個月之後，終於完成。到了四月二日，周主任來電告訴我，華信商業銀行（今永豐商業銀行）已經答應贊助購買大理石材的費用。四月二十五日，我帶著草圖來到門諾醫院，同時把草圖貼在現場的牆上做比對，並到慈濟醫院參觀顏水龍先生的嵌畫。

回到醫院，門諾醫院黃勝雄院長來看過草圖之後，認為畫面中央的那位外國醫生，臉部不論像哪一位醫生都不太妥當，我們深思之後，覺得若是以耶穌的相貌來代替，更能符合門諾醫院的信仰和精神。同時我也想出「醫身醫心，惠我花東」這個畫題來。

一再的討論之後，大家都認為畫面若能再加寬兩公尺，則這面牆壁便會看起來更為充實，可是這個意見卻帶給我很大的困擾。因為構圖早已定稿了，現在突然要求加寬，又得大費周章，心中不由沉悶起來。所幸在飛回臺北的班機上靈機一動，隨興的用鉛筆畫出當醫生的耶穌，又在畫面左邊增添了一對捧著花束的母女。回到家後馬上裁下這段草圖接在原先的構圖上，看來也頗為合適。

當我在花蓮時，周主任還介紹了一位貼馬賽克的專家，據說在慈濟醫院的那幅嵌畫便是由顏老師指導他共同製作的。他也很想和我合作看看，我考慮到花蓮的地震頻繁，有當地的熟練工人來幫忙也較能放心。

回臺北後，我想購買義大利嵌畫專用的瓷片 Smalti，便打電話給臺中的簡源忠先生，請他幫我打聽 Angelo Orsoni 的地址，同時也把我的用意坦誠地告訴他：這是要用來製作門諾醫院的嵌畫。簡先生畢業於國立藝專，曾到過義大利學習嵌畫，也曾在國立藝專上過我的課，基此淵源，他主動要求加入這個行列，因為在臺灣尚未有人以古典的方式製作過嵌畫，所以他希望能藉此機會，幫我製作出臺灣第一面古典嵌畫的作品。我也預先聲明合作的方式，當然要忠於我的草圖，在我的督導下，以古典嵌畫的製作方法協製。

回想我在東京藝大壁畫研究所，學的是相當古典的壁畫和嵌畫，當時的老師矢橋六郎教授和長谷川路可教授都曾遠赴義大利學過嵌畫。留日期間，我曾經參與過日生劇場的地面大嵌畫和東京奧運會司令臺兩側的嵌畫，以及東京火車站嵌畫的製作，這些都是相當大規模的大理石嵌畫作品。回國後，由於我的個性木訥、不善於交際和宣傳，也就一直沒有製作嵌畫的機會可讓我大展身手。

五月一日，我打電話給周主任，告訴他和簡先生溝通的結果，他也認為和簡先生合作似乎較為理想，不過經費並不充裕，大概只夠買材料而已，是沒有什麼利潤可言的。幸好簡先生得知後並不介意，也肯不計較酬勞來熱心協製，也許由於他是天主教徒，又對嵌畫藝術有相當熱忱的緣故吧！

後來我覺得有點不好意思，就拜託師大音樂系的鄭怡君教授去跟她的父親鄭弘志先生商量，向新光吳氏基金會募得一筆經費。同時，我又申請到國家文化藝術基金會的獎助金。基本上，經費有了著落之後便可以開始進行製作工作了。

至於草圖的部分，我就利用從花蓮飛回臺北的旅途中所構思的一位原住民婦女帶著手捧鮮花的女兒，把這個畫面放在新增加的兩公尺空間裡，整個構圖看來也很理想、很自然，有一氣呵成的感覺。至於要把醫生的臉更改為耶穌的面貌，倒是讓我心裡十分掙扎，遲遲不敢動筆修改，因為那外國醫生的微笑，總不好用在莊嚴的耶穌臉上吧！

最初所畫的耶穌，手裡拿著聽診器，可是位置再怎麼擺，都是在小女孩的胸部附近，似乎不太雅觀；後來想起在希臘買的仿古玻璃瓶好像可以派上用場，便改為耶穌把放有藥水的玻璃瓶遞給小女孩，大腿上還放了本《聖經》，表情在莊嚴中帶著憐憫和慈悲，似乎比原先穿白袍的醫生更令人動容。

我是利用師大美術系的走廊來畫這幅嵌畫草圖的，圍觀的同學很多，有時難免會有敗筆，好在我都能處理得很好，示範了紮實的繪畫基礎，也可說是一種教學經驗。

經過不斷的修改，添加上去的人物也相當完美，便在五月八日帶著草圖，和簡先生到門諾醫院做實地比對，大家都認為改得很好。接著又到石材工廠洽詢合適的材料，進行一些準備工作。

這期間，我也慎重的思考著色調的問題，如果是用各種色彩豐富的石材，畫面將較為華麗。相反的，如果是以黑白兩色為主的大理石來做，會顯得更簡潔有力。幾經深思後，我決定採用後者，再加上些淡淡的中間色來製作，就有如義大利拿坡里國立考古博物館的〈伊索斯之戰〉那幅嵌畫的感覺——色彩淡雅，簡潔有力。簡先生也頗有同感，認為這樣較能突顯我的風格，並且覺得沒有景物做背景的那幅草圖較為理想。

因為這是要在臺中簡先生的工作室來製作，只好將石片先貼在紙上，完成後再貼到現場的牆上，待乾後再把紙張洗掉。這個方法的優點是在於能夠隨時修改，可是卻無法做出高低不平的效果。因此，我必須再描畫一張和草圖左右相反的等大草圖給簡先生，如此又花費了我一個月的時間。把這左右相反的草圖交給簡先生後，我就參加了旅行團到土耳其旅行。

在土耳其，我參觀了伊斯坦堡和各地的一些著名的嵌畫，前後有半個月之久。在此之前，二十多年來，我一直在義大利的羅馬、西西里、拿坡里、龐貝、威尼斯、拉芬納及希臘各地，研究過美術史上著名的嵌畫代表作。這趟土耳其之行，使我對嵌畫的製作有更進一步的認識，更有心得，對於製作嵌畫也就更有幫助了。

暑假期間，我為了即將在臺北市立美術館舉辦的個展，在巴黎畫了幾張大幅的作品，其中有些已經進行了三、四年。完成這些作品後，便從巴黎空運回國參展。

從九月開始便為個展而忙碌，這期間簡先生和他工作室的同仁，已經開始試做嵌畫。十月十八日，簡先生將一幅耶穌頭部的成品拿來臺北和我討論，我覺得很滿意。當畫展告一段落，十二月十日便到臺中簡先生的工作室參與修改嵌畫的工作。十二日和簡先生、顏永中先生到門諾試裝耶穌和那小女孩部分的嵌畫，弄好之後，看來和背景的印度紅花崗岩在色調上頗為協調，大家都認為如此做下去應該沒多大問題，因此便決定用這種方式繼續進行，同時也開始考慮搬運作品時所應注意的事項。

簡先生的工作室也加快速度在進行，情況也十分順利；我也數度到臺中參與工作，對於色調或不甚理想的部分，都提出中肯的意見，簡先生也都樂意改進。同時也常把工作成果拍成照片寄到臺北給我，我會將不太理想的部分指出，簡潔地表達出我的觀感，說明需要修改的原因，再寄回臺中去修改，如此一來，每次都有顯著的改進，有時需要修改到相當大的面積，基於求好心切的緣故，簡先生也毫無怨言。同時，他很尊重我的草圖，對我所要求的細節也肯花精神去改善，實在是一個難得的工作伙伴。想不到十分堅持己見的我和個性溫和的他，竟能合作愉快，大概是由於我們都有相當豐富的製作嵌畫經驗，所以在製作時皆能充分的溝通吧！

所謂嵌畫（Mosaic）也就是馬賽克壁畫，是一種極為古老，最耐久的壁面裝飾，從古代到十三世紀就不斷的被使用。起初是以黑白兩色的鵝卵石排成有規則的圖案，之後的古羅馬時期則多用黑白兩色的大理石，做成簡潔有力的畫面，拜占庭時期常使用多彩的嵌畫，有些是利用各種不同色彩的石片或瓷片，甚至將金箔夾在兩片玻璃中間燒製而成，呈現出金黃色的輝煌效果。這些大理石或瓷片都要切割成大小合適的立方體（Tesserae），在畫面上做有規則的排列。一幅嵌畫的做工好不好，與這些石片的形體排列有著相當大的關係；古代做嵌畫時，是在準備好的牆上塗上灰泥，然後用紅褐色的顏料畫出輪廓後再排上這些石片。因為在製作上頗費功夫，所以後來壁面裝飾便漸漸由壁畫、油畫來取代，直到近代，嵌畫又有復興的現象，漸漸被人重視了。

我曾在印度參觀他們製作嵌畫，方法十分原始，仍採用古代工具，例如用線鋸來鋸石頭，鋸出適合的形狀後，四周還要再仔細地磨過，做工之細令人嘆為觀止！

通常牆壁上的嵌畫，會故意將有光澤和無光澤的石材錯落地安裝在牆上，讓觀賞者走動時，隨處都能感受到閃光的變化。相反的，鋪在地面上的嵌畫，則要十分平整而且研磨過，才不會有灰塵堆積的情形。就我個人來說，比較喜歡受拜占庭影響前的嵌畫，古拙簡潔，注重石頭的排列，充分表現出嵌畫異於其他藝術形式的特質——人物的表情古樸可親；至於像梵蒂岡聖彼得教堂中仿拉斐爾油畫的嵌畫，雖花了不少功夫，也做得維妙維肖，但卻失去了嵌畫古拙的特質。早期基督教及拜占庭教堂多用嵌畫裝飾，其他如羅馬、龐貝、拉芬納、威尼斯、西西里、伊斯坦堡、突尼西亞、希臘等地方，也都有很好的嵌畫留下來。

為了求新知，我又到日本拜訪東京藝大高我一班的麻生秀穗，他現在是藝大的嵌畫教授，他說他在日本已經完成了一百多幅十多公尺長、兩公尺高的嵌畫；我不但深深的佩服他，也從他那裡學到了不少利用現代建材的製作方法。

利用寒假期間，我也特地到威尼斯的 Angelo Orsoni 購買了不少的嵌畫瓷片，以及專門貼黏瓷片的紙張，並請教漿糊的配方。為了讓他們告訴我視為祕方的漿糊調配方法，我花了不少功夫，連續兩個早上努力地和他們溝通，並帶了一些已經完成的嵌畫相片給他們看，老闆才說：「這位教授是個專家，可以給他漿糊的配方。」那職員才十分捨不得的給我那漿糊的資料。今後如果有機會再製作嵌畫，我一定要好好的運用這得來不易的製作方法，以期製作出更牢固而有藝術價值的作品。

同時，我也利用這個寒假特地到巴黎的羅浮宮參觀，並到威尼斯聖馬可教堂細心研究那裡的嵌畫，努力學習名家的優點。

嵌畫製作時，需要很大的空間和放石片的地方，幫忙製作的人也需要有相當大的耐力和體力。要運用簡單的石片表現出生動的人物，最重要的關鍵點，其實在於切割石片的形狀要恰到好處。此外，對明暗和肌肉的變化，也要巧妙地運用石片排列來表現，這些都需要良好的素描基礎。排列的方式也要多揣摩古代名作的製作方法才能融會貫通。至於石片有些要切成方形，有的稍長，有的是菱形，有的是扇形、三角形甚至是圓形，這些不同的石片隨著形體變化，再做合理的安排，自然就形成有秩序的排列。我也常不厭其煩的面對古代嵌畫畫素描，連石片的形狀也一併畫下來作參考，藉此體會出石片微妙的排列方式。簡先生說他在威尼斯學嵌畫時也受過這些訓練，所以我們的見解也很接近。簡先生也曾在中部的學校及教堂做了不少幅嵌畫作品，不過是以現代半抽象的風格居多。

回到臺灣後，我和周恬弘主任約好，在一九九八年三月五日前往臺中，這時嵌畫製作已大致完成。經過討論後，把這幅壁畫作品，正式題名為：「醫身醫心，視病猶親」。另外也訂下了安裝嵌畫的進度和工人配合的細節；周主任好奇的想知道這壁畫到底用掉了多少片石塊。我告訴他：「先計算十平方公分有多少片，以此為單位，推算一下長十公尺、寬兩公尺的畫面有多少單位就大概可以算出來了！」周主任算了一下說：「大約有二十萬片。」哇！我也沒想到會有這麼多，假如每一片的四個邊都要切割，至少要切上八十萬刀。因為我非常忌諱機械性的直線，所以每一邊都要用寬刃鐵槌敲過，這樣一來，雖然還是直線，但多少有些變化，有時三邊切割得很成功，但第四刀卻把石片敲碎了，就得重來；光就這一點，比起以往使用現成的四方形瓷磚所做的那些嵌畫，便能瞭解這幅嵌畫所花費的功夫了。何況，這還是相當寫實的作品呢！

目前，我們所使用的石片大都質地均勻，容易切割。可是蛇紋石、花崗石不但質地堅硬，石頭的結晶也非常不規則，有時捶下去還會冒出火花來，最好處理的是質地像細砂糖的大理石。記得我在日本求學時，有一次故意切割一塊和方糖同樣大小的大理石，看起來就跟真的方糖一模一樣，帶到咖啡店裡，放進鄰桌的糖罐中。不久，來了一位小姐，剛好夾起那塊大理石方糖，放進咖啡杯裡，用湯匙攪了半天，這「方糖」卻一直都無法溶解，她撈起來端詳半天，注視著那方糖發呆，那表情，好像碰到她去世已久的老祖宗似的，迷惑非常。我在一旁咬著舌頭，忍著不敢笑出來。

三月六日，將牆面上原先的花崗岩拆卸後，開始進行水泥打底。放乾後，三月十六日，簡源忠、顏永中和鄭聰文等三位先生，將貼在紙上的嵌畫空運到花蓮，傍晚時，我也前來會合。第二天起，由花蓮當地的李隆翔師父幫忙安裝，等乾後先洗掉貼在石片上的紙張，好在花蓮師院美術系的吳展進主任帶了多位同學幫助清洗嵌畫的工作，終於在三月二十二日大功告成。

一九九八年的三月二十六日，由當時總統夫人曾文惠女士、門諾醫院黃勝雄院長、國家文化藝術基金會、華信商業銀行、新光吳氏基金會的代表、簡源忠先生和我等七人共同剪綵。期盼良久的這幅嵌畫，歷經各種艱難和考驗，終於呈現在眾人眼前。完成的作品和我的理想十分接近，證明了我們的心思的確沒有白費！我們的血汗也沒有白流！

陳景容〈憂鬱的廣場〉1997 年，油畫

回想製作經過的點點滴滴，如走馬燈似的在眼前晃過，令人百感交集，回味無窮。花蓮是一個擁有好山好水的地方，也是臺灣的石材加工中心，若能加以好好利用在公共藝術上，嵌畫是大有發展餘地的。但願，今後我還有製作嵌畫的機會，為自己，也為大家留下一些更為完美的嵌畫作品。

〈裸女與騎士雕像〉的創作動機與經過

我自從一九七七年到義大利旅行之後，就開始以有騎士雕像的廣場為作畫的題材。有些作品是親自在廣場上直接寫生的，有些會再加些景點人物，久而久之，就常用此題材畫製作品，時有佳作：如一九九三年，因表現優異而被提名為秋季沙龍會員的作品——〈廣場與騎士雕像〉，和一九九八年在法國藝術家沙龍榮獲銅牌獎的一百二十號油畫——〈教堂與騎士像〉便是。回想起來，這二十多年來，以此為題材的作品，佔了我創作中最重要的部分，也成為作品中的一大特色。

至於〈裸女與騎士雕像〉這幅作品中的騎士雕像，是位於威尼斯的聖．喬凡尼與保羅廣場。此係文藝復興時期的雕塑家維羅其奧（Andrea del Verrocchio, 1435～1488）的作品——〈科雷奧尼將軍騎士像〉，完成於一四八八年，與唐納太羅（Donatello, 1386～1466）位於帕度瓦（Padova）的〈格太梅拉達騎馬像〉同為文藝復興時期最具代表性的兩座騎士雕像。我特別喜歡畫這兩座騎士雕像，因為我認為這兩位將軍過去都赫赫有名，而今逝世已久，人們

陳景容〈廣場〉1993 年，炭精畫

陳景容〈廣場和人們〉1997 年，油畫

早遺忘其盛名和英雄事蹟，僅留一座雕像矗立在藍天中，與廣場上的人們相對照，不禁油然而生出生命無常的感嘆！將其入之為畫，更能營造出「生命與死亡」的對比，頗富哲理，亦富有懷古之幽情。

為什麼我如此熱衷於畫騎士雕像呢？可能是由於我早年留學日本東京藝術大學壁畫研究所時，常到石膏像教室畫那兩座騎士雕像，留下極深刻印象的緣故。至於東京藝術大學的前身即為臺灣前輩畫家習畫的上野美術學校，其入學考試極為困難，臺灣留學生中，考進此大學的西畫科的，從第二次世界大戰後，只有我一個人而已。

我的畫作可算是臺灣首度帶有超現實主義風格的作品，後來又加上獨特的創作理念，而有象徵主義的味道。又由於我主修壁畫，因此也有類似壁畫構圖般穩重、嚴謹的作風。我從一九八六年第一次入選法國獨立沙龍，其後又有多次入選的紀錄，我也是國人當中，獲得沙龍獎牌的少數畫家之一。

至於我的作畫過程，是參考古代大畫家的製作經過，應用在我的作品上。作畫之前，要先準備構想圖，再放大和油畫作品同樣大小的底稿，經充分修改後再移到畫布。那些畫廣場騎士雕像的作品，起初有現場寫生相當細密的水彩畫，和騎士雕像部分的「局部素描」。當製作油畫時，先做等大的底稿，移到畫布後才開始上色。有時畫到一半，還特地又回到現場寫

陳景容〈黃昏〉1994 年，油畫

生，因此一幅作品往往要花費幾年的功夫慢慢雕琢才能完成。這也是由於我非常注重素描和構圖的緣故，我要求作品一定要十分嚴謹、完整而有個性，再加上敏銳的感覺，才能畫出風格獨特，融合古典與現代的作品。

關於這次在法國藝術家沙龍得到銀牌獎的作品〈裸女與騎士雕像〉的產生，也與前述的喜愛畫騎士雕像有淵源。起初我畫這類作品時，注重雕像與周圍建築物的結構美，只單純地畫廣場的風景。畫了幾幅大畫之後，嘗試在畫面上加些點景人物，以為這樣較有創意。沒想到這使得難度增加很多，因為畫那些人物的細部表情和動作是很耗功夫的，結果也大都不能讓我滿意。這是由於雕像之下，常有一個高八公尺左右的臺座，再加上點景人物，所以騎士像與廣場人群都不能畫得太大，否則廣場的空間感便不能表現出來，以致人物都畫得很渺小，整體看來不夠大方，畫了幾幅大畫之後，總是覺得吃力不討好！所以近年來，我改以室內的靜物、裸女，配上室外的騎士像，如此便有一剛一柔、一大一小、一動一靜的層次與節奏感。加上「靜物」(Still Life)，原本之意為「原本有生命，現在只剩下形骸的題材」，同樣具有「生與死」的象徵意義，對於營造畫面氣氛，亦頗適合。

這幅〈裸女與騎士雕像〉，是以一位坐在窗邊的模特兒，若有所思地注視著桌上的牛頭骨為主，令人覺得有一絲哀愁。窗外則有一座雄赳赳、氣昂昂的騎士雕像。這一剛一柔、一動

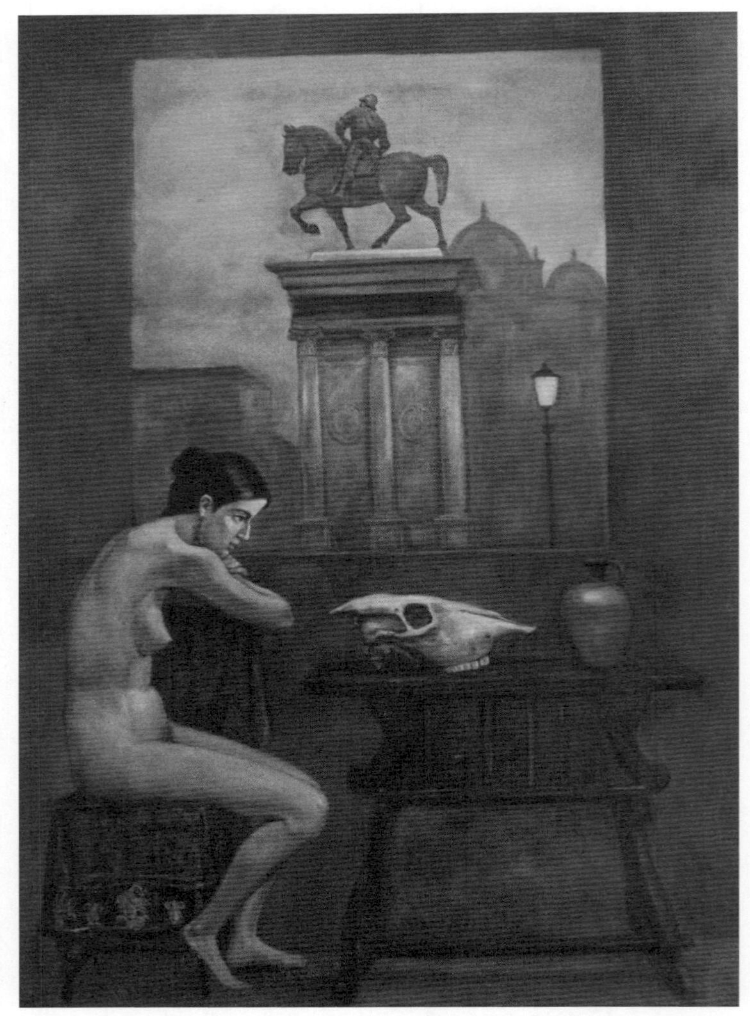

陳景容〈裸女與騎士雕像〉1999 年，油畫

一靜的映襯，給畫面帶來有意味的對照。而古今時空的遞嬗、生死哀榮的對比，更是耐人尋味！裸女顯得柔美而嫻靜，騎士則是一位曾有豐功偉業的大將軍，這「時空、生死」的呈現，正含有濃厚的哲學味道。

畫面上有柔和的明暗對比，窗外帶點稍亮的暮色，而室內則略呈陰暗；在稍暗的室內，有一乳白色的裸女，窗外明亮的天空中，反而有一尊背光的雕像！如此有趣的處理方式，使得簡潔的畫面不流於單調。而嚴謹的構圖與完美的素描，讓這幅富有文學、哲學意味的作品，仍具有完整的繪畫性而不流於無病呻吟。這也是我作畫時特別留意的地方。

為了完成這幅作品，我花費了兩年多的心力。尤其是畫裡的裸女，更是從畫這類姿勢的素描中，精挑細選出來的美妙動作。因為這位法國模特兒，身材很美，只是不願意作「站立」的姿勢，五年來，每次都擺較舒服的坐姿，我也無可奈何地畫了五年多這類的作品。幸而皇天不負苦心人，我利用這類的姿勢挑選出適合搭配的背景，順利的完成了幾幅超大型的作品，也算得上是意外的收穫。而〈裸女與騎士雕像〉(228cm × 162cm)，便是其中之一。

這次我的作品，在整個沙龍展中被公認為是一幅相當完整的作品。幾年來每逢寒暑假，我便到巴黎潛心作畫，日子過得如同苦行僧一般。脫離住慣的舒適環境，一個人住在巴黎，

陳景容〈廣場的騎士雕像〉2005 年，油畫

似乎生活在一種超凡的世界裡。我並不貪求物質上的享受，只要能一心一意地在巴黎的畫室靜靜作畫便心滿意足。而這幅作品能榮獲銀牌獎，總算沒有辜負大家的期望！

我在巴黎的創作

一九九一年我在巴黎近郊 Antony 購置一間畫室，利用寒、暑假的期間前往居住。在此之前，即使我到巴黎，也只能利用水彩畫一些風景畫，或在旅館內畫靜物畫，即使有時想用油彩，也只能克難的在床上鋪一張報紙，立起皮箱，充當簡便的畫架來使用，十分不便；儘管非常努力的作畫，也始終畫不出理想的作品。

因此，開始有了在巴黎買間畫室的念頭，一九九一年正好輪到我教授休假一年，有機會暫時放下師大的教職，也順利的在巴黎買到了房子，並繼續留在那裡畫了不少作品。

一個人居住在巴黎難免會有點寂寞，但少了外界的干擾，更能專心地作畫，也有更多的機會前往美術館參觀研究，頗多收獲。這一年，臺灣經濟起飛，收藏家開始積極蒐購繪畫作品，因此畫家們都有機會在畫廊展出，且獲得不錯的回響。當時畫廊常要我的小幅作品，但我認為很難得的在巴黎買了一間相當不錯的畫室，能專心作畫正是夢寐以求的事。因此仍舊把作畫的重心放在繪製大幅油畫作品上，期待能在法國畫壇佔有一席之地。

巴黎的畫室在高樓，四周有高大的樹木，站在窗口往下看，就像住在叢林裡，黃昏時分看晚霞總會想起故鄉的人們，覺得十分孤單；當有雲霧的時候，又彷彿是像仙人置身在雲層裡，而晚上有月亮時，似乎自己就在廣寒宮。這次在巴黎不但一個人身處異鄉，由於過去很少住過高樓，更讓我覺得像脫離了現實世界，不但如此，畫室旁邊有一個很大的墓園，半夜醒來也會想起西洋吸血鬼的故事，尤其冬天，寒風吹過樹梢發出悽厲的聲音，令人心悚，這一切都讓我以為自己像住在超現實的世界裡。

住在巴黎的期間，有許多機會到歐洲各地旅遊，我最喜歡的地方就是義大利。除了因為義大利擁有豐富的藝術資產之外，許多城市的廣場，往往有騎馬雕像，這些雕像也是文藝復興時期大師們的傑作，當我在東京藝大求學時，曾經畫過這些騎馬像翻成石膏像的素描，因此倍覺親切，加上周圍的古街道或教堂，給我一個似乎置身於數百年前的世界的幻覺。

忽然我發現，這是一個很好的題材，描畫上，有高難度的雕像可表現我在素描上的功力，而古老的街景、廣場，又帶給我一絲的感傷，引發我創作的慾望。剛開始的幾幅作品，只描繪冷清的廣場和雕像、街景，就像形而上畫派的奇里柯，所描繪古老的街道，營造出一種虛幻的空間感，這類作品看來就是一個無人的古代世界，而畫面則是純粹由點、線、面而構成的。

慢慢地，我在畫面上加入一些現代穿著的遊客，這些來來往往散步、漫談的人們，看來並不曾留意身旁這尊曾經顯赫一時的英雄雕像，我想：「再如何絢爛的生命當面對死亡時，一切均歸於寂靜。」因此我把古代英雄騎馬像和在廣場散步的現代人並置於同一空間，象徵了生與死的對比，形成我此階段作品的表現重心。

畫了幾幅這類作品後，我發覺在廣場上散步的人們都只能畫得小小的，有時看來會顯得瑣碎些，於是我再將慣用的人體造型放進畫面，在室內有獨坐的裸女，或沉思、或冥想，配上具有象徵意義的靜物，如牛頭骨、油燈之類，與窗外古代英雄的騎馬像形成時空倒錯的超現實感，如此在造型上看來也較為大方！這些作品大多是一百號到五百號之間的大幅作品，作畫時頗費心力。描繪上我仍舊很寫實，只是以不合理的安排來經營構圖，因而與其說我的作品具有超現實的風格，不如說更接近象徵主義的。

至於近日的創作，除了保留前景的裸女和靜物之外，背景部分則加上大幅已完成的油畫〈羅馬的廣場〉，如此一來，在真實的人物和背景部分的虛構作空間的對比之下，更加強了虛虛實實的怪誕氣息，當觀賞人們作品時，會不自覺地進入另一個想像世界。

至於一些小品畫作的題材多來自日常生活，和心中有所感觸的靜物畫。例如在巴黎居住的期間，我一個人生活，起居飲食都得自己打理，屋內的擺設，用餐前的菜餚、用餐後的碗盤，也都是很好的題材。

因為留日期間曾鑽研過壁畫，我到義大利時也用心研究文藝復興時期的壁畫，其中最喜愛法蘭契斯卡的作品，由於媒材易乾的特性，繪製濕壁畫需要具備良好的素描基礎，色調單純而沉穩，下筆要精準作品也要和建築相搭配，這一切都影響了我的畫風，也因此較偏好單色調的表現。而廣場、騎士、雕像、裸女和靜物這一系列作品，我便選擇以藍灰色調處理，正凸顯畫中時空交錯和古今對照、物換星移的寂寥，也增添了作品中一貫的寧靜與哀愁的氣氛。為了配合主題，我特地把畫中的時段大都設定在心情較為平靜的黃昏或夜晚，偶爾也刻意拉長主題的陰影，以增加孤寂的效果。

我認為畫家必須要把內心的感受表現在畫面上，繪畫並不只是客觀的視覺再現，繪畫應該表現內心的感受、幻想、詩趣和崇高的思想才有內涵，當我作畫時構圖都是經過審慎的思考、反覆推敲，由畫速寫、局部素描、完成等大素描稿之後才開始著手畫油畫。

經過一段努力不懈的創作下，我在一九九三年以作品〈古城廣場〉入選法國秋季沙龍，並在同年成為法國秋季沙龍的永久會員。一九九八年又以〈教堂與騎士雕像〉榮獲法國春季沙龍的油畫銅牌獎，更在一九九九年以油畫〈裸女與騎士雕像〉在法國藝術家沙龍榮獲銀牌獎。

原來法國藝術家沙龍是法國歷史相當悠久的沙龍，第一次展覽始於一六六七年，原為皇家學院成員的作品展，一七九三年脫離學院的干預，設立獎賞制度，即現在的金、銀、銅牌獎，過去曾在此沙龍參展的畫家有安格爾、奇里柯、德拉克洛瓦、柯羅（Camille Corot, 1796~1875）、馬奈等人。欲成為藝術沙龍的會員，必須連續三年入選，不能間斷，才能成為會員，之後才具備資格參選銅牌獎，以此類推；由此可知，〈裸女與騎士雕像〉能在參展的近千幅入選作品中得獎其實也不容易，這幅作品我花了兩年的時間才完成，裸女部分是五年來，從畫同一位法國模特兒坐姿的上百幅素描習作中挑選出來，再用心配上合適的背景，可說花了不少心血。

人生不知有多少個十年？近十年對我來說有很多變化，在巴黎有了畫室之後，努力作畫，積極參加沙龍展，目前已成為法國秋季沙龍和法國藝術家沙龍的永久會員了。這些事蹟看來似乎和當個畫家並沒有直接關係，反而耗費我相當大的心力，參展前還會相當緊張用心作畫！那麼為什麼還會參加沙龍呢？可能是受到臺灣前輩畫家們的影響吧！像楊三郎、顏水龍、劉啟祥和陳清汾等人到巴黎留學回國之後，在畫歷上總是寫著「××年入選秋季沙龍」的文字，當作留法期間的成績單。

而我的老師張義雄赴巴黎定居前，也曾說了一句雙關語：「到巴黎要 Salon pass（撒隆巴斯）！」拆開來解讀便是作品要在法國的沙龍（Salon）入選（pass），似乎正暗示此行至少要在沙龍入選其作品，所以當我在巴黎買了畫室後，就想起老師的這一句話。其實說來有趣，「Salon pass」的動機，多少帶有將來回國時，好向家人交代的意思。其次是我到了這把年紀仍然童心未泯，想著和外國畫家比劃比劃又何妨，心中暗想：「他們這種程度，對我來說，……」於是開始參加了沙龍的徵選。但是法國藝術家沙龍往往有數千人送作品，入選只挑出其中七、八百件，並不是那麼容易的事，如果要得到金、銀、銅牌的獎項，更是難上加難。當初我開始送件時只是抱著既然人在法國，就姑且一試的心情，老實說得獎與否對一位畫家而言，並不重要，不過得了獎，也可以讓臺灣親友高興幾天，就是如此而已，在日本有句話，說是：「人生也有『必要惡』。」大概就是指像這類的 Salon pass 吧！至於，實質上的收穫呢！說實在的，參展得獎的作品還是近年來最用心的代表作，另外也俘虜了一大牛皮紙袋，從各國畫廊寄來的邀請函。

這些年來，隨著中風十六年的父親和纏綿病榻的母親相繼去世，我在心境上也歷經轉折，傷痛之餘更是感受到生命的無常和苦短，於是格外珍惜僅存有限的時間，渴望創作更多好的作品。直到現在，每天我作畫的時間仍長達十小時之久，幾乎可以說，除了上課、吃飯與睡覺的時間之外，將全部的精神都放在創作上。也開始著手整理數十年來的作品，也出版了《奈良的古寺》、《壁畫藝術》和修訂了三本已出版的著作。

一九九七年冬天，我有機會在臺北市立美術館舉辦了大規模的《陳景容創作四十年展》，以「存在和意象」為主題，展出了我的繪畫生涯各時期的精華，包括有素描、水彩、油畫、壁畫、嵌畫粉彩、版畫和彩瓷畫，其中有不少是在巴黎所畫的一百號以上的大幅作品，完整地呈現多年來創作的心得和各種領域鑽研的成果，頗獲好評。

為了回饋鄉土和社會，除了經常把自己的畫冊和其他出版物致贈各國圖書館和大學之外，也常把自己的畫作捐給各地的醫院和文教機構典藏，臺北市立美術館和高雄市立美術館也都有我捐贈的畫作，而獲得文建會頒發的第二屆及第四屆文馨獎。

另外我對公共藝術也是竭盡所能貢獻微力，一九九八年，更是用了兩年的功夫，義務為花蓮門諾醫院的大廳製作了一幅命名為「醫身醫心，視病猶親」的鑲嵌古典大幅壁畫，這幅兩公尺乘以十公尺的嵌畫，完全是由手工切割將近二十萬片的大理石和石英磚組合而成的，力求構圖的細膩完美，人物表情栩栩如生；如此的奉獻只期望能收到拋磚引玉的功效，讓有能力的人也能回饋社會！

一九九九年，在美國洛杉磯也設立了陳景容美術館，在佔地頗廣的展覽廳中掛滿了作品，中外人士參觀之後頗有好評，儼然成為國人在洛杉磯的華社的一個藝文重點，可讓人悠閒欣

陳景容〈巴黎的院子〉2004 年，油畫

賞作品，有時也聚會討論繪畫藝術。這是我除了在臺北和巴黎的畫室之外，另一個在國外展示畫作的據點；二〇〇一年六月我也將在這裡舉辦個展。

然而，在我心中念念不忘的還是學校中的教育工作，為了讓美術系同學有學習觀摩的機會，二〇〇〇年十二月，我在師大畫廊舉辦大規模的紀念展，並挑選了各種不同技法的代表作八十二幅，也展示了大幅油畫作品的製作過程，以及馬賽克嵌畫和壁畫剝離術等國內少見的專業技法。

也許由於近年來，我在繪畫上的努力和對社會的奉獻回饋，所以經各方的引薦，我在二〇〇〇年被遴選為臺北市榮譽市民，今年五月，更獲得榮譽文藝獎的殊榮，肯定了我在藝術上的成就，除了感謝大家的厚愛之外，我將會秉持對繪畫一貫的熱誠，繼續努力。

繪畫對我來說，已經成為我的第二生命，其實畫家的工作正像臺語的「做工」那麼辛苦，當一件作品完成後的喜悅總是短暫的，接下來又得面對另一次創作的挑戰，和數不盡的難題等著去解決。

至今我始終不曾後悔這種「做工」的歲月，手不離筆地過了四十五年的繪畫生涯。我也為自己慶幸能有這種生活，我的個性是不怕孤獨的，藝術創作本來就是如此，因為「畫家必須耐得住寂寞，有時寂寞也是很美的」。

面對數量龐大未完成的作品，但願上蒼能再賜給我四十五年的光陰，今後我想要畫的作品還有很多，也有不少新的構想，和探討新的技法，另外有很多尚待修訂的著作，算一算有這麼多工作，等著我來完成，但願今後能夠好好利用剩下不多的時間，只好對自己勉勵：「努力，努力再努力！」

二〇〇〇年記

輯二

典型的畫家——懷念吾師廖繼春老師

一九七六年二月十三日，元宵節的前夕，廖繼春老師逝世了。當我在報紙上看到這消息，不禁茫然自失。

二十年前，我在師大念書的時候，幾乎每個週末的晚上，都到他家裡，有時帶這一週來所畫的作品請他批評，他總是很祥和地告訴我哪一張較好，哪一張較差，想起二十年前的往事，看那些掛在牆上的畫，每一幅都醞釀著濃郁的芬芳。一杯清茶，度過了美好的週末。我不知從他那裡學了多少！從老師的作品認識了繪畫是什麼！——好畫是有一股濃郁的香氣！

記得我第一次聽到廖繼春的大名，是在高三快畢業，打算考師大藝術系的時候，學長楊東民特地到學校，告訴我怎樣準備術科考試，他告訴我一句話：廖繼春的顏色很漂亮，陰影是用藍色的，於是考水彩的時候，我就把陰影畫得帶點藍色。

考進師大後，有一天，我和陳肇榮、鄭永源、何瑞雄到郭東榮的寢室，他請我們吃肉粽，忽然問我們要不要去看楊三郎和廖繼春老師，這是求之不得的事。於是我們走路到永和。那時藝術系的同學每班不過二十名，大家都住宿舍，同學們感情都很好，高年級幫低年級是常有的事。我們在楊先生家裡聽他說留法期間的事，參觀他的大畫室，覺得學畫也不是簡單的事。

回途我們默默地走過當時通往碧潭的鐵路（今汀州路），轉了很多巷子（今浦城街一帶），快到男生宿舍時忍不住問郭東榮說：「廖老師的家呢？」剛好走到一個舊式的日式宿舍，郭東榮說：「就是這一家。」

我們打開了小木門走進去，我看見一位老畫家，拿著調色板，注視著一張油畫，是那樣的集中精神，以致不曾注意我們，畫架上是畫碧潭的油畫，那碧綠的湖水十分迷人，使我們也不禁跟著注視那幅畫。

這時給我一個深刻的印象：畫家就是要這樣來畫畫的。老師靜靜地注視畫面的印象迄今難忘，過了一會兒，郭東榮叫了一聲「老師」，他才從冥想裡醒過來，招呼我們上去。可是我們不好意思打擾，就站在那裡欣賞滿牆壁的作品，這些畫的色彩很美，有很多是淡水風景，而且富有一股優雅的氣息。後來這幅〈碧潭〉參加那一年的省展。老師在這兩層樓小小的木屋樓下畫了不少好畫。面對著庭院的那面牆壁掛著一幅褐色、深藍、深綠的〈有椰子樹的風景〉，後來才知道這是老師第二次入選日本「帝展」（帝國美術展覽會）的作品。我對這幅強有力的畫十分喜愛，是老師從東京美術學校（今東京藝術大學）畢業後不久的作品，看來受野獸派畫家烏拉曼克（Maurice de Vlaminck, 1876~1958）影響，筆觸雄邁有力，顏料也堆積得相當厚重。

不久之後，我帶一些水彩，拿到雲和街請老師指導，我還記得第一次一個人到他家裡很擔心他不會理我，因為當時廖老師教三、四年級的油畫，而我還是一年級的學生，可是他很和藹地指導我，並且誇獎了幾句，這幾句話也許就奠定了以後我對繪畫的信心。

到了二年級，他搬到和平東路一個巷子裡的新房子，在這裡一直住到我要留學的時候。在我的記憶裡，他從來不曾大聲罵過學生，永遠就是那樣和氣，同時，指導我們的時候，只用簡單的幾句話讓我們自己去體會，也有容納各種作風的雅量，儘量讓我們發展各自的個性，因此歷年來師大的畢業同學有各式各樣的畫風。

到了三年級，有一回他帶我們到阿里山寫生，當到祝山畫完日出，走到半路，他說把畫架忘了帶回來，我說：「我回去拿。」可是他怕有意外，一直不准我回去找那畫架，其實並不會有什麼危險，他是那樣的愛護我們；往日月潭的途中，還到我家勸家父讓我畢業後到外國留學，他一直都鼓勵我繼續努力用功。

畢業後，廖老師要介紹我到臺南工學院當助教，可是我已決定要留學了，就介紹劉國松去，當我回國任教時，他也和李梅樹主任極力跟藝專的朱校長推薦，此外有形無形的幫助與鼓勵不知有多少?真是師恩難忘。

廖繼春先生不但是一位好老師，而且也是一位好畫家，可說是臺灣畫界最重要的畫家之一。油畫學會尊他為一代導師並不為過。

他生於民國前十年，臺中縣豐原鎮人，在臺北師範學校求學時，就對美術很有興趣，而發揮繪畫天才，民國十六年，畢業於東京美術學校的師範科，同期的同學有陳澄波及糟谷實等，師事田邊至，專攻油畫。和廖老師同屆的東京美術學校西畫科的畢業生有很多後來成為日本西畫名家，例如小磯良平、荻須高德、牛島憲之、中西利雄、岡田謙三等，顏水龍先生也是這一屆的同學。美術教育家倉田三郎則比廖老師高兩屆，在校時有點交往。而陳植棋是在民國十八年畢業，所以廖老師可說是本省畫家中和王悅之、王白淵等同為最早畢業於東京藝大的一位老前輩。

他在美術學校時不但同學們的程度好，同時也有最好的教授陣容，有藤島武二、岡田三郎助、田邊至等名家指導，他在學的成績優異，無形中使日本人改變了歧視臺灣的觀念。

畢業後，他到臺南執教於臺南長榮中學，一直到光復。民國十六年與友人們發起組織赤島社，這是以美術學校畢業生以及在校生為主的畫會。此時已經有日本人把持的「臺展」(臺灣美術展覽會）存在，臺籍畫家均多少受過委屈，所以組織赤島社，會員均有一股熱情從事藝術研究，後來繼續到臺陽展（臺陽美術展覽會）創立前一年才告結束。後來他也是臺陽美術協會發起人之一，至今歷年參加展出活動。

另外，日治時期相當於現在省展的「臺展」及「府展」（臺灣總都府美術展覽會），是為日人一手包辦的畫展；他在日本人把持的審查中，仍得到很多次特選，尤其在第六屆到第八屆擔任臺展的審查委員，這在日治時期算是破例的事了。

這一時期的作品，是以後印象派的作風畫臺灣特有的風景，例如第一次入選帝展的「香蕉園」（即〈有香蕉樹的院子〉）就有這種傾向，而第二次入選的〈有椰子樹的風景〉，就帶有野獸派豪邁的作風，這時期顏料的堆積較厚重。

以後均以身邊的題材，例如以他兒女為題材的佔相當多的分量，畫安平一帶的風景也很簡潔有力。

到師大任教之後，似乎心情很開朗，用色亦趨柔和，發揮了色彩的特性。畫面氣韻生動，有一股優雅的氣息，畫面上常有為構成而變形的情形。風景畫有淡水、愛河、港邊、碧潭等；靜物有室內的花、鳥籠、金魚、庭院風景以及人物畫，是以色彩構成為繪畫的中心。溫和的個性醞釀出一種和諧的畫面，大致可說是屬於親密派（Intimism），色彩很美的畫家；以後有一段時期，喜歡發揮色彩的特質，而將形體分解為點、線、面，構成畫面。近幾年來，又恢復形體的存在。

色彩方面，是以中間調為基礎，加上原色的紅、藍、綠、黃為主調，亦善用白底點上這些原色，畫面十分生動，這種色彩感覺有如明朝的瓷器，也有點像臺南文廟文昌閣的色彩感覺。與其說導源於波納爾（Pierre Bonnard, 1867～1947），倒不如說是我國的色彩感覺更為合適。

他對於繪畫常保持清新的感覺，對本省畫壇影響至鉅，除了歷任多屆的省展、臺陽展的審查委員之外，亦獲得金爵獎，及中山文藝西畫創作獎。又曾應美國國務院之邀，赴歐、美考察美術，對於現代年輕一代的畫家十分支持。

從民國三十六年以來執教師大，及兼任國立藝專、文化學院美術系教授，不止畫畫得好，也可說是桃李滿天下。

廖老師終於走完他的一生，他的為人和畫業都值得我們懷念。幾天來，同學們碰面都談起廖老師的事，大家都在惋惜，這樣一個好人、好老師、好畫家的逝世，對我們來說是一個很大的損失。雖然他逝世了，他還是永遠活在我的心上。

懷念李梅樹老師

遠在民國四十一年，當我考進師大藝術系之後，知道有全省美展在中山堂舉行，於是在展出的第一天便前往參觀，當時所感受到的震撼至今難忘。

到臺北以前，只在鄉下看過幾幅油畫而已，所以目睹到那些作品，印象當然深刻。李梅樹的〈清溪浣衣〉，楊三郎的〈西班牙舞〉，廖繼春的〈碧潭〉，顏水龍的〈日潭〉、〈月潭〉，劉啟祥的〈靜物〉和李石樵的〈室內〉，都讓我留下難以磨滅的印象。我也是在這個時候才知道李梅樹這位功力深厚的畫家，那幅〈清溪浣衣〉的波影、樹枝和人物都畫得十分傳神。

當我到日本留學之後，先念完一個大學，然後再考上別的研究所，八年之間一共拿了四張畢業證書和碩士學位，可是卻找不到機會回國服務。雖然東京藝大已經預定要留我當助教，可是菲薄的薪水根本無法賴以維生，加上已經在國外漂泊多年，總是覺得人生十分渺茫。

就在這時候，李梅樹、林玉山、洪瑞麟、施翠峰等幾位前輩畫家的老師，從韓國考察後，轉赴日本，順道前來參觀東京藝大，因為李梅樹也是藝大的早期畢業生。

李梅樹〈清溪浣衣〉1981 年，油畫（李梅樹紀念館提供，）

當我們見面之後，得悉李梅樹是臺灣國立藝專的美術科主任，雖然心儀已久，算是第一次見面，他在看過我的作品之後，立刻決定要聘我到藝專任教。

回國後，我住在板橋藝專旁邊的浮洲里，和藝專只有一牆之隔。為了感謝李梅樹的知遇之恩，我不但在白天認真的教學，連晚上也免費的替學生補習素描，長達四年之久；同時，我也儘量抽空畫了不少的大幅作品。

眾所周知，李梅樹是臺灣畫壇當中畫人物畫的第一高手，同時他也很熱心於三峽清水祖師廟的建設。他辦學認真，在藝專期間，每過舊曆年，李主任便叫我陪同他去巡視同學們準備畢業作品的情形，每到一個同學的住宿處，除了指點出作品的優劣點之外，還會親自動手修改作品，每到一處總要修改兩小時以上，經常修改到半夜兩三點鐘還無法停筆，同學們也會準備些點心作為宵夜，像這麼熱心指導的老師實在是不多見的。

如此過了五年，有一天忽然接到李梅樹的來電，要我跟他一起去見校長；原來是他任期已滿，就推薦我來繼任藝專的美術科主任；我雖一再推辭，最後還是很不得已的接了這個職位，等到三年的任期屆滿後不久，我就轉到師大美術系任教。

李梅樹老師在藝專退休之後，也在文化學院和師大都擔任過一段時期的教授，每當生病時便叫我去代他的課；同時我也常陪他話家常，言談之間他常鼓勵我，要我努力作畫。

李梅樹老師對油畫材料也頗有研究，因為他在東京藝大的指導老師岡田三郎助是擁有古典技法的畫家；加上他是三峽的望族，經濟寬裕，所用的畫材都是高級品，因此他的作品破損率也較少。受到李梅樹的鼓勵，我也在藝專期間寫了幾本有關繪畫技法的書籍。

除了繪畫、建廟和教學之外，李梅樹也熱愛他的故鄉三峽，義不容辭的擔任了很多公職，造福鄉梓。我曾經陪他參觀祖師廟，覺得除了建築精美之外，還得考慮環境的幽靜，於是建議廟方在廟埕要種植榕樹，使朱綠交輝，日後更能顯出古意盎然的情境。可惜，最近有人卻在廟埕前修建了水泥橋，大大破壞了祖師廟的景觀，為了此事，李梅樹老師十分震怒，不堪

李梅樹〈自畫像〉1930 年，油畫

（李梅樹紀念館提供，採用 CC BY–SA 4.0 授權）

打擊，身體也因而衰弱下來（以上是李梅樹老師逝世之後，他的兒子親自告訴我的）。因此希望今後三峽人士應該慎重考慮才是，因為景觀一旦遭受破壞是很難恢復的。

李梅樹是臺灣寫實派的大畫家，他的作風保守而且堅定，忠於自己的藝術情操。尤其是早年的作品，淳厚的顏料層，色彩、光線也都有妥善控制，畫面深沉而有力，在在使人回味無窮，對臺灣的藝壇有相當大的影響。

我要赴印度前，維茵畫廊拿來一幅畫讓我修復，一看之下，原來是當年在省展所展示過的那幅〈清溪浣衣〉；經過修復後，本來想讓他過目，因急著赴印度旅行，始終未能前往拜訪。直到從印度回來，才得悉逝世的消息，至為震驚；想不到去年年底，李梅樹在歷史博物館所舉行的那一次成功的八十回顧展時的見面，竟成了和這位長者的永訣，令人不勝欷歔。

當我前往祭弔時，百感交集。當年如果沒有蒙獲老師賞識而聘我回國任教的話，也許我現在仍在國外過著漂泊的生活！如今謹誌此文，以表示對他的感謝和懷念之意！

一九八三年記

關於鹽月桃甫與許武勇
——一段被人忽略的臺灣早期美術史

許武勇是我國著名的畫家，其作品富有幻想味道。他早年畢業於臺北高等學校，後來又畢業於東京帝大醫科。當時的臺北高等學校的校址，光復後便改為師範大學。而鹽月桃甫（1886～1954）也曾經在臺北高等學校教美術課程，他曾教過許武勇；因此，他對師大也有特別的感情。

有一天，許武勇和我閒談時，表示他願意每年捐兩萬元給師大美術系，作為獎學金，以紀念他的老師鹽月桃甫。我被他的美意感動萬分，乃約了傅主任去看他的畫展。那時他正在永漢文化廣場開個展，大家見面後相談甚歡，馬上決定獎學金的用途。

不久，當系展前夕打電話給許武勇時，他就欣然將獎學金送到系上。對許武勇先生的熱心鼓勵，美術系師生都十分的感激。

後來，許武勇先生也很樂意的接受了師大美術系的邀請，到學校來做一場演講，講題是：

關於鹽月桃甫的事蹟。

下文便是許武勇先生的演講摘要：

鹽月桃甫先生到臺灣時，任教於臺北高等學校，由於當時正在蓋校舍，於是他也參與設計工作。目前的師大還留有日治時期的舊校舍，例如行政大樓和第二進教學大樓的一、二層以及禮堂，都是臺北高等學校時代的建築物。其外表的設計配色及校園的景觀，均是當時鹽月桃甫的構想。

師大的行政大樓，利用紅磚與洗石子相間，看來十分古雅，造型也很莊重。大禮堂尤為特殊，曾被李乾朗著的《臺灣近代建築》一書，選為當時建築物的代表作。至於校園景觀方面，則由第二進教學大樓前面的椰子樹起至校門之間，除了郵局之外，大致保留了舊有的設計。

鹽月於民國一年在東京藝大畢業，而廖繼春先生則於民國十五年在東京藝大畢業，可說是廖先生的前輩。鹽月長年居住於臺灣，達十七年之久，並擔任過臺展的審查委員，對初期臺灣畫壇的影響頗大。

當時，石川欽一郎（1871~1946）正任教於臺北師範，提倡英國式水彩。因為臺北師範的畢業生大都任教於學校，而且北師畢業生又有多人到日本留學成為畫家，例如：廖繼春、李梅樹、李石樵。除此之外，李澤藩、洪瑞麟等成名的畫家，有很多是出自石川門下。

日治時期的高等學校是介於高中與大學先修班的性質，當時，臺灣僅有這一所學校，可說是集各地精英的名校，每年只錄取四名學生。高等學校的畢業生，大多在企業界和學術界中尋求發展，成為專業畫家的反倒不多。因此，表面上看來，石川欽一郎反而比鹽月桃甫更為人知、更有名氣，影響力也更大。其實，鹽月在臺灣的時間更長，也更努力於繪事。

在日治時期初期，臺灣美術在西畫方面是不毛之地，直到鹽月桃甫與石川欽一郎到臺灣之後，比較有像樣的水彩畫和油畫。例如當時臺北的博愛街，有一家小塚文具行的櫥窗，經常陳列著一幅鹽月桃甫的油畫作品；有一天，這幅作品被路過的楊三郎看到了，當時楊三郎還是個頗為年輕的少年郎，看了這幅作品後，甚為感動；所以，每天放學回家時，總是專程繞道去欣賞這幅作品；在崇拜之餘，楊三郎突發起立志成為油畫家的宏願，同時也成為楊三郎離家赴日留學的原動力——他是第一個遠渡重洋，到日本留學的臺灣畫家。

當時，鹽月參加臺展的作品，都是一百號的作品；每次也都能拿出三幅畫來參展。照這樣累積下來，他的作品數量是相當可觀的。可惜，這些作品均於日本戰敗之後，回日本時，被放在宿舍外面而遭雨淋壞；部分作品，更因為收藏者的不重視，隨便的給堆積在地下室中，不幸的遭受到八七水災的侵襲破壞而全部泡湯遭毀。至今留下來的可說是為數甚少，寥寥無幾，僅知道有幾幅小品被顏水龍、呂雲麟、李澤藩和太陽堂所收藏。

鹽月在畫中的色彩接近野獸派，多用紅、綠的原色，其筆觸豪放有力。許武勇說他在高等學校上美術的第一節課時，在鹽月老師深具魅力的導引下，不但對鹽月老師佩服得五體投地，也點燃了自己對藝術的狂熱之情。

因為，鹽月不像其他老師一樣，總是穿著式樣呆板的官服；而是風度翩翩的穿著瀟灑的西裝；並且大力鼓吹自由主義，反對專制和日本的殖民地的官僚作風。顯得既有才氣，又有骨氣，是一個充滿了人類愛的硬漢。

也因為他非常的富有正義感，所以，就以日本人用瓦斯化學武器，虐殺抗日霧社原住民的事件為題，畫了一幅：一個山地婦人，抱著一個已在懷中斷氣的幼兒的感人畫面，題名為「母愛」；鹽月的這幅震撼人心的作品，和他過人的智謀和勇氣，證明了他是在日本軍國主義下，難得一見的，有人道、有義理的畫家。

當我們聽完了許武勇的演講後，大家仍是依依不捨的留在那裡討論；雖然鹽月桃甫先生早已遠離人世，可是，師大的壯麗校舍仍舊存有他的身影，令人無限懷念這位可敬又可愛的日本人：第一個把油畫帶到臺灣的畫家！

聽過了許武勇先生的演講後，除了更為瞭解這一段幾乎被人遺忘的歷史，也更為增添了我們對鹽月老師的尊敬和景仰！

至於許武勇先生，是在一九三三年考進臺北高等學校，他的在校成績非常的優秀，在美術上亦有傑出的表現，尤其是在鹽月的指導下，畫藝進步神速，令人刮目相看，是鹽月老師的愛將。

一九四一年，許武勇考進東京帝大的醫學部深造。在醫學部的老師當中，有一位內科教授吳健，不但是位名醫，尚且是二科會會員的名畫家；許武勇受到了這位教授的影響，因此加入了學校的繪畫社踏青會，繼續的研究繪畫。他曾在參觀過福島繁太郎的收藏品——盧奧的作品〈郊外的基督〉大受感動。

一九四三年，許武勇提出的作品〈十字路〉，入選日本獨立美展，這幅作品是以臺灣的古街為題材，以近似立體派的手法來畫成的。

從日本回臺之後，許先生先在阿里山行醫，再到路竹衛生所服務。這期間仍然持續的畫畫，並得過第二、第三兩屆省展的特選；後來，到美國留學時，曾在舊金山開了頗為成功的畫展；學成後，許先生定居於臺北，也連續在省展得獎，並擔任了很多次的省展評審委員；更在民國六十二年，代表我國現代藝術赴法國展覽。

許武勇先生的作品，起初是帶有立體派的味道，後來受魯東、夏卡爾的影響而趨向幻想風格。例如作品中有飛天，也含有大同世界的理想，其畫有如詩如夢的抒情味道，畫面充滿感人的溫和色調，在畫壇中非常的受矚目。

總之，鹽月桃甫和許武勇，都是畫壇的菁英，也是我們最好的學習對象，希望所有從事繪畫工作的伙伴，都能向他們看齊才是。

從東京到巴黎——記我的老師張義雄老師二三事

當我在師大藝術系求學時，從大二開始就到張義雄老師的「純粹美術補習班」學畫；直到畢業、服完兵役、到出國之前的期間，一直都在畫室學畫，前後大約有四年之久；在素描方面，也因而奠定了相當好的基礎。

張老師畢業於日本武藏野美術大學，跟藤島武二學過素描，而藤島武二的老師就是法國畫家柯蒙（Fernand-Anne Piestre Cormon, 1845～1924）。柯蒙的素描簡潔有力，梵谷（Vincent van Gogh, 1853～1890）、羅特列克（Henri de Toulouse-Lautrec, 1864～1901）也都曾經跟柯蒙學過畫，柯蒙的名作〈該隱之逃亡〉現存放在巴黎的奧塞美術館，是一幅引人注目的作品，粗獷有力。柯蒙雖屬於十九世紀學院派的畫家，但其畫風卻沒有學院派的柔美，素描基礎穩固，用筆有力，顏料厚實。

一九八九年夏天，我到巴黎和李元亨一起拜訪彭萬墀；李元亨和彭萬墀旅居巴黎已有二十多年，和我都曾經是五月畫會的會員，大家對藝術有無比的熱情，談得十分投機。吃過飯之後，彭萬墀一時興起，把他所收藏的作品，一件一件的拿出來給我們觀賞。他說：「這些作品，不給別人看，只有讓你們兩位欣賞。」而其中，就有柯蒙的油畫小品和素描。彭萬墀表示，十九世紀畫家，例如柯蒙，功力好，作品也好，名氣又大；可是在第一次世界大戰後，大家過於重視印象派，反而貶低了學院派，以致被冷落了大約五十年之久。

而藤島武二在一九〇五年到巴黎後，曾經跟柯蒙學過畫；若是照這種傳承看來，張老師三十多年前所畫的那些所謂「黑色時期」，或黑線條，注重結構的粗獷作品，倒也和柯蒙及藤島武二的作品，在內涵上有一脈相通之處。

從前張老師生活清苦，那時的作品，較為陰暗，畫面看來很不明朗，很像畢卡索窮苦時所畫的「藍色時期」的作品，但反而更令人感動，深受收藏家的喜愛；而那個時候正是我跟張老師學素描的時期，每每被他那既深沉有力又簡潔，像是綜合了塞尚的構圖和盧奧的色彩的畫面所感動。因此，我體會出繪畫之真義，原來是在於有力、表現個性和有深度的思考，而非僅是表面上看起來漂亮的裝飾性色彩。

在我留學日本後不久，張老師也來到東京，一開始，因為東京的物價昂貴，只好以撿垃圾維生；而當年的我也是窮留學生，沒法幫老師的忙！去看他的時候，也只能買一包餅乾，帶兩罐鳳梨罐頭給他，在黯淡的燈光下，大家相對無言。有一次臨別時，老師送我一盞他撿來的破舊檯燈。回到住宿處，我將這盞檯燈當作靜物，配上放在盤子上的小魚乾和水果，畫成一幅〈有檯燈的靜物〉。至於那盞檯燈，我不論搬到何處，總是把它放在我的書桌上；只要看到這盞檯燈，就令我想起東京的生活與老師的恩澤而倍覺親切。

後來，張老師就在澀谷的大盛堂前當起了街頭畫家，為路人畫肖像，從晚上九點鐘開始，一直站到午夜十二點鐘。在夏天還好，可是冬天刺骨的寒風實在令人難以忍受！一張畫大約收費三百圓左右，若能畫上三張，才勉強可以溫飽。那時候的張老師，除了晚上在街頭替人畫肖像之外，白天也畫些油畫來維生，過了一陣子這樣的日子之後，張老師打算回臺灣；於是我就接了那個街頭畫家的位置。

過了一、兩年後，老師帶了家眷重回東京，於是我又將那街頭畫家的位置還給老師；只有在週末時才去客串一下，也藉機話話家常。有時候我們會一起到上野公園為人畫肖像，最多時，一天可畫八十五個人，作畫時，每張都要畫得很像，否則圍觀的人就一哄而散。在街頭作畫的經驗，無形中也訓練出作畫時的膽量，臨場不會慌張，隨時都保持著同一水準的功力，並且養成了作畫迅速、正確的能力。

這一段日子，大家都過得相當清苦；後來太極畫廊經紀了張老師的作品，老師的生活漸趨安定，才能長居巴黎。

在巴黎期間，張老師的畫入選過秋季沙龍。無名畫家若能入選秋季沙龍，他的畫在日本的繪畫市場馬上就能熱絡起來。張老師現在已可領取法國職業畫家的退休金，和東京時期相較，生活安定得多了；他的作品比從前明朗，題材也多以巴黎的風景為主；張老師為了考慮讓一般人容易接受，畫作以小品油畫居多。

在張老師畫展的展出期間，僅以此篇短文敬祝張老師的義賣畫展成功。

追憶在第九水門的日子

張義雄老師以完美的油畫技法畫身邊的題材，作風是以塞尚（Paul Cézanne, 1839～1906）的構成為骨幹，加上盧奧（Georges Rouault, 1871～1958）那樣的黑線條來處理畫面，較後期的也取勃拉克（Georges Braque, 1882～1963）的構成方法。他能夠把上述的優點綜合成自己的作品，因此看來沒有什麼模仿的痕跡，主要是他有一個強烈的個性。

張老師的畫室在第九水門那時期，可說是他畫室的黃金時代。這時張老師以教素描維生，畫室位在貴德街靠近第九水門的一個角落，是一棟古老房子，從這古色古香的房子可以看到淡水河的晚霞，也可以體會到街道的氣息。

張老師的畫作是以強烈的個性，配合對繪畫的熱情，畫面富有生命的氣息，畫素描以外老師很少談話，記得有一次畫得很晚，和老師沿貴德街狹小的路走回去，望著隱約在雲間的月亮，我說：「這種月亮比中秋的月亮還美。」老師說：「你很有詩意。」我們對老師的瞭解，只有從他的作品中領會，因為他不善於談論。

通常我比別人早來畫室，畫室的門沒開時就到水門外看晚霞，消除一天的疲勞再靜心地作畫，也比別人晚走，一個人可以慢慢的想、慢慢的畫，體會的事情更多。畫室是星期一、三、五開放，而二、四、六我也常去畫。人多時倒不覺得什麼，當一個人在孤燈下看勞孔，的確使人毛骨悚然，有時畫得較晚，那賣肉粽蒼老的叫賣聲，由夜空傳來，會令人聯想林投姐的鬼故事，似乎所有的石膏像都動起來，使人害怕。

就這樣的我從大二開始一直畫到大四，在畫室牆壁我的素描也貼到第二位的位置，當完兵又在畫室畫了一年，這時的畫室已經搬了幾次，再也沒有第九水門的氣氛，那晚霞的椰子樹、神祕的貴德街、古老的洋房，真使人難忘。

畫素描時，不只培養自己的觀察能力、描寫力，同時在良好的氣氛下，能「物我合一」進入「忘我」之境，正如跳高過竿的那一剎那，又如獨自游離海岸，天地間只有我一個人獨伴孤雲，此情此景，若非真正愛好素描的人很難瞭解此中奧妙。

如今老師已旅居日本，而第九水門的畫室也早已經拆掉，可是第九水門的畫室給我留下一個最珍貴的回憶，水門、黃昏、洋樓，在在都是學生時代的美好回憶。

懷念敬愛的袁樞真老師

今年四月九日我趕到歷史博物館，參加《袁樞真油畫紀念展》的開幕儀式並參觀展覽。當時有不少袁老師的親友、老同事及學生前來觀賞。包括兩位高齡九十多歲的林玉山與陳慧坤老師。再細數之下，教過我的老師輩有的竟都不在了。而袁老師教過的學生中，與會的，看來傅佑武、梁秀中和我也算是年紀最大的學生了。方才想起，原來自己已經這麼老了！

當我參觀整個畫展之後，驚訝於老師的作品，油畫顏料，至今甚少有變、褪色的地方，依然鮮麗如新。這和老師作畫時顏料中只加上少許油料作適宜的厚塗有關吧！她的作品給我的感受，是隨心意地東一筆、西一筆地畫出來，那麼的自然、天真、感人和可親。

從前，覺得老師的作品，有些比例稍嫌誇張。細節若以素描的觀點來看，也似乎尚有商榷的餘地。可是這次有一百二十幅作品聚於一堂，才看出作品的精神與老師作畫的精髓是在於純真、不拘細節地表現內心的感受。這時，我對於藝術的真諦，又有一種深刻的反省。技法？知性？或者，細如繡花般的描寫？或標榜駭人驚俗的觀念？驀然遇到袁老師這些看來平淡、無奇，乍看之下又帶有素人畫家那種純真的畫作，倒帶給我相當大的衝擊。

在會場中，和同學故舊寒暄中，我一次又一次細細地體會袁老師作品的美妙，這似乎讓我對老師的繪畫有一個新的認識。而袁老師的千金郭夢華小姐送給我的《袁樞真油畫紀念集》帶回家後，內人翻一下說：「袁老師的畫作很純真！」聽了之後覺得頗為中肯。是的，繪畫本來就是要純真，毫無目的，表現眼睛所看到的心中感受。

回想有一次在火炎山寫生時，有位鄉下老太婆看了我的畫說：「先生，你畫得真成（臺語：真像）！」她倒不是說色彩很美，理論很高深，構圖很嚴謹。她這句話讓我深思過。袁老師的作品看來就是真成（真像），像她心裡所感受的，也許這才是藝術的真諦！

晚餐之後，我回到畫室，開始修改一幅尚未完成的一百號作品，又整理最近一些尚未完稿的短文。覺得有點累了，重新翻翻袁老師畫集，突然想起今天在會場郭小姐跟我說：「畫冊裡有一段跟你有關的文章。」因此好奇之下，就先找出這一段念念看，也才發現原來郭小姐的文章寫得很好，很有感情，該寫得很詳盡的部分寫得很細膩，有的地方卻只用幾句話就帶過去了，也有些印象深刻的對話，讓人覺得十分生動、親切。

先念完那一段和我有關的描寫，再從頭到尾重新念一遍，也找出幾段自己所不知曉的往事、趣事，串連一些從前對袁老師的懷念。一位慈祥的老師，她的輪廓更清晰的浮現出來。

當然有些事物是我所不知道的，也有一些往事和我的記憶有所出入，也有些事是郭小姐謙虛不提的。這也讓我恍然大悟，所謂畫家的傳記也會因撰寫者、傳聞或記憶的出入而有所差異。同時對於郭小姐文筆之美，覺得不亞於所謂文學家，也和自己即將出版的散文集比較風格上的差異。細思之下，郭小姐的文章也像袁老師的繪畫作品一樣，出自真心自然，似乎有一脈相通的地方。

郭小姐的文章裡提到有關我自己的部分，念起來格外親切，細數之下，已是四十六年前的事了。那時我在師大藝術系三年級，剛好老師擔任我們的人體素描課教師，老師教得很認真，注意人體的結構，尤其是手和腳。有時人體上的肌肉畫得不正確時，老師總會說：「今天我回去洗澡時，一定『仔細看看』。」我們回到宿舍後，也常模仿老師的浙江口音和表演洗澡觀察肌肉變化的情形。

那時師大最早的模特兒，正像郭小姐的〈我的母親〉文中所述的，先是工友張先生，接著來了一位胖胖的林小姐。這位小姐後來因為班上一位同學江明德，上課時只觀察、不下筆，一氣之下就辭職不幹了。當大家在怪老江時，我找了一位體育系的男生穿運動短褲，他是拳擊選手，擺了雙手舉拳，作打擊狀，我跟他說這樣會太累，他說：「是為了準備比賽練耐力，不要緊！」後來，他當了中學校長。

臺灣第四位模特兒，算來才是林絲緞小姐。在我們責怪江明德不該氣走胖胖的林小姐之後，有一天在第九水門的張義雄老師畫室，看到汪壽寧找來兩位陌生的小姐，說是要挑一位當模特兒。大家都屬意一位較為白白胖胖圓臉的，可是我認為另一位骨骼較硬朗、長臉、鼻子像維納斯那樣筆直，身體線條明朗，更適合當模特兒。大家也同意了，後來才知道她名叫林絲緞。

起初她在張老師處當模特兒時，穿白上衣、黑裙，後來到師大，起初也是穿衣服讓我們畫。後來我們為了讓她少穿一點，才建議她學舞蹈，也才有機會畫穿芭蕾舞衣的模特兒。我還怪汪壽寧怎麼買了一件草綠色的舞衣給她穿。後來教她學游泳，才有機會畫穿泳裝的模特兒。像這樣漸進地要她脫衣服，必須付上代價，花時間，費口舌，才能讓她心甘情願一件一件慢慢的減少。大約半年之後，看到她全裸時，大家還嚇了一跳，畢竟精誠所至，金石為開，終於大功告成。不僅如此，還要用班費，派男生請她看電影。與時下找模特兒，打個電話就來的光景，恍如隔世，大為不同。

為什麼我對這一段經過要描寫得如此詳盡呢？這就是為臺灣美術史留一個「真實」，否則我們幾個人辭世之後，就無從考據了，也補郭小姐〈我的母親——袁樞真女士生平紀事〉一文之不足。至於林絲緞因練游泳、芭蕾舞而腰圍尺寸減小，以致袁老師要修改作品一事，不妨一覽〈我的母親〉一文便能瞭解其緣由了。

有一天我在教室裡，袁老師叫我到教室外面對我說：「明天到我家畫林絲緞，你不要告訴別人。」我聽了之後有點吃驚，雖然我剛獲得第一屆系展油畫第一名，素描成績也是全班最好的，可是我是從鄉下來的，土裡土氣又留了像歌手的披頭長髮，衣服髒亂沾滿了顏料。更絕的是：以一塊錢買來的美援皮鞋，踢足球時，不小心踢破了，鞋頭開口，走路時鞋頭一開一合，走一步會響三聲。這付德行，怎麼能到老師家裡呢？何況師丈郭驥先生襄佐陳誠，班上有的是大官與將軍的女兒及國大代表的兒子，怎麼會叫我去畫呢？老師看我不吭聲，接著說：「你不用交模特兒費，中午在我家吃飯。」聽完了，我想了一下，第二天就提了畫布、畫箱到新生南路老師家裡。

一按門鈴，衝出來一條大狗，吃驚之餘，只得用畫布當盾牌，左擋右擋的才能免除被狗咬之禍。這時只聽袁老師大呼狗名，才能脫險，後來每次我來畫畫時，老師總要跟女傭阿珠說：「景容要來，狗要先關好。」昨天和郭小姐聊天時，她說：「後來我們也學別人家，門口掛個寫有『內有惡犬』的牌子，爸爸回家很不高興叫我們拿掉，爸爸說：『這是很不禮貌的牌子，為什麼不養良犬，要養惡犬來嚇人？更何況，我們豈不都成為「惡犬」了嗎？』」我聽了覺得十分好玩，接著說：「這是英國式的幽默，因為郭伯伯是留學英國的。」

進了袁老師的畫室擺好畫架之後，來了一位高雅美貌的中年婦人，後來才知道是中心診所放射科醫生吳靜夫人。接著來了兩位體態甚美的女士，一位是吳望伋夫人，另一位是飛行員的太太，於是老師就和四位學生開始畫穿芭蕾舞衣的林絲緞。像這樣，我們畫了幾幅油畫之後，有一天，林絲緞居然擺了全裸的臥姿。驚喜之餘，才體會到，老師先請林絲緞到家裡，人數少，大家熟了，她不再害羞，方能心甘情願地全裸讓大家畫，可見老師用心良苦。這也許是臺灣藝壇中少為人知的一樁祕密吧！

到了吃午餐時，我看院子裡曬了一竹竿的烏魚子，老師說：「這是人家送的，煮湯腥味很重，真難吃！」我笑著說：「老師，這是要先塗米酒，用炭火慢慢烤，切片配蒜白一起吃就很香了。」後來我們就有機會品嘗烏魚子，對窮學生來說，真是千載難逢的機會。

有一天，老師叫我次日多帶一幅三十號畫布來，我想不出理由。因為才開始畫的那一張尚未完成，不知為何？我是鄉下子弟，比較老實，老師說帶一幅三十號畫布，我就只好從命。第二天就扛了一張白畫布來，用過午餐之後，老師叫我畫吳太太的肖像，我想這也不錯，我早就想畫吳太太了，只是不好意思開口，一看吳太太今天穿得特別好看。那時在師大我也喜歡畫漂亮的女生，因風氣未開、民風保守，追女生最好的方法就是請女同學讓我畫肖像。一面畫，一面欣賞，一面單相思，一次又一次請她來畫，期待有一天會日久生情。萬一她責怪為什麼老是還不完成，就回答：「像達文西畫〈蒙娜麗莎〉也要花四年，何況我們！」就這樣慢慢畫，慢慢欣賞，當然僅止於此。當時十分保守，還不能露出心中有「單相思」之意，否則給她賞一句「不要臉！」還算客氣。搞不好，惡名傳遍學校，可不好玩的。因此一直到大學畢業時，連女生的小手都還沒牽過。即使這樣，那正面的效果，是老早就練了畫肖像的好身手了。

畫了三、四次之後，終於把吳太太的肖像完成了。老師叫我把這幅畫送給吳太太，雖然有一點捨不得，不過回家時要穿鞋，居然找不到我那雙破鞋！正想不通時，老師指著旁邊一雙新皮鞋，說是：「吳太太替你買來的。」原來如此，也許老師看不慣我那雙破鞋，略施小計，既不傷我自尊心讓我擁有一雙新鞋，而吳太太又有一幅很好的肖像畫，可說是皆大歡喜的一個結局。

後來我也和袁老師的孩子們熟了起來，也一起玩過皮球，這皮球聽說是截獲走私船的真正足球。對於當時是足球選手的我來說，真想用力踢，又怕傷了小孩子，只好輕輕踢一下，如此才能避免把新皮鞋踢開鞋頭了。那時郭小姐剛剛是小學六年級的小學生，十多年後，我有機會畫了一幅她的肖像，現在仍掛在老師故居的牆上。

我在大三時就拿到系展油畫第一名，我們前後屆的同學油畫的程度相當好，因此孫多慈老師也把她的私人畫室借給我自由使用。這畫室的位置剛好就是改建後現在的藝術系展覽室，一直用了兩年，直到我畢業時，才把鑰匙交給謝里法。而每週週末都把一個禮拜來所畫的作品拿到廖繼春老師家裡，請老師批評。其他晚上則到張義雄老師畫室畫素描。因此我在師大的那一段學生生活，可說是有名師教導、愛護，至今回想起來，那些溫情真令人難忘。

當我服完兵役，考上留學考試，要辦出國手續，像過關斬將，總是困難重重，屢遭刁難。眼看就趕不上開學了，只好到袁老師家裡請教老師該怎麼辦。老師一看日期緊迫，叫我明天再來。當我拿了郭伯伯親手用毛筆寫給出入境管理處處長的信，要我帶著這封信去見辦事員。想不到，真神奇，馬上蓋印同意我出國。因此我一直把這封信留在身邊，當一九九〇年，郭伯伯逝世時，我把這封信放在口袋中，向遺像行禮時除了默禱之外，還說了幾句感謝的話。

當我辦好出國手續，在松山機場等上飛機時，雖然父親也前來送機，但前往陌生的國度，心裡難免有一絲不安與焦慮。這時抬頭一看袁老師竟然出現在眼前，很親切地跟我打招呼，尤其替我整理生平第一次戴上去的領帶。說實在的，到今天為止我還是不會結領帶，一直都要請別人結好之後，再從頭頂套下去，袁老師也幫我拉平西裝領，讓我受寵若驚。其實後來才想起，這可能也是袁老師為了要保證我能夠安全上飛機的關係，因為我剛考進師大後，有一次從故鄉水里到集集拜訪同學時，只因為忘了帶身分證，以致被憲兵押到臺中火車站，關在用木材臨時搭建的大籠子裡，後來父親帶身分證來才能放出來，有此「前科」所以也算是「問題人士」。另外大四時到淡水寫生，專心繪畫，忘了海岸戒嚴，禁止攝影、繪畫的規定，畫了一些海邊的房子，聽說本來也要把我當思想犯捉去坐牢，幸好袁老師幫忙，花了好大氣力，拜託有力人士保證我思想純正，沒問題，方才沒事。有鑑於此，很可能老師心有所感，以防萬一，還是要親自出馬護駕，讓我能順利出國，此事也讓我至今難忘。

當我留學日本八年，畢業於東京藝大壁畫研究所之後，任教於國立藝專及文化學院。由於過去我所受到的認真教導，知道嚴師出高徒，因此我也認真指導我的學生，不管省展、全國美展、臺陽美展的前幾名都由藝專同學獲得，像黃楫、林文強、簡正雄都先後得到每隔三年才舉辦一次的全國美展油畫的第一名。另外像陳世明也獲得省展第一名。

當年我有機會到師大兼任教素描課，可說是由當時擔任系主任的袁老師所薦舉，袁老師自一九六九年繼黃君璧主任退休後接管負責系務。當年系主任的產生不像現行的以投票做決定，而是由德高望重、眾望所歸者，自然產生。聘請老師也是由系主任決定並負全責，其實這樣的制度也不錯。尤其系主任是要具有前瞻性及膽識，學有專精，方能勝任。

回到母系任教之後，袁老師和我合教三年級的人體素描，有一次老師在閒談中，不經意地講了一句：「作一個畫家不看羅浮宮，怎麼行？」聽了之後，給我很大的啟發，播下種子，引發我在一九九一年在巴黎購買畫室的動機。且在申請出國旅遊尚為艱難的時期，也想盡辦法每兩年旅遊歐美，參觀美術館並寫生，對我自己往後的創作有頗多助益。袁老師也常帶藝術系的老師組團出國，旅遊時大家不僅參觀美術館、古蹟、寫生，還常講笑話，因此系裡同仁之間的感情更為融洽，至少我曾參加過一九六三年東北亞美術訪問考察團、一九七二年印度、尼泊爾之旅，和菲律賓、新加坡、印尼、香港之旅。

有一次，老師帶我們到蘭嶼寫生，第二天一大早，我和幾位畫友一起在椰油村的海岸邊畫蘭嶼的漁船，我們畫得正順手時，突然來了一位海防軍士，很粗暴地跟我們說：「喂！你們怎麼可以畫海港、畫艦艇呢？」我們笑著回說：「什麼艦艇！這不過是鍋蓋（蘭嶼人的『你好』之意，也是臺灣人對他們的暱稱）的漁船而已！」在白色恐怖時期，有勇氣像這樣頂回去，是因為有袁老師作領隊就不用擔心。

這次旅行袁老師所畫的〈蘭嶼之二〉、〈蘭嶼之三〉這兩幅作品也在這次回顧展展出。細看這些作品，老師把心裡的感覺、印象適宜地配成一幅畫，頗有情趣，一看便知道這是蘭嶼，運筆之迅速、生動，讓人能體會老師作畫時的重心，在於呈現其心中的世界。

我還記得和袁老師一起到澳底寫生，我們先在一個小山崗上畫一棵老榕樹後，就在公路旁邊畫一棟經海風吹蝕，有斑剝的石牆，四周有乾枯的雜草，呈現了一片淒涼氣氛的古屋。

我所畫的角度是古屋的正面，而袁老師則從我的背後作畫，因此老師的作品〈濱海一角〉中左下角正在寫生的男生便是我了。這次展出仔細推測應該如此沒錯，而且體格的特徵和深藍色有白色邊條紋的衣服，正是我最常穿的那一件毛衣，也許老師回家後再憑記憶添加上去的，在這次回顧展看到這幅作品倍加親切。

同樣的，袁老師也和袁金塔及我一起到花蓮寫生，我們從臺北租一輛計程車，沿路畫下去，累了就下車，順便也畫一幅作品。有一次當車子經過原住民部落時，我看到有一群小孩子像猴子般，或在樹幹上爬上爬下，唱歌、嬉戲或學泰山，表演特技似的自得其樂，於是我建議下車寫生。袁金塔畫水墨，我畫水彩，袁老師這次展出的〈樂在其中之一〉便是那一次一起寫生時所畫的。這幅作品相當精彩，畫面上有小孩子們的各種姿態，各有變化，也可看出他們有的躺在樹幹上，有的如猿人泰山，看來十分有趣，也令人懷念。

至於〈印度古廟〉、〈湖中的木筏〉或〈新加坡鳥園〉，也都是我們一起出去寫生時所畫的。另外袁老師的一些彩瓷畫，也是我帶老師到土城瓷揚窯時所畫的作品。

看了這些作品，也引發我回想一些組團旅行時的樂趣，和同事之間融洽感情的時刻，這種溫馨的氣氛，早已成為遙遠的回憶，也常期待何時美術系能恢復袁老師領導之下的情景：同學們對教授們信賴、有信心，老師們對同學們呵護與支持，同事們互相尊重、和平相處的那段日子。

一九七二年女畫家協會成立大會時，袁老師也請我為顧問，當討論到章程裡的入會資格時，我看到前面幾項頗為合理，例如：一、畢業於國內外美術系者。二、從事於繪畫工作者。我一看到第三項居然只要「反共抗俄、思想純正」也合乎加入女畫家協會的條件，便舉手發言認為不妥。這真是在白色恐怖時代拋出來的一個難題，我說：「只要『反共抗俄』即使不會畫畫也可以成為會員嗎？太不合理了。」袁老師也馬上贊同我的意見，並解除了列席指導的那位教育局女官員的窘境。散會時，那位很漂亮的女官員對我說：「陳教授你真勇敢，」再放低音量說：「也很合道理。」

有一天，我到袁老師家裡拜訪，閒談之間，才知道多年前師丈郭驥先生由南部回臺北的路途中，看到稻田缺水，農夫們辛苦地排水澆灌到乾枯的田裡，心裡不忍，回來後，建議陳誠興建石門水庫，造福北部農民，這件事少為人知，我聽了之後，也覺得十分感動。又有一次我看報紙知道盧修一被捉去關了，我跟袁老師說請郭伯伯是否能幫忙一下。第二天，袁老師告訴我，此一時也，彼一時也，郭伯伯試過，恐怕已使不上力了，叫我安慰陳老師，這也讓我體會到一些政治上的現實。

為了維護我們的一些正確主張，袁老師常成為我們敢於發表意見的後盾。不但如此，還處處為美術系的前途著想，設立了美術系圖書館，並捐了不少珍貴的畫冊，也成立了美術系夜間部。除了增加有志於藝術工作者進修的機會外，也可以解決為了賺取額外收入，必須到外校兼課的同仁的窘境。至於現在美術大樓和研究所的籌設也都是出於袁老師的策劃，之後陸續完成，這些都可說是袁老師的真知灼見。

一九八六年袁老師屆年退休後仍繼續擔任兼任教授，直到一九九二年身體衰弱赴美國與女兒郭夢華小姐同住。這其間，我們也曾寄送聖誕禮物給老師。一九九九年十二月五日老師壽終於美國，後安葬於臺北花園公墓，迄今算來已是好幾年前的事了。如今重睹老師作品的回顧展，不禁想起種種溫馨的往事，令人十分懷念。

二〇〇二年記

畫到終點也無憾——母親陳趙月英的畫畫晚年

結束了莊嚴隆重的告別式，護送母親走完了最後一段路，看著母親生前最後的一幅作品〈船〉，畫裡深沉的天空和靜止在岸邊的漁船，似乎在訴說：勞累的漁船終於有停泊休息的時刻了。思緒至此，我也不禁潸然淚下，不能自已。

今年入春以來，母親總覺得體內多處疼痛，毫無食慾，經過臺大醫院的檢查後，終於接受了摘除膽囊癌病灶的大手術。

在母親病發住院期間，目睹她咬緊牙關忍受病痛的折磨，內心十分不忍；但是母親很堅強，只要精神稍微好一點，便會拿起畫筆，躺在床上專心一筆一筆的鉤畫，有時畫到情緒高亢時，還可聽見她滿心愉悅地哼著歌，一副自得其樂的樣子，一點都不像是個將不久於人世的人，那種樂天知命、享受生命的情景，至今仍深深留在我的腦海裡。

母親一生為家庭操勞忙碌，著手繪畫是晚年的事了。四年前，大妹為了安排母親照顧病中父親時的片刻餘暇，便送給她一些蠟筆和圖畫紙，母親才開始畫，就這樣的啟發了潛在多

陳趙月英〈雙鶴圖〉1996 年，粉彩

陳趙月英〈船〉1996 年，粉彩

時的才華；不到五年的時間，竟有非常豐富的五百多幅作品，令人十分驚訝！

母親初期的作品，較為接近花鳥刺繡的風格，這是她少女時期曾經學過刺繡的緣故。後來她慢慢摸索，居然也畫出了相當雅緻的作品。

接著母親也開始使用彩色鉛筆和水彩顏料，無師自通的畫起水彩畫，題材是以花卉為主，此外那些從菜市場買回來的魚、蔬菜、水果，和一些從前在彰化養雞的點點滴滴也都成為她的畫畫題材。

母親也喜歡畫小鳥、動物和故鄉的風景，尤其是利用「流籠」（一種簡陋的纜車）渡過濁水溪的畫面，更是蘊藏了母親的思鄉情懷。至於一些畫觀音山的作品則是母親描繪淡水觀音山的印象，這些作品雖然都是母親憑著想像畫出來的，但卻是相當地逼真。

回想起來，母親起初是以塗鴉的心情開始嘗試作畫的，等到畫出興趣後便不肯歇下畫筆。在母親去世前的那段日子，她有一些以鶴為主題的作品，充滿了寂寥的感覺，似乎她也知道自己的時日不多，所以在作品中都有一股神祕和悲傷的味道。

最近我一邊編著母親的畫集，一邊在感嘆如果母親早幾年就開始作畫，成就當不僅如此！朋友們看到母親的作品時，都說：「陳景容，你媽媽很有繪畫天分，有了她，你才有今天。」

我也常把編畫冊的進度告訴躺在病床上的她，並且拿打樣的圖片讓她看看，這時，母親會暫時忘卻病痛，露出難得的笑容，似乎是生命中因為已有了繪畫的樂趣而了無遺憾！

為了傳達母親的體恤愛人，我也依照母親的願望，把她的作品分別捐贈給臺大醫院、臺北醫學院和師大健康中心。畫面上的溫馨和寧靜，不但能給予身心欠安的人們一絲慰藉，也能給這些醫療場所增添一些藝術氣息。

為了紀念母親，我也竭盡所能的為母親編集了一本極為精美的《陳趙月英女士畫集》，並以此獻給養我、育我、劬勞一生的偉大母親。

一九九六年記

陳景容〈哀傷的印度人〉1995 年，油畫

我母親去世時，為了紀念她所畫的。

輯三

壁畫與馬賽克嵌畫

關於馬賽克嵌畫，一般來說在臺灣教西洋美術史的人，較少有人涉及此主題，因此大家比較陌生。而且拜占庭時期，相當於歐洲的中世紀黑暗時期，也較少有人提及。

我在前些時候曾到歐洲各地參觀了不少的馬賽克嵌畫。去年也在花蓮門諾醫院完成了兩公尺高、十公尺寬的馬賽克嵌畫。現在又將製作一幅十九公尺寬、兩公尺高的壁畫，對馬賽克多少有些心得，藉此機會來做一番介紹。

約西元前三千年，就已經有馬賽克嵌畫。最初是以黑白兩色的圓卵石為材料，裝飾在大圓柱上，在現在的土耳其宮殿尚能看見此類作品。至於在美索不達米亞地方，是以較大塊的石頭來拼製，後來在希臘與古羅馬時期便非常盛行。

最初之所以採用圓卵石來製作嵌畫，其原因主要是受限於工具的使用。一般而言，製作嵌畫需要用到特別製作的鎢鋼鎚子，所以，在早期只能撿拾這些圓卵石來製作。而在希臘古羅馬時期，則是利用火山岩片來製作，例如龐貝城（Pompeii）的壁畫裝飾，便是使用這種素

陳景容與馬賽克作品〈耶穌誕生〉。

材。此外，工具的硬度也會影響馬賽克的製作。現在可以請工廠製作，但是在古代沒有機器，只好由兩個人利用水和刀來慢慢切割大理石。所以由鎚子硬度的提升，也可以看出馬賽克嵌畫的演變。

馬賽克嵌畫可以分為石頭、大理石片、陶片、玻璃片、貝殼等材質來製作。後來，拜占庭的金色嵌畫，是先在玻璃片上貼上金箔，再夾貼玻璃片，然後放到窯中去燒，製成金色馬賽克的效果。

木頭有紋理，同樣的，大理石也有紋理。順著紋理切割的話較容易，否則有時會發生切割上的困擾。

原先馬賽克嵌畫，是從地板開始的。這可能與現代家庭中鋪地毯的觀念相近。通常在地板四邊有像畫框的裝飾圖案，由一般的工匠來負責製作；中央部分的繪畫作品，就要由當代的名畫家來製作，後來才逐漸發展到牆面的壁畫製作。

壁畫的製作，必須要由上往下做，目前大家使用於嵌畫製作的膠泥，持續時間並不長，只有幾十年之久。結合度最牢固的應該是石灰，石灰的接著力要比現代的膠還強。古代的工匠是把生的石灰燒過後，在一年當中，反覆的浸水和換水。使用時，把糯米放在石臼搗和，最後再混入砂糖，結合度就非常的強。像長安的城牆便是使用這種材料，至今仍然十分牢固。

古代嵌畫的製作方法，先製作等大的底稿，畫出石頭排列的方向。在牆上塗上與石頭等厚的石膏，再把底稿描上去；然後在預定要放上石頭的地方，先把石膏層挖掉再埋進石頭。埋石頭的時候需要用到灰泥，有時灰泥也要為了配合石頭而加上顏料來染色。

嵌畫在亞歷山大時代，起初是用四種顏色的石頭來製作。後來石頭增加到四十五種顏色。至於利用各種釉藥燒到陶瓷或玻璃片後，顏色就千變萬化，更加繽紛。

當時的工資，設計作品和構圖的畫家，一天的工資是一百五十到一百七十五元；放大原畫的人可拿到七十五元，而安裝石頭的工匠則只有五十元。由此可看出，古代畫家的地位相當受到重視。而壁畫的製作是要分工合作的，敦煌壁畫亦是如此。

我所做的十九公尺寬、兩公尺高的壁畫，等大素描就畫了三張之多。底稿一張，透明描圖紙一張，另外還要左右相反的一張，花費時間大約是半個月。這個壁畫是由臺中的簡源忠先生製作，簡先生曾赴義大利留學，在合作過程當中，他每週都會拍攝嵌畫製作的進度寄來給我，我再以郵寄的方式，告知該修正的地方；同時簡先生也會每兩週把完成的嵌畫拿到臺北來給我看並修改。至於把嵌片貼到紙上的漿糊配方則是我從義大利得來的。

臺灣目前的製作方式，只是在牆面上排滿石頭，調和顏色後便告完成。其實石頭有一定的排列，如果有機會，請大家到臺北福華飯店入口處的地面注意看看，那些石頭的排列是扇形的排列方式，稱為暗花拼法。石頭的排列是否調和整齊是相當重要的，目前在臺灣，對於馬賽克嵌畫的排列方式，有研究的人並不多。據我觀察，在羅馬多為平行排列，而在土耳其則多用暗花拼列。

為了講求完美，嵌畫製作時要注意石頭的色澤、大小和材質，才能表現出不同的立體感。在牆上的作品，磨亮的石頭往往隨著光線角度的不同而產生光澤。當人們走動時，因角度而有不同的發亮點，所以會貼呈十三度的傾斜，這是我們必須注意的。因此，若是要建造半圓形的屋頂時，方形的石頭需修成較呈長方形；而且在貼的時候，灰泥的厚薄有些差別，要貼成下面薄、上面厚才行。

古希臘羅馬時代，壁畫的主題多以生活和神話為主。可是到了西元七二六年，東羅馬列諾三世下令禁止崇拜偶像，一直到西元八四三年解除禁令為止，大約有一百二十年間，中斷了嵌畫的製作，因此，在嵌畫製作技術傳承上有了斷層。再加上蠻族的動亂，一些傳統的技法因而流失，而步入技術上的衰退。但古羅馬在西元前三世紀至西元一世紀，在藝術上有相當的水準，例如眾所周知的龐貝城，藝術品的製作手法純熟，水準很高，令人賞心悅目。

中世紀的壁畫製作較趨平面。這是由於東羅馬帝國在解除禁令後，雖然恢復偶像的製作，但是政府明令只准製作正面，禁止製作背面，人物動態也必須較為單純。所以嵌畫與哥德式

陳景容，門諾醫院〈耶穌誕生〉（局部）2001 年，馬賽克嵌畫

陳景容，門諾醫院〈耶穌誕生〉（局部）2001 年，馬賽克嵌畫

的壁畫看起來都較為單純，而拜占庭嵌畫多半較為平面。但由於馬賽克嵌畫多半為裝飾牆壁之用，而壁畫製作的一大禁忌便是不能讓牆上有特別暗的部分，以免壁面看起來凹下去。所以這個時期的壁畫，大都是製作在教堂與宮殿中。

至於龐貝城著名的、有關於亞歷山大大帝的壁畫——〈伊索斯之戰〉，不是屬於平面化藝術的嵌畫，倒是呈現了相當高水準的繪畫特性，有光線、顏色的變化。依此類推，嵌畫的樣貌也不能一概而論。

東羅馬時代以後，到了文藝復興時代，開始由濕壁畫取代，嵌畫製作也因需要大量的財力與時間而日漸式微。而偶像禁止令尚在執行時，這項技術讓伊斯蘭教教徒吸收學習，製作了些有關植物的圖案，隨後又漸漸傳到印度，例如泰姬瑪哈陵，在大理石上鑲嵌紅寶石的技法。這種在平面挖出圖案再進行鑲嵌的方法，也算是歐洲馬賽克製作的另一支派。這種方法在臺灣也有，我曾在花蓮看過，是利用水刀切割製作的。

在地面製作大理石嵌畫時，地面一定得磨平，製作完後再鋪上砂、打蠟，質感就會非常好。在日本的奧林匹克運動場和日生劇場就可看到此種製作法。

一九九九年記

關於「大甲郭家古厝」壁畫剝離術

一九八五年八月初，臺大郭教授打電話給我，說是由文建會主委陳奇祿先生推薦，希望我去他的大甲老家做壁畫剝離的工作，問我能否勝任，我說：「當然可以。在臺灣，除了我會剝離壁畫以外，別無他人。」

其實，我在東京藝大研究所便是主修壁畫，尤其是在學期間對剝離壁畫很有研究，在當時也算是日本極少數的剝壁畫頂尖高手之一（當時最多不超過五個），只是當時我所剝的是自己畫的壁畫，萬一失敗也沒什麼關係，而且那是屬於西方的濕壁畫；而東方的卻是屬於乾式壁畫，質地脆弱一些，顏料也比較容易因水而流失，困難度就要增加許多了。

我約郭教授見面，並與文建會的莊科長通過電話，瞭解郭家古厝並沒有被指定為國家古蹟，因此那些壁畫並不屬於保護級的古蹟類，萬一剝離失敗了，也沒多大的關係，只當作是一項技術實驗就好。聽完莊科長的說明之後，自己也安心多了。

幾天後，趁著要到南部評審畫展之便，就約了郭教授以及文建會承辦這件事的黃先生一起南下，先到郭家參觀那些壁畫。

郭家古厝共有三進，每進大門的左右兩面牆各畫有兩面花鳥、山水畫，大門上方則畫有如「八仙」之類的人物群像。因年代久遠，只能在厚厚的灰塵下略窺其貌，這些壁畫似乎畫得相當不錯，可惜在長久的風吹雨打和人為破壞下，已有不少損傷。

經仔細觀察後，我發現有些在屋瓦破損部分之下的壁畫，因漏雨的關係，居然有整個人物全部流失的情形！一些常被雨水沖刷到的地方更是全都流失了！

看到這種嚴重的流失現象，我的心涼了半截。因為剝離壁畫後要用大量的水清洗，有此現象豈不糟糕！雖然情況不妙，但還是得試做看看，於是我在第三進石灰牆的一小塊壁畫上塗膠，再貼上寒冷紗。並且在第二進的屋簷下也試貼了一片，後者是屬於露天接近敷瓦的部分，黑底上畫了一些裝飾紋。

因為我還得趕赴彰化的文化中心，結束在那裡的個展，便先行離去。在彰化把展出的作品整理好後又搭乘火車南下，準備參加第二天的評審工作。

翌日，評完作品又馬上趕回大甲郭家古厝，發現第三進那面的石灰牆可以完完全全的剝下壁畫，可是第二進那面的裝飾紋只能剝下百分之七十。看了這種結果，心中十分煩悶，因為過去我碰到畫有黑色部分，也有不易剝離的經驗。如今又面臨考驗，萬一失敗了，常自稱為壁畫剝離專家的我，豈不名譽掃地！

回臺北後，便打國際電話到日本向當年的師兄們請教，經過了半小時的討論，他們告訴我可能是壁畫的年代久遠，以致表面上滲出硝酸鹽，教我要塗一種抑制硝酸鹽的藥品，也把羅馬古物修復中心所用的新藥名說了出來，並告訴我一些應該注意的事項。

其實，從回國迄今大約有十五年的時間，一直都沒做過壁畫剝離術，在技術上當然就不進則退了。加上國外技術的日新月異，相形之下，我已落伍不少。於是我翻箱倒櫃的找出當年在東京藝大時的筆記，重新把當時的心得研讀一番，也不停的回憶著過去做剝離術的情景，和師兄弟們曾經失敗過的實例。除了參考幾本新的文獻外，也做了一套剝離壁畫的計畫，同時準備了一些應該使用的器具和藥品。

我再次和郭教授在文建會見面，才知道原來文建會主委陳奇祿先生叫我只剝其中的兩面，而且不管成功與否都可以領到研究費。剝好之後，先由文建會轉交給大甲中正紀念館保存登記，等郭家日後建好祠堂後再交還給祠堂保存，算是國家文物之一。因為過去古厝翻修時，只是把壁畫部分描在透明紙上，等到把舊壁畫打掉，塗好新牆壁後，再僱人重畫。這次文建會只要我交一份報告存檔，作為今後維護古蹟時的參考，可說是文建會有意研究古物保存的一種措施。

我心裡想，假如以這筆預算只是剝離兩面壁畫的話，倒也優厚。可是郭家共有十二面壁畫，現在若是沒有全部剝下來，以後拆房子時，將全被毀掉，是相當可惜的！所以便決定不計工本，要把全部都剝下來！

可是那一陣子，我正忙於準備應徵省立美術館門廳大壁畫的作品，因為怕事先曝光，所以保密到底，連父母和師大的同事都不知道我為什麼夜以繼日的在畫那一幅大作品。但是郭教授也很急，因為郭家的古厝在八月底就要拆除了，所以我只好先派兩個學生到大甲去做清洗壁畫和拍照的工作，等我在八月十七日交出省立美術館的應徵作品後，便立刻趕到大甲去工作。

八月十八日，我照預定的計畫，先在壁畫上塗布抑制硝酸鹽的藥劑，然後開始塗膠及貼寒冷紗。塗膠的工作一連進行了幾天，每天都忙到晚上八點鐘才收工；因為古屋四周草木叢生，蚊子很多，加上天氣燠熱，大家只好打赤膊的爬在木梯上工作。當蚊子來襲時，便用沾滿膠水的手拍打蚊子，以致全身又濕又黏，到處都是汗水與膠水。

壁畫剝離術

在壁畫製作的技法中，剝離術（Strappo di Fresco）被認為是最難且最神祕的一種技術，成功且精練地將壁畫剝離再黏裱於畫布上，而壁畫表面仍然完整是其困難之處。圖為本書作者剝離壁畫之過程：

⑴ 原先畫在牆壁上的壁畫。

⑵ 以紗布黏糊於壁畫上。

⑶ 剝下的壁畫。

⑷ 將剝下的壁畫黏貼於另一堅固的板上。

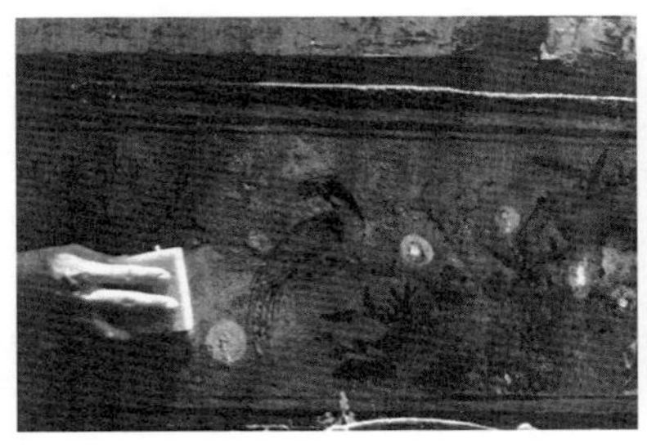

⑸ 清潔已固定的壁畫。

⑹ 剝離後完整的壁畫。

在此，我也要順便介紹壁畫的性質：

一、濕壁畫（Fresco）

Fresco為義大利文，此字的原義是「新鮮」，應用在繪畫上則為壁畫用語，是以壁畫顏料畫於灰泥上的壁畫。其中繪於乾灰泥上的叫「乾性壁畫」（也叫Fresco Secco），和一般膠彩壁畫的效果差不多，同時也都有顏料易於剝損的缺點。真正的濕壁畫（也叫做Buon Fresco），是始於十三世紀的義大利，而於十六世紀趨於圓熟，早在十五世紀之前，濕壁畫的技法即已完全具備。

濕壁畫是一種非常耐久的壁飾畫，製作時，先在牆上抹一層較粗糙的灰泥（Arricciato）層，再塗上比較細的第二層灰泥（Sinopia），最後再塗上更細的第三層灰泥（即壁畫表層Intonaco），塗抹面積以一日的工作量為準。在這塊「表層」上，畫上底稿，然後用溶於石灰水的壁畫顏料畫在表層的濕灰泥上，顏料乾了後，會變得很淡，著色時務必先斟酌濃度。因為顏料塗在濕灰泥上會起變化（由濕色變成乾色，像衣服濕濕時色澤較深，乾後就變淡一樣。另外，濕壁畫所用的顏料為礦物性顏料），能和牆壁結成一體，所以顏料不會剝落。

二、乾性壁畫（Secco）

Secco是義大利文，其意為「乾性的」，也是繪製壁畫的一種方法，有時可以替代濕壁畫或用以修飾部分的濕壁畫。其製作方法乃是以石灰水濡濕塗有灰泥的牆壁，然後再藉黏合性的媒介物，使顏料附著其上。此法不需趕時間地工作，所以比真正的濕壁畫製法要簡易，其缺點是顏色容易斑駁，不能耐久。有時一幅壁畫，畫中人物的頭、手均保存得極好，而衣褶的部分卻已剝落，原因是頭、手的部分是用真正的濕壁畫畫法繪製的，但衣褶部分則是以乾性壁畫的畫法來畫的。

郭家古厝的壁畫乃是屬於東方的乾式壁畫。其壁體係土确，先塗上一層石灰後再作畫。由於是乾式壁畫的關係，會被雨水淋到的部分，例如牆壁下端均有顯著的褪色、彩色流失以及完全磨滅的情形出現。

因為所要施行的「壁畫剝離術」和歐洲的濕壁畫方式有所不同，尤其對水洗時的顏料流失，也要加以留意。但是儘管已做了事先的防範，在清洗畫面和剝離後，還是有些顏料因而流失了。這種情形大都出現在大幅作品上，小幅作品則較為完整。

第二天下午，試揭第一天所貼的部分，居然完全能夠把壁畫撕下來，尤其是我所擔心背景畫有黑色部分的那一幅「八仙」，竟能如同剝蛋殼般的，剝得十分的完美乾淨。

第三天，開始把剝下來的壁畫，用膠黏在棉布上壓緊、放乾。

像這樣的處理好了這些壁畫，幾天之後，洗出了第一張的壁畫，看來十分理想，連壁畫上的裂紋均完完全全地剝下來了。

因為我在永漢藝術廣場（今永漢文化會場）參加了「四人聯展」(1986)，所以在交代幫忙的同學們一些處理的方法之後，便趕回臺北。這時，韋恩颱風正好吹襲到中部，我既有畫展要忙，又要到文建會商量訂契約的事，可說是分身乏術。

這期間，大甲古厝因颱風的關係會漏雨，我怕膠爛掉了就很糟糕，交通又因風雨而中斷，只好以電話遙控，指示留在大甲的同學們繼續工作，每當有問題出現時，我都在電話中及時指導，總算能夠勉強繼續著清洗的工作。

這時候的我，正忐忑不安的等著省立美術館發表壁畫比賽的結果，發表之後，得悉自己獲得第一名，自然高興萬分。雖然很想趕快到大甲去繼續未完的工作，可是因為得了獎而有很多電話和訪客，弄得我也應接不暇。幸好過了幾天，學生打電話來說已全部洗好了，並已釘上畫框了。

這次能夠將壁畫完全的剝離取下，可能緣於畫製壁畫的人是以乾式壁畫技巧畫製的關係，這個經驗讓我得到了許多寶貴心得，例如：東方式的壁畫也可以利用藥劑的輔助，不但可先把壁畫顏料固定住，也可以順利的剝取下來。做這種工作要心平氣和，才能開始工作。工作的時間也要充裕，千萬不能急。我想今後此種工作將會更為完美，若完全由本人親自工作，則可改善更多。畢竟此種細緻的工作，需要有豐富的知識及經驗才能勝任愉快。

不過壁畫剝離後，未經修復前的顏色看來會較淡，這是石灰浮蓋在顏色上的關係，修復時使用藥劑，就會使所有已經稍微褪色的顏色恢復到原有的色澤；這也是壁畫剝離後，另一件要做的工作，如此才能使之更趨完美，只是不包括在本次的工作範圍之中罷了！

我想，本省各地的許多古厝或古廟，一定都有類似這種畫在石灰牆上的壁畫，如果能在拆除前，把它剝離下來貼在畫布上，看起來還是會相當的古色古香，否則一旦被毀掉就太可惜了。

有了此次的經驗，我也更有信心來做好壁畫剝離的工作。因為這次的壁畫剝離術是我國的首例，特在此介紹，並希望今後有機會再從事類似的工作。

我與版畫

從事版畫的創作已有三十年了，起初在師大學的是木刻，直到留學之後，我才開始學銅版和石版畫。

東京藝大的學制、科系都區分得比我國的美術系更為精細，例如：我們的藝術學院之下，有美術系、音樂系和工藝系，而美術系之下就包羅了各種繪畫領域。但是東京藝大則是在美術學院之下，再分為油畫系、雕塑系、日本畫系、美工系、藝術學系、建築系等。如此一來，一個系裡的編制就比較大，而且油畫系會再細分為油畫、壁畫、繪畫修復、版畫各組，但卻沒有水彩課，而版畫也不是只有一個老師在教，而是銅版課有銅版的教授，石版、木版也都各有一位教授，其下面再安排各種專長的老師，同學們也可以專挑一樣來學，例如我是專長銅版裡的美柔汀法，那麼就只專注於美柔汀的製作就可以了。

因為版畫是很需要技術的，若能如此細分，同學們獲益也較多，而且光是版畫教室，就有師大美術系大樓的一層樓面積，其中設有二十幾部壓印機，每一個同學都有一部專用的機

陳景容〈一個奇異的都市〉1966年，銅版蝕刻

器、桌椅和櫃子；只要把自己的用具放在桌上，隨時就可以製作版畫，這種理想的學習環境是很令人懷念的。

十五年前，我應聘回國時，以「行李」的名義，幫文化學院的美術系帶回了一部銅版畫的壓印機，這可說是臺灣的第一部壓印機；同時我也在學校開了版畫課，那時常有遠自南部的畫家來臺北跟我一起學銅版的技法。此外，我又寫了一本有關版畫的書，為有心學習者做些啟蒙的工作。

記得那時候根本買不到好的版畫紙和油墨，一切都是克難式的。現在雖然還是差強人意，但用具卻齊全多了。可是一般的收藏家還是不太樂意收藏版畫

陳景容〈小巷〉1975 年，銅版畫

陳景容〈靜坐〉1970 年，銅版畫

作品，這和外國的情形就有所不同了。

我認為製作版畫時，需要先瞭解它的技法，才能運用自如，同時也要經過多次的試驗，才能尋找出失敗的原因而予以改進。其實，做版畫是一件很有趣的工作，有時會有令人喜出望外的成果。在靜夜裡的畫室，獨自一個人拿著鐵筆，在塗好防腐蝕劑的銅版上刻畫，是件很美妙的事，彷彿是在寫情書一樣地讓人充滿了幸福的感覺！當製好版要開始印刷時，是處於一種忐忑不安的心情。等到經過壓印要掀起版畫紙時，那瞬間的驚喜或失望，都令人難以忘懷。也許這種難以預料的奇蹟或失敗，正是做版畫的一種樂趣和考驗吧！

版畫是要經過刻畫、製版、印刷等過程，與其他的繪畫技巧不同，而熟練的技巧也會具體地顯現在畫面上，若有一個步驟做錯了，就會前功盡棄，令人頓足。因此，版畫可說是畫家的靈感與畫匠的技巧並重的一種藝術，這也許就是版畫的魅力與特色吧！

當我創作版畫時，事先要準備一個很完美的底稿，然後再依照計畫嚴格製作。古代的版畫家，在製作版畫時，事實上是由畫原稿的畫家、製版家和印刷工人各司其職的。現代的日本和歐美地區，也是由畫家製版之後，再交由工人來印刷的，因此很多畫家也兼做版畫，便是這個緣故。否則，一個畫家怎會有那麼多的時間來印製？可是在臺灣，目前除了絹印之外，幾乎都要畫家自己畫、刻、印，一個人要兼顧各種技法是很不容易的。例如我自己做銅版畫，想要達到一個水準，便要花上好幾年的功夫來學習，不管是對溫箱的熱度、油墨的硬度、擦拭的方法或濕紙的方法，都要經過很久的試驗才能漸趨完美。絕對不是只做幾次就可以抓到要領的，可見要印出一張好的版畫有多難了！

近年來，在臺灣瞭解版畫製作的人大為增加，可是真正從事版畫工作的人並不多，也許是版畫複雜的製作過程令缺乏耐心的人望而卻步吧！

此外，我也發現到目前從事絹印研究的人較多，從事銅版和石版的人反而較少。後者需要的是製作經驗和直接用手刻畫的功夫。我個人倒是比較喜歡以素描為基礎的細緻銅版畫和石版畫，與我油畫作品中的素描表現方法相當的接近。

至於作品的標題，我認為是需要的，但也不能太過分注重文學味道。

畫家與版畫

畫家與版畫的關係

現代畫家除了畫油畫之外，也常採用其他領域的各種表現方法。例如畢卡索，除了油畫以外，還作雕刻、水彩、素描、版畫、陶瓷。其他如魯東（Odilon Redon, 1840~1916）、孟克（Edvard Munch, 1863~1944）、盧奧、夏卡爾（Marc Chagall, 1887~1985）、波納爾、畢費等人，都有數量龐大的版畫作品。不但如此，其他著名畫家也都可以舉出他們的版畫作品來，由此可見版畫已成為畫家的重要表現方法了。

不過在我國，油畫家從事版畫的為數並不多，同時一般的收藏家也不熱衷於收藏版畫，可是外國的情形剛好相反。其實版畫有一個特點，就是能大量印刷，既然能大量印刷，價格自然就比同一畫家的油畫作品便宜許多，非常適合薪水階級的人們來收藏，再藉由版畫的收藏而引發對藝術的愛好。同時版畫也和油畫一樣的被認定是畫家的原作，是不減其藝術價值的。另外，由於科技的發達和運輸的方便，版畫的國際交流也很盛行，對於交換技法與觀念相當的有幫助。因此有不少版畫的國際展、交換展或雙年展，使得版畫在世界各地興起了空前的盛況。

對畫家而言，版畫有油畫所無法表現的優點和魅力，除了能夠大量的印刷之外，也可以在銅版上刻出所有繪畫技法裡最細、最緻密、最嚴謹的線條（也許以鋼筆或針筆來作畫也能十分接近這種效果，但還是略遜一籌），這便是版畫的最大特色，而這特點曾為作風嚴謹的杜勒（Albrecht Dürer, 1471～1528）所樂於採用，林布蘭（Harmensz van Rijn Rembrandt, 1606～1669）更是醉心於線條的交錯所醞釀出來的微妙明暗變化。又如木版上古拙的線條，以及跟炭精筆有同樣效果的石版畫，都給畫家們帶來了無限的靈感。所以，版畫是具有相當魅力而令畫家們入迷的表現方法。

若以大英博物館所收藏刻於唐咸通九年的《金剛般若波羅密經》扉頁插圖——〈祇樹給孤獨園〉來說，從有記載以來，它可說是世界上最早的一幅版畫。可是若以它熟練的刀法和印刷術來判斷，在它之前可能還有一些更早已被湮滅的版畫作品，否則如此完美的作品怎麼可能在一時之間被創造出來呢！

在《金剛般若波羅密經》扉頁插圖之後，中西畫家做出了更多的版畫作品。我們只要閉眼一想，便會在腦海裡浮現出許多使人印象深刻的版畫作品，光是屬於西方的便可以編成另一部美術史。以下就粗略的來介紹一下這些版畫作品：杜勒的木刻和用推刀的銅版畫、布雷克（William Blake, 1757～1827）的銅版、林布蘭的腐蝕法和直刻法的銅版畫、哥雅那一系列的飛塵法銅版畫、杜米埃（Honoré Daumier, 1808～1879）和德拉克洛瓦（Eugène Delacroix, 1798～1863）的石版畫、魯東用轉寫法作成的石版畫，以及羅特列克的石版、高更（Paul Gauguin, 1848～1903）的木刻、盧奧的銅版、畢卡索的各種版畫，都在版畫史上佔有重要地位。

以上所述還不包括數不清的現代畫家和專業版畫家的作品，因為單單是上列畫家就已令人覺得內容豐富目不暇給，遑論尚有更多漏列的遺珠了！

不但如此，有些油畫家的版畫作品也常成為其個人的代表作，和他的油畫作品有同樣重要的地位，例如杜勒的〈啟示錄的騎士〉、〈騎士與死與惡魔〉，林布蘭的〈三棵樹〉、〈三個十字架〉，哥雅的《鬥牛》連作，德拉克洛瓦的〈浮士德〉，杜米埃的〈通司妻南路〉，孟克的〈吶喊〉，魯東的〈光的側面〉、〈蜘蛛精〉，梵谷的〈悲哀〉，羅特列克的〈賽馬〉，畢卡索的〈節儉的一餐〉等，都常出現在他們的畫冊裡，在那有限的頁數裡佔有重要的篇幅。其實我們對這些作品也都會有印象，只是不知道這些都是版畫作品罷了！

關於畢卡索的版畫

現在再以畢卡索為例，我們可以看出一個畫家，在他的一生中到底花了多少精力在版畫的創作上。

畢卡索早在十八歲時就刻了第一張版畫。當他到達巴黎之後，一九〇四年，用鋅版做了〈節儉的一餐〉，是四六．三公分乘以三七公分的大作，畫面上有一對夫妻，面對著粗陋的食物，瘦小而戴了帽子的男子，將他的手放在女人的肩上。這幅畫有極細緻的線條和複雜的調子，素描功力十分優異，構圖緊密，含有一股哀愁，和他藍色時期的作風相近，是畢卡索最好的版畫作品之一。

完成上述的版畫之後，大約有兩年的時間，畢卡索以馬戲團為題材作了一些銅版畫。一九〇九年至一九一五年，作了三十一件主體派風格的銅版畫。到了一九二〇年又有女人、裸體等題材的銅版畫。在三〇年代，作了巴爾札克的《為人所不瞭解的傑作》的插畫，這是畫商波拉爾委託他做的。雖然當時正碰上了世界經濟恐慌，可是一九三一年出版的這些版畫居然賣出了不少。

畫商波拉爾看出畢卡索的版畫非常受人歡迎，便委託他創作一百幅的銅版畫，這時的畢卡索也剛好是五十歲。畢卡索答應了這個工作，從一九三〇年起，總共花了八年的時間才完成這一百幅版畫。這些版畫並不大，只有二三公分乘以三三公分而已，這便是後來被稱為《波拉爾連作》的作品。

一九三六年，畢卡索嘗試了一種新技法，那是利用砂糖液的腐蝕法；雖然印刷師們早就知道有這種技法，可是還沒有畫家嘗試過，畢卡索便是第一個應用這種技法的畫家。一九三七年〈波拉爾的肖像〉，就是一張使用砂糖液的技法來製作的版畫。在所有銅版畫技法中，畢卡索最有心得的是腐蝕法，但有時他也會採用他心血來潮時的特殊技法。

第二次世界大戰後，畢卡索大量製作石版畫，這時他也用了更大膽的技法；在第二次世界大戰之前，一九一九至一九三〇年之間，他僅僅作了二十七件的石版畫。可是在一九四五年到一九五六年十月七日的十一年之間，他卻作了二百七十幅的石版畫，這些石版畫一共印了三千五百張，大小以五〇公分乘以六〇公分的居多；一九五六年之後，畢卡索每年也發表很多新的版畫作品。

從一九五九年開始，畢卡索熱衷於橡皮版畫，橡皮版比木版的質地更柔軟，更好刻，色彩也比石版來得更鮮豔。同時因為是用刀刻的關係，色面的界線更為明確、銳利，刀法縱橫有力。這些作品大都用很粗的線條和強調明朗的色面來表現，這明快而有力的版畫，也顯示了他晚年的樂觀性格。

在一九六八年三月十六日至十月五日之間，畢卡索作了三百四十七幅以性為主題的銅版畫。這一套版畫有如《波拉爾連作》，線條流暢，也發揮了銅版畫細緻的特色。

到了一九六九年三月十二日至五月七日之間，他以名人的肖像為題材創作了二十九張套色的石版畫，大小是六五．五公分乘以五〇公分。這些以拿破崙、莎士比亞、巴爾札克等歷史名人為主題的肖像，也是以他自己主觀的印象為主，是注重意象表現而不拘形式的肖像畫。

畢卡索一生所做的版畫數量既是如此的龐大，他所投注的精力當然也很可觀了。

由於篇幅所限，無法詳細的把每一個畫家和版畫的關係做更深一層的介紹，只想藉此拋磚引玉，請大家不妨自己嘗試用這種方式來研究其他畫家的版畫作品，並且用它來證明畫家們和版畫的確有著密切的關係。

版畫的特性與範圍

一、版畫的概念

「版畫」顧名思義，就是利用「版」來作「畫」。嚴格地說：凡是同一個製版完成後的「版」，和所印出來的「畫」，要完全一樣才算是版畫。有些人利用滾筒或紙片，將顏色直接「按印」在紙上的，照國際版畫展的規約，是不被承認為「版畫」的。這種版畫稱為Monotype（單刷版畫），Mono之意即為「一個」，type之意為「版」，雖然也具有版畫的效果，但是一次只能印一張，而不能用同一個「版」來印很多相同的版畫出來。

這麼一說，好像版畫就跟印刷物沒有兩樣了！其實不然，因為版畫要限定印刷數目，要印幾張是由作者自行決定的。在版畫印好之後，在版畫的左下角要標出這一版是印了幾張，例如2/4就是代表這張版畫是印了四張中的第二張；右下角再由作者簽上名字，通常都是用鉛筆簽上去的。

二、版畫的種類

依照版的材料、製版的方法和印刷的方式大致有下列各種方法：

所謂的凸版、凹版、平版、孔版，就是指顏料沾在版的地方。如印章大都是屬於凸版，版面突出的部分可以沾上油墨或墨水。凹版就是在凹下去的部分填進油墨，事實上是用滾筒之類來滾上油墨，使版面全部填滿油墨，然後將凸部（指原來版面）的油墨擦拭乾淨，讓油墨留在凹處，經凹版壓印機，將油墨印在紙上。正如玻璃上若有傷痕，當擦玻璃時，若有泥汙便會留在玻璃的傷痕裡。

這種方法可以印出細如牛毛的線，像鈔票或印花就是使用銅版的凹版原理。至於平版版畫，平的版怎麼能印呢？這是利用水和油不相溶的原理。例如我們若是在筆記簿滴上油之後，再用鋼筆在上面寫，是寫不出字來的。平版版畫就是利用這種原理來製版印刷，而孔版則是讓油墨通過「孔」而印出來的，像油印或絹印就是將油墨通過絹孔而印製的。

總之，凸、凹、平、孔等各種版，都是指油墨通過或停留在版上的部位而言，當領悟到各種技法之後就可以運用自如了。而利用各種版的特性綜合印一張版畫，如第一版用木版，第二版用石版，最後再加上銅版來完成的就叫做併用版畫。我以為，若是用沾墨的部分來分，可分為凸、凹、平、孔等幾種版畫。若是以所使用的材料來分，就可分成木版畫、銅版畫、石版畫、絹印等，較為有系統而方便。

三、實際上的製作過程

將自己想刻的畫，畫在與預定要刻的版一樣大小的紙上，將這底稿利用複寫紙複寫在版上，這樣做的結果印出來時是左右相反的。因此，木版畫可以將這份底稿畫在棉紙上而反貼在版面上，這樣印出來後就不會左右相反了。當然，有時候隨興而刻也是可以不必準備底稿的。一般來說，人們對左右相反的印刷結果是不甚介意的（除了樂器、字等特殊的例子之外）。但孔版是不會出現左右相反的情形的。（註：製版和印刷，請參閱廖修平的《版畫藝術》、陳景容的《版畫的研究及應用》及李延祥編著的《版畫》。）

四、製作版畫的態度

古代的版畫家、畫家、刻畫家、印刷工人都各有所司，現代歐洲也是畫家製版之後再交由工人來印刷的。但是臺灣的畫家只得自己畫、自己刻、自己印了。至於要用什麼版來表現自己的畫，這個就得靠自己來做判斷。其實版畫既不是素描的延續，更不是繪畫的複製手段，可以說是一種獨立的藝術。它可以用任何方法與材料來刻畫印刷，但必須先行瞭解版畫的基本原則之後，才能創造出超然脫俗的藝術作品來。

五、版畫的幾個注意事項

㈠經過製版的版畫才算是版畫，例如用滾筒沾油墨在紙上滾幾下，雖有樂趣，但仍不能算是版畫。東京國際版畫規約便有明文規定，在該展覽規約的展出作品規定第一條：以石版、木版、銅版、絹版及其他版畫為限。Monotype 只能單獨一張的「畫」除外。

㈡作品不得由印刷的紙張割下來，另貼在別的紙上。即作品應印在紙的中央，上下左右應留下至少兩吋以上的空白，以便證明是「真的版畫」，而與印刷品有所區別。

㈢在版畫之左下方應簽上限定印刷幾張的記號，例如 1/10 即是印了十張中的第一張。版畫畫面之右再簽上名字，以鉛筆為原則。這一點亦在上述國際版畫展規約，參展作品規定的第二條中有明文規定。

㈣裝框：玻璃下放一襯紙，這襯紙中央開一方形的洞，這方形的洞應比版畫作品的上下左右至少各大一公分，簽名處則要稍大一些。將作品用膠帶貼於襯紙之下，是由襯紙所開的洞口露出版畫作品，而不是將作品貼在板子上，更不是將版畫剪下來貼在另外一張紙上或裱褙起來。

㈤版畫印好所要的張數之後，版應廢掉以增信實。

㈥畫面之外的空白紙的部分亦應保持清潔。

以上是為初學者所做最起碼的版畫知識介紹，若是以專家的立場來看，當然有不夠詳盡之處。因為有關版畫的知識足足可以寫成一大本書，並非這樣三言兩語就能說得完。

西畫的保存、修復及陳列方式

西畫的範圍很廣，例如壁畫、嵌畫、水彩、蛋彩畫、版畫、油畫等都是。其中壁畫（murale）算是最原始的，因為在西班牙阿爾塔米拉（Altamira）洞窟中發現的壁畫，便是屬於史前時代的藝術品。當時所用的顏料多是隨手可得的天然物質，如紅色是利用紅土，黃色是黃土，黑色是炭灰或骨灰，原則上這些是屬於不會變色的顏料。同時利用動物的肩胛骨當調色盤，而動物的油脂則用來調色。這些距現在至少一萬五千年的作品，為何仍能歷久不變呢？因為牆壁上會有一種石灰成分的物質滲透出來，而和顏料結合得很牢固。以我在日本東京藝大主修壁畫的經驗，在畫濕壁畫之前，先要將生石灰浸水半年以上，使其變成消石灰，其間並要不斷加水，這時候水面上便會有一層晶質薄片浮在上面。因此我們將顏料畫在牆上時，這晶質薄片就會滲上來，覆蓋在顏料上面，而形成一層透明的膜，此膜便可隔絕空氣的汙染，故濕壁畫有不易變色，且易於保存的特色。在西方製作濕壁畫，是先在牆上塗上至少三層的灰泥（石灰和砂），趁其未乾時，利用礦物質顏料上色，使顏料與自然滲出之石灰結合，也就是要趁牆壁還新鮮時完成作品，這也是濕壁畫為什麼叫做 Fresco（義大利文「新鮮」之意）的原因。至於我國的敦煌壁畫多半是等牆壁乾了之後再畫上去的，因此多為線條的表現；而西方壁畫多趁著牆壁未乾時就畫，因此較有明暗立體的變化。由於技法的不同，表現的結果也就不盡相同了。同時，壁畫在南歐也比較發達，因為北歐冬季嚴寒，冬天製作壁畫，水易結凍，故不易製作，因此就不如南歐發達了。

壁畫的一大特點，便是如果發現畫上有灰塵堆積，只要用清水清洗便可，顏色是不會脫落或改變的。而壁畫的最大敵人便是由牆壁背後滲出的水氣，所以義大利南部龐貝城的壁畫便利用鉛板嵌入牆下的方式，以隔絕水分從地面滲透上來。另外也有利用灌石灰於牆壁內，再予以壓緊的方式使壁畫浮起的部分恢復原狀來保持壁畫的完整。

從前，若想從牆壁上取下壁畫，有下列幾種方式：

㈠先將壁畫用三夾板或海綿包好，而將建築物的其他部分拆掉，利用起重機吊起原有壁畫的整面牆，這叫做 Stacco a massello。

㈡以特殊的鋸子鋸開壁畫的部分，再取出畫有壁畫的那一層，這叫做 Stacco，目前在義大利發展。

㈢比較新的方法是先在壁畫上塗上膠、貼上紗布，再將壁畫的表皮撕下來，撕下部分削成一公釐的薄片，背部用不溶於水的膠貼以麻布固定，最後再將前面的膠洗淨，這個方法叫 Strappo。

巴黎羅浮宮的波提且利展，乃是將整面牆的壁畫移至展覽場，非常有厚實感。但是要由義大利運到巴黎，如何在遙遠的路途中保持壁畫的完整，一定要有相當好的技巧來操作才行。至於日本國立東京博物館所展示的中國西域的壁畫，乃是利用鑲嵌保護的方式，使小片壁畫固定不致搖動。此外，萬一壁畫有發霉的現象時，多先用酒精擦拭，再利用特殊的小刀一吋一吋的修復，過程是相當費時費力的。

嵌畫（Mosico）也是西畫中重要的一類。利用大理石片、玻璃或瓷片等物質，鑲嵌在牆面或地板上，便是嵌畫。因為嵌片本身較無明暗的變化，因此製作的原則並非只是填滿色面，而是利用排列之間的「線」、「畫」，來表現出立體的感覺，可隨著視覺不同角度的移動，而產生不同的效果。嵌畫本身厚實，因此灰塵的堆積可任意清洗，保存方便而簡易，可說是西畫中，最不易受外界破壞的一種表現方式。

有一種畫在羊皮紙上的纖細畫（Mimiature），材質比較脆弱，因此要特別注意保存，一般適合此類畫作的展示櫃，要先行抽出空氣而灌入氮氣。同樣的，一些古老的紙張、織物，也要用此法保存，因為氧氣易使細菌滋長，使質料腐朽，而氮氣則否，同時也要避免光的直接照射。例如大英博物館中，英國泰納（Joseph Mallord William Turner, 1775～1851）的水彩畫，就利用可拉動的布幕，參觀時拉開布幕，看完了便把布幕關閉，也是基於避免光線的長久照射致使顏料褪色的原理。

蛋彩畫（Tempera）用於壁畫中之顏料，可說是油畫的前身，文藝復興初期的作品如波提且利的〈維納斯的誕生〉就是蛋彩畫。蛋彩畫是利用新鮮雞蛋加上醋和天然顏料混合而成，其中的所謂天然顏料，如經過研磨、水洗後的黃土、紅土等均可利用。尤其是文藝復興時期的畫家，畫蛋彩畫時都會利用到天然顏料。可惜天然顏料的種類並不多，其中的藍色顏料，便是利用琉璃磨成粉來製作而成的，價格自然昂貴。蛋彩畫通常比油畫還容易保存，因為油畫中的「油」多少會有凝固、變質的現象，而蛋彩則比較不易變質、變色。但是蛋彩的缺點是易被蟑螂啃食，若是置於玻璃櫃內又容易發霉，因此完成後的蛋彩畫可暫時置於細網內來防止蟑螂的啃食。蛋彩畫與油畫表面上看來極為相似，但由於蛋彩易乾，作畫時多利用平行線來表現陰影或立體的變化。而油畫因為比較不易乾，至少有半天的時間可讓畫家從容的修正作品，也正因為這個特性，所以油畫便取代了蛋彩畫。但如果就作品的保存和維護而言，蛋彩畫是優於油畫的。

版畫和水彩畫的保存，首先要注意到不可用手去觸摸畫面，以免產生發霉的現象。其次是要防止蛀蟲的啃食，對於某些植物性的顏料，更要避免陽光及其他光線的照射，以免變質。版畫和水彩畫一定要利用襯紙，以避免畫面與玻璃直接接觸，這是因為玻璃有時候會因霧點現象而產生水滴，水滴又會破壞畫面，損傷紙張。當我們要裝置作品時，最好是利用套插的方式，使作品的四個角插入套中固定於襯紙，這樣才可以預防紙張熱脹冷縮造成的不良結果，同時也要用酒精來擦拭玻璃或壓克力，以達到殺菌的效果。此外，在作品的背面也要先加上一層白紙後再加上三夾板，才可避免三夾板裡的樹脂流出而影響到紙張的本身；至於所使用的膠帶，應選擇膠質少的膠帶，以免膠質滲透而破壞作品，黏貼作品的部分也應儘量減少。而美術館在舉辦有關此類的作品展覽時，可製作統一格式的襯紙和畫框，以達到展示時的統一和美觀。

談到油畫，一般多認為是由德國范艾克（Jan van Eyck, 1390～1441）創造出此種繪畫技巧的。在國外的博物館，佔大部分而且最重要的便是油畫作品。據說范艾克是利用亞麻仁油和松節油來混合，以增加顏料的流動性，這樣一來，作畫時就比較容易。初期的油畫家多半是利用橡木的畫板，塗上水膠和白堊（北歐地區）或是膠和石膏（義大利），反覆塗之，並利用薄鐵片或包有砂紙的硬木打磨，使之平整，這可說是繼承蛋彩畫的技巧發展而成的，因為這層打底有毛細孔的作用，所以易於吸收油分。當作畫時，也可以在畫板上先塗上一層薄膠後再畫。因為我們目前所使用的多半是油性畫布，顏料容易脫落不易附著，因此在作畫前，可用松節油先擦拭一次，除了清除灰塵之外，更可清洗油劑形成的薄膜。目前流行的壓克力（Acrylic）顏料，完成後可再加上油畫顏料，因為壓克力的顏料是水性，而油畫顏料是油性的。但是千萬不要在油畫顏料上再用壓克力顏料，因為油性顏料在下層，水性顏料在上層的話則無毛細孔，水性顏料便不易附著了。

油畫作品完成之後，等作品完全乾燥（約一年之後），需塗上一層凡尼斯（Varnish），這是一種樹脂，對作品有保護作用，如同壁畫晶質的保護膜一樣，可以隔絕空氣汙染。使用前，可將畫布和凡尼斯經過日曬，一方面可使畫布的水分蒸發，一方面是凡尼斯變軟後比較容易使用。使用凡尼斯時，先塗一層硬的樹脂（Copal），再塗一層軟的樹脂（Mastic或Dammar），日後若是畫面有灰塵堆積，便可洗去軟的一層，如此才不會損害畫布和顏料。由國外的修復報告中可以證明，凡尼斯對油畫的保護具有相當的實用性。

一般人在完成一件油畫之後，馬上就用三夾板封住畫背，還用玻璃裝在前面，這是不正確的作法。因為這樣會把空氣封死，以致油畫不易完全乾燥。由於油質需要吸收空氣中的氧氣才能乾燥，基於這緣故，我們作畫時，在上完第一層顏料後，要等上十天左右，才能再上第二層。同時在上第二層之前，可先用稀薄的凡尼斯均勻的噴一噴再作畫。一張油畫的層次多、顏料薄、作畫時間拉長，對作品的保存與維護是很有助益的。此外，我們在作畫時，也可以參考好的古典技巧，因為它已經經過了長時間的考驗，證明它有不易變質的優點了。

目前，我們也可以利用三夾板在表面塗膠和著石膏來作畫。但是臺灣的濕氣重，三夾板往往會有脫膠裂成三塊的情形，如果碰到這種情況，可以在裂開處先上一層膠，油畫表面則放層海綿和另一塊板子，再用重力壓緊便行，海綿有防止筆觸被破壞的作用；至於三夾板有鋸痕的部分，就要用石膏和水膠給封死。近年來有一種防水的三夾板，只要處理得宜，三夾板不失為一種好的作畫材料。從前法國人米勒（Jean-François Millet, 1814～1875）是利用木板塗膠後來作畫；荷蘭人林布蘭也利用銅版打底來作畫；法國人羅特列克則用硬紙板；另外也有利用大理石或紫色礦石等物來作畫的。上述各物都是屬於油畫硬質的支持體。

木板雖是硬質的支持體，但取得不易，既費時且不經濟，尤其是在搬運過程中更不方便。因此畫布就成為最普遍的油畫的軟質支持體。畫布的使用最早發源於威尼斯，因為威尼斯的航運發達，帆船特別多，因此畫家便利用帆布來作為繪畫材料，同時因為畫布可以捲起來，易於搬運，因此就廣受歡迎，被大量使用了。畫布有利用膠、鉛白、亞麻仁油處理過的非吸收性畫布；也有用石膏、水膠處理過的吸收性畫布。「膠」可說是油畫維護的關鍵，因為不塗膠而直接塗亞麻仁油時，會對畫布造成損害；或是因為不塗膠，而使得畫布吸收過多顏料中的油分，這些都會直接影響到油畫的壽命。

當畫布腐爛後的修復有兩大流派，一是屬於法國派的畫面移植法，此法利用膠能被溶解的特性，將顏料層移植到另一張畫布上，不過此法的風險較大。另一派是屬於荷蘭的襯畫布法，利用加熱的方式，使蜜蠟、樹脂的混合物溶解後，襯上另一張畫布。一般私人或美術館在陳列油畫時，要特別注意聚光燈的使用，因為聚光燈的溫度高，且熱度不平均，會使荷蘭的襯布法修復所用的蠟溶解，而產生畫作表面起伏凹凸的現象。

油畫是將畫布綳緊在畫框上，綳畫時要特別注意內框銳角修圓的工作，以免畫布綳久會損壞。在綳畫布時最好是利用陰雨天，因為陰雨天的空氣中有水分，如此畫布才能真正綳得緊。一幅畫完成之後，可塗上凡尼斯來保護畫面，但絕對不能塗亞麻仁油，因為亞麻仁油經久會變硬、變黃，很難處理。一個畫家若能知道一幅畫受損的原因所在，日後便能避開這些擾人的因素，愉快的作畫了。

對收藏家而言，除了收藏作品時要注意作品不可重疊以外，在油畫的下邊也要放置木條以利空氣的對流，陳列的場地也要注意以下事項：

(一)冷暖氣機前不可放置作品，因為溫度的劇烈變化，會使畫面褪色損壞。

(二)陽光直射處不可掛畫，因為紫外線對畫面的破壞性極強。

㈢要將畫置於空氣流通，無油煙處。

㈣要置於兒童不易觸摸的場所。

對美術館而言，可以歸納出下面幾點原則：

㈠美術館的牆壁應是覆壁式，這樣濕氣便不易侵入，以免損害畫面。

㈡陳列室與庫房最好四周均用木板，因為木材能吸收空氣中的水分，進入庫房前要換拖鞋，以防止灰塵汙損畫面。

㈢陳列室與庫房的理想溫度是攝氏二十度左右，相對濕度是百分之五十五到六十五。

㈣陳列環境確實不良時，才考慮裝上玻璃框，或再塗凡尼斯保護層。

㈤庫房利用有軌鋼網懸掛作品，以保持空氣流通。

㈥油畫作品不可置於地面上，以免濕氣影響畫布。

㈦臨時放置油畫作品時，切不可大小隨意重疊，以免小畫損傷到大畫。例如小畫畫框絕不能碰到大畫的畫布。

㈧搬畫時，手指不可抓住內框，以免繃緊的畫布上留有指痕，要拿著畫框的部分。

㈨搬畫時，將大小差不多的畫放入木箱，若有空隙則放置保麗龍，以保持運送途中的穩定。(保麗龍應包在塑膠袋中以免破裂)

(十)運畫要僱用有篷的貨車，以免畫件淋雨，因為這是日後發霉的主要原因，發霉是最難加以修復的。

(十一)陳列油畫作品時，畫框後要釘軟木塞，使油畫與牆壁間有空隙，以利空氣流通。

(十二)懸掛油畫時，要用兩點支持的方式，以免一點支持負荷太重，造成金屬疲勞。

至於油畫的修復是屬於比較專業性的工作。通常一張看似完好的畫，往往是經過修補的。當我們參觀名畫時，若發現畫面上的光澤有不平均的現象，或有比較暗的斑點，那通常是修復過的痕跡。例如義大利達文西的〈聖安娜與聖母子〉就曾經過修復。荷蘭林布蘭的〈夜巡〉也曾經利用酒精蒸氣使凡尼斯再生的修復。這些都是修復史上著名的例子。目前修復破損處多採用兩種方式：

(一)修復後之作品與原畫完全相同。(臺灣的收藏家多使用此法)

(二)利用平行線的修復法使修復後的部分與原畫略有差異。

其實不管是採用何種方式，修復的原則是要遵守「可逆性」，那就是所使用的材料，若不滿意時，均可以恢復原狀。其次是只修復受損的部分，而不損及原畫的面貌與精神。

我與彩瓷畫

大約七年前，在畫室裡和同學們一起閒聊，突然有人提到在畫室上課的林小姐的哥哥開了一間陶瓷廠。正好我有一個特地從蘭嶼買回來的陶甕，每當盛上水用來插花時，總會滲出水，對我造成極大的困擾。於是我便請教了那位來畫室上課的林小姐，碰到這種情形要如何來補救？她說：「只要在陶甕裡灌進玻璃釉，再重新燒製一遍就可以了。」聽到之後，我就把那個會滲水的陶甕拿出來，請她帶回去幫忙處理一下。

可是，等林小姐又來上課時，她卻很不好意思地跟我說：「老師，真對不起！因為土質的關係，那個蘭嶼的陶甕經不起高溫，竟然燒得變形了，看起來有點像是童子軍的帽子，古椎古椎（臺語：可愛）的。」接著林小姐又邀請我有空到陶瓷廠去參觀參觀，她說，在陶瓷上作畫是滿好玩的。

於是一個星期之後，我就搭車前往土城的瓷揚窯，同時也和她的哥哥林振龍見了面，寒暄後得知我們竟是同鄉，倍覺親切就更加的不拘小節了。

我先挑選了一個小花瓶，開始在瓶身上作畫。當時心想，既然釉藥有各種顏色，何不把它當作顏料來作畫？況且這些釉藥也是可以互相混色和調節濃淡的。靈機一動，就像是畫素描一樣，我畫了一幅原住民的肖像在花瓶上，看起來效果也不錯，也非常的有立體感。這種表現方法，跟以往的陶藝家，只用一種顏色塗在花瓶上的方法並不相同，同時和那些古代的陶瓷家以線條來畫出龍鳳圖案的方式也迥然有異；這是融合了西洋繪畫的特色和素描的感覺的作品。林先生看了之後非常的驚訝，也表示這和以往的陶瓷作品呈現了完全不同的面貌，於是便提議，由我和他來合作，兩人各自發揮所長，燒製作品後在畫廊中展出。

我們又談及了一些合作上的細節問題，我建議參照畫廊的常規，作三比七的拆帳方式，也就是燒好三個陶瓷後，由畫家先挑選出兩個，另外一個則留給陶瓷廠自行處理。對這項公平的合作條件，林先生欣然接受了。於是，由畫家負責作畫，由陶瓷廠負責燒製過程中的技術性工作，便成了我們的共識。這種口頭上的約定一直沿用到現在，已成為畫家們和瓷揚窯合作時慣用的基準。

同時，我在心裡盤算著，若是花了一天的時間，千里迢迢的跑到瓷揚窯來，卻只是畫個小小的花瓶，不知道要累積到什麼時候才能舉辦一次陶瓷展？於是我便提出建議，讓師大美術系的同事在相同的條件下也來作畫，這樣才能共同湊出件數，早日達成展出的美夢，林先生也深表同意。於是隔了一個星期，我就帶同事袁金塔來陶瓷廠，當我看到上次畫的陶瓷所產生的美妙效果時，感到十分驚訝，興奮之餘就不自覺的迷上陶瓷畫了。

後來師大美術系的老師們也一個接一個的來陶瓷廠作畫，有些年紀較大的老師，像黃君璧老師、林玉山老師，因為不堪奔波之苦，就請林先生將瓷盤送到他們的畫室，等到畫好之後再帶回土城的窯廠燒製。如此一來，沒多久就累積出相當多的陶瓷作品了。

那段時間，我們真的是被瓷畫特有的魅力給迷住了，心思幾乎都繫在瓷畫的作品上。因為瓷畫的燒製過程會產生很多的變數，大概五件作品中，會有一、兩件的作品被燒裂或扭曲，偏高的失敗率是頗讓人困擾的。所以我經常打電話給林先生，提醒他一些要特別注意的事項，以免前功盡棄，白忙一場。同時也迫切的想知道燒製後的結果，是哪一件被燒破了？久而久之，這種聯絡方式就成了一種習慣。

在一個嚴冬的夜晚，聽說有一個窯已經燒好了，為了儘快知道燒製的結果，便十萬火急的搭計程車趕往土城，屏氣凝神的等待著窯門的開啟。當那燒得十分美好的作品映入眼簾時，我不禁瞠目結舌，滿心雀躍，可是兩三秒後，耳邊傳來了幾聲清脆的「嗶！嗶！嗶！」聲，結果窯內的所有作品，包括有黃君璧、林玉山、鄭善禧和我的盤子作品，全都當場裂開……。

我們啞然相對無語，過了片刻我恍然大悟，想起剛才那些盤子剛從高溫的窯裡拿出來後

陳景容〈海邊的漁船〉1983 年，彩瓷畫

陳景容〈雲海〉1998 年，彩瓷畫

就馬上碰到冷空氣，由於熱脹冷縮的關係，才導致盤子會有裂開的現象，實在是一個簡單的道理。以此推論，過去我們的作品常常會有裂開的現象，一定也是因為沒有等陶瓷完全冷卻下來，就從高溫的窯裡拿出來的關係。有了前車之鑑，便建議林先生把燒好的陶瓷在窯裡多放一天，來避免裂開的損失。果然，不經一事，不長一智，以後就很少再有燒裂的情形了。

從我開始畫陶瓷起，一直都用黑色的釉藥來畫素描風格的作品。至於其他的畫家，則喜歡用青花來畫，尤其畫山水的畫家更是喜歡用青花來畫山水畫。我也曾嘗試著畫了一幅用青花畫的作品，雖也不錯，但是遠看時總有仿古藝品的感覺，令人覺得美中不足，大家也頗有同感，於是就漸漸放棄青花而改用墨色來畫山水了。

當我做開路先鋒，在省立美術館的個展中首次展出彩瓷畫之後，才開始有人留意到這種新的創作方法。我一向對自己新學到的技巧有無比的熱情，也能夠在短時間中探討出技法之奧妙，像壁畫、版畫也都是我憑藉著一股熱情領悟出來的，並創出了不少前人所沒有的技法。

對於彩瓷畫，我也像以往那樣，時刻在思考如何創出古人所沒有嘗試過的表現方法，在此情況之下，我先後發明了在土胚上作畫，就像畫素描那樣，用手指頭在作品上磨出濃淡的變化，使物象看來更有立體感，這是從畫木炭素描所累積的經驗，有時我也會用噴霧器噴水來營造出朦朧的效果。此外對於純白色的背景，為了使其有調子的變化，我也會在作品中加上很多不規則的筆觸，讓它產生一些如大理石一樣的斑紋。因為透明釉太過亮麗，便要求林先生將透明釉改為半透明釉，好讓瓷畫看來更接近繪畫效果。更為了瓷土在燒製之後，往往顯得過分的白皙，這種潔白的瓷器在作畫時，是最難處理的背景，而且也有失自然。所以我就建議林先生，讓我們改在陶器上作畫。

總之，為了求好心切，我經常會提出各種不同的意見要求窯廠合作，林先生都能欣然接受。同時在瓷揚窯作畫的畫家也常將我的提議和改進事項引用到他們的作品裡，甚至因而改變了他們原有的作畫風格。

有一次，我在畫一個巨大的花瓶時，發現人物的背景若是採用黑色的話，效果將會十分理想。於是在畫好背景後就利用噴槍把黑色釉藥全面噴在背景上，得到相當令人滿意的效果，大家在觀賞後也紛紛採用以黑色為背景或作畫或題字的方法。後來我又開始嘗試一種在陶土上用墨色畫素描，看起來也十分的古樸有趣。

於是瓷揚窯在我們不斷的研討和改進之下，開創了一些古人所無的新技法，其中有很多是我從學西畫的經驗中所延伸應用過來的。因為瓷畫的技法和西畫的技法也有類似和相通之處，這些新技法的開創，對我國的陶瓷史來說，也等於是邁進了一個新的方向，讓人十分欣慰。

陳景容〈印度人〉2005 年，彩瓷畫

如今大概有一百多位畫家曾經在瓷揚窯畫過陶瓷畫，不管是懷舊或是創新，這種畫陶瓷的畫法已經成為畫家們所喜愛的一種表現方法，我也常在畫展中看到他們的佳作。我想在陶瓷藝術上還會有很多值得重新開發的部分，假如今後能持續努力下去，在畫家和陶藝家的合作下，一定能把我國一向引以為榮的陶瓷藝術更加的發揚光大。

實在想不到這樣的契機乃是來自我那支被燒扁的陶甕，說來也是一種奇妙的機緣！

一九八八年記

輯四

咖啡飄香話醇情

一天早上，為了趕到師大上課，母親特地為我沖泡咖啡當早餐，在啜飲芳香咖啡的同時，我也憶起了一段陳年舊事：大約在我四歲時，有一次看到衣櫃裡有一組很美的瓷器，母親說：「這是咖啡杯。」

「咖啡」這兩個字是我第一次聽到的字眼，所以當然也無從得知能夠裝在這漂亮杯子裡的東西是什麼，就這樣，雖然到二十歲時都不曾再聽過「咖啡」這兩個字，但是這件事卻有個模糊的印象留在我的記憶中，至今不忘。

這來自異國的咖啡，在過去的貧窮社會裡，像是來自不可思議的遙遠國度，同樣的，母親也只能經由咖啡杯來編織著品嘗咖啡的美夢吧！母子兩人，對於珍藏在衣櫃裡的咖啡杯，各有幻想，想必也各自擁有一份祕密吧！

如今在濃郁的咖啡香中，也讓我想起大約民國四十六年左右，在田園名曲咖啡店聽古典音樂的往事。當年的臺北市只有這一家店是可以欣賞到古典音樂的，只要叫上一杯咖啡，就可以聽一整天的音樂。我這個鄉下土包子便是在這裡喝下了生平第一杯的香醇咖啡，那種齒頰留香的感覺真好，那一段逍遙自在的日子也令人懷念！我之所以常去音樂會，更對古典音樂情有獨鍾，大概也和當年流連於咖啡店的情懷有關吧！

猶如我對咖啡的印象一樣，在現實生活當中，有很多事物是隱藏在我們的內心深處，當它忽然又從潛意識裡浮現出來時，實在是極為奇妙的，會讓你驚喜得不知如何去承接！在作畫之前，我常翻出過去的小幅習作，像是在各地旅行時所畫的風景或人物，這些水彩和素描不但可以作為我構圖時的參考，也常會勾起種種的回憶。有些作品的創作年代，也許是七、八年前或者更早，但是作畫時的情境和當時所發生的事卻是歷歷在目。所以保存這些小畫的另一個意義，就等於是保留著一份回憶。

我作畫時，常利用這些習作來啟發靈感，畫出一些自己心中有所感觸的畫。像這次展出的〈抽煙斗的山地婦人〉，便是和洪瑞麟老師到東部旅行時在馬蘭所畫的，記得那天的空氣中飄著陣陣的檳榔香，大家一面談笑，一面作畫，拋開都市生活的矯情，我們快樂的和原住民打成一片，就像是回歸到樸實又純真的世界。在畫〈蘭嶼海邊〉時，正好有一群小孩在海邊遊戲，笑聲和浪聲混成一片，而他們的父親則是蹲在海邊遙望著大海，也許這位父親正在回憶往事吧！此情此景，讓人覺得十分溫馨，就像是我對兒時咖啡杯的回憶一樣。

在旅遊時，我常從印度、尼泊爾或歐洲各地買回許多的花瓶和一些較為古老的器物，也會把這些東西放在櫃子裡陳列。最近在編自己的畫冊時，才發現到近幾年來我很少畫靜物畫，但在二十年前，我卻畫了不少自己很滿意的靜物畫。於是我就以那些擺在櫃子裡的器物作題材，一邊畫，一邊勾起過去旅遊時的回憶，好像時光正在倒流，別有情趣。

也許人生就像是咖啡中的那一股香味，雖然會很快的消失無蹤，但只要能留下那片刻的回憶，也就可以無憾了！

一九九〇年記

陳景容〈抽煙斗的山地婦人〉1977 年，石版印刷

奈良的蝦尾

我在東京求學時，常到奈良觀光，可是所帶的錢不多，只能找最便宜的飯店，最好是又便宜又好吃，只是天下哪裡有這樣好的事。

有一天，我到一家小飯店，坐下來之後，便細心研究，點了一個天婦羅麵。看！端來的麵上面，不是有一隻炸大明蝦，看來今天運氣好，又便宜又好吃，心裡不禁竊笑一下：這大明蝦足足有十二公分長，那尾巴有兩公分長，準是大明蝦沒錯，這在海裡一定是蝦大王，一碗才五十圓，便宜、便宜，真便宜。

天婦羅是將蝦子包上麵粉炸的，所以外有一層「麵粉衣」包著。可是，第一口沒咬到蝦肉，也許這是較小的吧！眼看只剩下三分之二的炸明蝦，再怎麼說也不能說是大明蝦了，只能說是「中明蝦」，心裡想大概是中大的吧！再連咬兩口，還是滿口的麵粉皮，就是吃不出蝦子的味道了，眼看只剩下一點：麵粉皮，裝上了一個大蝦尾，唯有期待裡面有一個小蝦出來，這個也並不是什麼奢望，五十圓總要來個小蝦米意思意思也好，最後下了很大的決心咬下去，竟然連小蝦米也沒有。全是麵粉皮，眼看那大蝦尾浮在湯上面，真有一肚子怨氣，我想也許這是有一個店裡，專賣大明蝦給高級人士吃，也有專門的人收集他們吃剩的蝦尾，賣給這三流店，專吊我們窮學生的胃口。

我以怨望的眼色付了錢，看那帳房的略帶嘲笑意味的微笑，不覺有點臉紅。出了店，覺得遇到的人似乎都知道，我點了那道有大明蝦的天婦羅麵，心裡好不自在，過了一會兒，才想起應該把蝦尾咬碎，真該死。

東京的街頭畫家

東京不像巴黎有畫家聚居之地區，因此所謂街頭畫家，就是指在街上畫肖像的人，這種人大約都是美術學校的學生，或者是尚未成名的畫家，他們在銀座、新宿、澀谷等鬧區，擺兩幅素描用以招徠生意，只要隨身帶著一本速寫簿和一條炭精筆便行了，因為工作在晚上，既不影響自己白天作畫的時間，又是糊口之道，所以為一般窮畫家所樂為。

藝術家都希望自由自在的活著，因此不屑於死板的工作，我曾見一對夫妻在車站賣他們的詩集，光是一個人的時候，胸前掛著一個紙牌，上面寫「我的詩集」，一本二十圓，若是兩個人在一起，紙牌上就寫著：「我們的詩集」。如此過活豈不是也很高雅？何況我們是當場作畫呢？

我所站的地方是澀谷最熱鬧的地區，正居於娛樂街的街口，距有名的「戀文橫丁」並不遠。弄堂裡充滿了夜總會、彈子房（撞球館），夜遊人很多，我的同伴是一位日本窮畫家，他已經在這兒畫了三年，有他同伴著，站在街口自然心壯得多了。

記得初次擺上畫架的那一夜，過路的人都先看看我的素描再看我的臉，平時我並不在乎人家怎麼看怎麼說，可是那時卻好像新娘被人看的情景，害臊極了。

半小時後來了一個帶速寫簿的人，一看便知是美術學校的學生，他說：「我代你畫半價就好。」真是豈有此理，我知道他是來取笑的並不去理會他，老實說要是我在五六年前，看到別人在畫也會這樣想的。

以後凡是看了拿速寫簿的人，我決定一概不去理睬他，反正也不會比我高明，過了四十多分鐘，來了一大群學生，這些人裡面也有帶著速寫簿的。真倒霉，今天開張就不吉利，想又是一群來打擾的，低頭不理他算了，想不到他們竟開口說：「為什麼不畫呢？」定神一看原來是三田的學生。

得意忘形地畫了半天，一直聽到有人說：「畫得真像。」才透了一口氣，用炭精畫素描是我拿手好戲，畫得不像怎麼行。

我不像我的同伴用擦筆擦得像照片那個樣子，我大膽的留了筆觸，我以為我只要畫得好，至少能叫他們看得發呆，自然不會有功夫考慮是否畫得像照片了。這些大學生也應該畫過了幾年畫，不能說完全看不懂才對。

收了他一百圓（約臺幣十元），初次感覺到自己賺了錢的興奮。

夜漸深了，街上充滿霓虹燈的氣息，我已不害羞了，沒生意時，便看看書，這樣居然也畫了幾個，最後當我要收畫架的時候來了一個戴「貝黎帽」的人，我猜他是個畫家，我用很粗而有力的線條畫得強烈一點，看他怎麼說。畫成後他說他是個詩人，和我聊了半天，他知道我也曾念過很多法國象徵派的詩，因此談得很投機，從維爾倫和約克．提波的逸事，談到了阿波里乃爾和立體派畫家的事，他說有機會還要來找我……。

我回去時，像一個小孩子，一隻手伸進口袋裡，把賺來的錢，弄得叮叮噹噹地響，我並不是一個貪財的人，但沒錢怎麼能過活呢？明天我可以買一大批顏料了，何況是我自己賺來的，怎麼不值得高興呢？總比我在學校裡哄哄中學生高明多了。

第二天，有一個美人站在前面要請我畫。

這美人大概是所謂的「藝妓」吧！近日我讀了永井荷風的《濹東綺譚》後，對「藝者」並不懷偏見。她真美得使我不知從何處畫起，只好對她說：「盯著我的鼻子。」她笑笑，我簡直被她那美麗的眼睛吸引得發呆了，畫了半天還在畫眼睛，嘴巴也很美。

畫別人都畫不上十分鐘，畫她時卻花了十五分鐘左右，也許還要久一點，這樣美的人難得畫上一次。

畫好以後，我拿給她看，這時一大堆人圍在她後面，她很可愛，用她的手放在畫上說：

「不要給別人看。」二十分鐘後，她又回頭來說：「我要把你的畫裝在畫框裡，謝謝你。」我茫然地盯著她背影，看她一搖一搖地走遠，一直消失在朦朧的夜色中。

到今天已過了十天了，我還時常惦記她，「藝妓」雖不大好聽，卻有這麼可愛的人，也許我一輩子再也見不到她了。

平常我們是就著路口的燈光畫，夜深後街燈熄了只好靠一閃一閃的霓虹燈畫畫，客人臉上時紅時青，別有趣味，要是一團漆黑，只好靠來往的車燈畫，好在我一看之下就畫得出，並不太難。

過了幾天，回去後除了在自己的牆壁上記下當天畫的數目以外，再也沒先前那種興奮的心情了。

要賺這種錢並不容易，至少素描要好畫得要快，對紙對筆的用法也要有獨到的心得才能臨機應變，否則準會當場現醜，到今天為止我已畫了五六十張，還沒有人說我畫得不像，說是畫十分鐘，有時五分鐘不到人就厭了，在眾目注視之下誰也不願站得那麼久。

據我同伴說，與我們差不多的街頭畫家，都有過自己畫的東西被人撕破的經驗——他們比較有教養，只是走遠了才撕破的，我也感到有這樣的一天來臨，所以我每一張都很留心畫，儘量避免這不愉快的事。

前天來了一個自己說是大公司的社長，滿臉福相，應該是個好畫的人，但是動個不停，請他不要動，他不聽，我生氣了，三分鐘裡草草畫好了就交給他，頂多不要他付錢算了。他說：「不很像。」「不很像是當然的，誰叫你老是動。」他沒話說。

十天來並沒惹出什麼麻煩事，夜遊人多半都有人情味，沒錢畫的人會陪我們談天，有人來讓我練習畫又有錢賺，有什麼不好呢！總比擦盤子自由多了。

過路的人知道我們是畫家，也常投以尊敬的眼光，一切學問凡人都可努力學成，藝術卻是要有特別的才能，他們自知自己不行，我也為自己的工作而自責，在這個世界有名的大都市尚且行得通，我想不管到什麼地方也不怕沒飯吃了。

秋夜雜記

現在東京已是初秋的天氣了。空氣裡布滿花香，我住的地方四周都有桂花樹，每當風吹，都會帶來陣陣濃郁的花香，起初那一年不知為什麼有這香味，後來人家告訴我才知道是桂花。現在花已開始凋落，滿地都是，花落在草上、石上，樹蔭下一點一點的小花看來更顯目，小巧可愛。柿子也熟了，栗子也開始上市，在日本一年四季季節都十分分明。到哪一天有什麼花該開，即使不看日曆，只看花開，大概也會知道是什麼時候了。

再過些時候，樹葉便會漸漸變色，銀杏樹變黃，楓樹變紅色，在秋天到處都有強烈的黃葉、紅葉，而且是那麼一大片、整山的黃葉、紅葉，似乎這世界經過強烈的色彩塗過一遍！現在秋蟲正叫得十分響亮，以後日復一日地漸漸細弱下去，而日漸稀少，等到最後一隻蟲叫完之後，葉子也落光了，那時便是冬天的來臨。

白牡丹

差不多已經有十年不曾到日月潭了，原先天然的湖邊，現在已圍上欄杆，要買票才能進去。青碧的湖上，「浮田」與原住民划著獨木舟來去自如的美景，早已不見，取而代之的是汽船和成群的遊客，低俗的流行歌曲也替代了古拙的杵聲。

到達伊達邵（德化社）之後，只見從前的碎石路已改成水泥路，湖邊多了幾座幼稚的動物塑像，到處有拉人合照的聲音，雖然湖光水色依舊，可是原始的美感已經不再。

昔日的回憶，使我心中生出些微的惆悵。偶一抬頭，忽見一位長相清秀的小女孩，激起我一絲的喜悅，經她同意後，就在表演舞蹈的茅屋裡讓我畫素描，陰暗的茅屋顯得很寧靜，微弱的光線從門縫射進來，照在那小女孩的臉上，寬大的茅屋中只有我們兩個人，自成一個世界，使我暫時忘卻先前的不愉快。這小女孩有很典型的邵族特徵，第一張畫得還不錯，正開始畫第二張時，有一位中年婦人來探個頭就走了，我問那小女孩：「她是誰？」小女孩說：「是我媽媽。」

當我畫完走出茅屋，忽然覺得又回到了現實世界，陽光照得我眼花撩亂。

小女孩名叫阿蓮，她媽媽看了我的素描作品之後對我說：「還記得嗎？你曾經畫過我！」我聽了之後，不覺有點吃驚，正在苦思，設法想起什麼時候畫過她，她說：「我是白牡丹！」

哦！原來她是白牡丹。我看著她的臉，雖然有深邃的眼睛、筆直的鼻子和端正的輪廓，卻仍掩蓋不住中年人特有的皺紋和沉靜。二十年的時光過得真快，像一場夢，當年白牡丹的影像從我的腦海裡浮現出來，那是又嫻靜又年輕的美女，可是現在的她，竟變成這樣，像看著兩張不同的照片，老是無法重疊起來成為一幅畫像。

可是，從她含有深意的眼神中，我確信她是白牡丹，因為只有我畫過她，而且我在日月潭也只畫過一位叫白牡丹的少女。

在模糊的回憶裡，二十年前的往事漸漸浮起。

那時，我剛從師大畢業，回到故鄉水里服務，有空時就到日月潭，駕著一葉扁舟到德化社，有時畫風景，有時到土產店買些土產，也順便欣賞那些原住民族的小姐。

原住民有很清楚的輪廓和天真的個性，同時她們常穿著豔麗的服裝，是很好的作畫題材。

記得有一次，我到一家土產店，偶然發現三位很美的姑娘，有人告訴我，她們分別叫紅牡丹、白牡丹和黑牡丹，人如其名：紅牡丹非常的豔麗，她在三位牡丹中居於首位，自然面有得色；黑牡丹最年輕、活潑、笑瞇瞇的，很討人喜歡；而白牡丹，卻是一個人靜靜的坐在那裡，嫻靜和清秀的氣質，引我注意。

當我提議要畫她們的時候，紅牡丹很有把握地以為我會畫她，黑牡丹對我笑笑的叫我畫她，而白牡丹仍靜靜的坐在一邊。等我說出要畫白牡丹時，大家都有點意外，尤其是紅牡丹顯得很失望。

畫完之後，我把那張油畫送給她，她顯得很高興，以喜悅的眼光注視著我；忽然我覺得很喜歡她，但這只能留在心中，當作一份淡淡的回憶，而她似乎也知道，隔著一些因素不能如意，不覺有點黯然。

正打算告辭，回頭看到桌上放著一盆百合花，在幽暗的室內顯得那麼優雅，我指著那盆花問她：「什麼地方可以買到百合花？」她說不用買，山谷裡就有野生的，便叫一個小女孩領我到山裡；我有些意外，為什麼白牡丹自己不帶我去，只叫那小女孩帶我去，因而覺得有些失望；不過，小女孩倒是很熱心地幫我採了許多的百合花。

突然，我想起聖經上的一句話：「我是沙崙的玫瑰花，是谷中的百合花，我的佳偶在女子中，好像百合在荊棘內。」又聯想到白牡丹，她正是荊棘中的百合花，可是礙於我要出國進修，不由得嘆口氣，心裡始終抹不去一絲哀愁。

回到店裡，我讓白牡丹看手上拿的花，「她幫我採了這麼多花，謝謝妳！再見！」白牡丹淡淡的笑一笑，我又駕著一葉扁舟離去了。

不久，我就入伍受訓，赴日留學，回國之後，留在臺北服務，結婚和種種事務羈絆著我。一晃就是十年，這期間我也到過日月潭，再一晃又是十年，算算已經二十年了，想不到今天卻在這裡見面了。

「紅牡丹呢？」我從回憶的夢中醒來，她說：「已經嫁到埔里，目前開珠寶店。」「黑牡丹呢？」「她太會挑，昨天才嫁出去。」昨天才嫁，這也是很奇妙的事。

二十年前那些即將淡忘的往事，漸漸地又浮起，過去那秀麗的臉孔，也逐漸和眼前的白牡丹重合為一個人。

「你現在在做什麼？」「教書。」「什麼時候回去？」「今天。」就這樣，她現在已為人婦，兒女也成群了，最後，我問她：「那天帶我去採百合花的女孩子是誰？」「是我妹妹智子。」沒想到，這一切她也記得很清楚。

「再見！」「有空再來！」

告辭之後，心裡不免有一絲哀愁，是對逝去的光陰惋惜？又像是失落了些什麼？像掠過湖面的雲彩，瞬間又消失了蹤影，我又駕一葉扁舟回去。也許我還會到日月潭，也還可以跟她見面，可是，那已經是過去的事了。

她呢？自始至終，不知道我的名字，也不知道我住什麼地方，只知道是一個畫油畫的老師。或許，她也有過什麼感觸，可能那幾年的光陰，她常會期待從湖裡駕船來的青年；即使有什麼期待也莫可奈何，她對那些小事都和我一樣記得很清楚！

也許人生就是這樣，失去的夢總是比較美好。在船上看晚霞籠罩著湖面，看看湖上的霧，看消失在霧裡的德化社，如今我也像湖上的霧來去無蹤，今日相別，不知何時才能和她見面。

心怡

心怡是妹妹的女兒，今年四歲。

剛出生時，我到馬偕醫院看她，黑黑小小的，三分像人，七分像猴子，再怎麼恭維也不能說是漂亮的女娃娃。妹妹說：「生她時好痛苦，俊士說出去叫醫生打麻醉針結果一去不回頭。」「為什麼？」「不打麻醉針生的小孩較聰明呀！不過痛死了。」他們都是醫生，所以深知這個道理。

過了幾天，我去看心怡時，她會張開眼睛跟人笑了，每看她一次，就覺得又漂亮了些，幾個月後這小孩已懂得喜歡吃冰淇淋，有一次我假裝要餵她，當她快吃到時就拿開些，她竟一直爬過來追著要吃。

妹妹開始上班後，母親就去照顧她，母親賣了多年的西藥，頗懂藥性，就在牛乳中加上補藥餵她，母親回來跟我說：「心怡吃了會瞪眼看我，好像味道不一樣，這小孩真聰明。」

她開始牙牙學語時，妹妹便教她狗、貓、公雞、老虎……的叫聲。我常逗她說：「心怡，狗怎麼叫？」「汪！汪！汪！」「貓呢？」「咪喲！咪喲！」學得像極了，讓我樂此不疲。她和妹妹回水里時，弟弟告訴她左腿是玉腿，右腿是火腿，至今她仍記得她有玉腿也有火腿，人家問她：「妳的火腿呢？」她便搖一搖她的右腿，讓人大笑不已。剛學走路時，她的姿勢很有趣，就像企鵝走路那樣往前傾，雙手向後擺，據妹妹說是為了保持身體的平衡。

差不多快兩歲時，妹妹因為上班很忙，打算把心怡託給住在桃園的祖母照顧，心怡不想去，說：「我要跟媽媽『相好』不想去桃園。」妹妹說：「桃園的祖母那邊有魚。」心怡接著說：「我家的浴室也有魚呀！」原來是因為浴室的磁磚上有魚的圖案。

有一次我問心怡：「妳長大後要做什麼？」她說：「當護士。」又有一次，大妹帶她到公保看病，公保的醫生看病草率，心怡在旁邊看了說：「我爸爸看病不是這樣子。」醫生聽了很詫異，便問她：「妳父親怎麼看病？」心怡說：「要量體溫，打針，慢慢看嘛！」那位醫生被她說得啞口無言。

兩年前，妹妹和妹夫到日本去了一趟，預定不帶心怡去，一大早趁心怡還在睡覺時就走了，她的祖父來照顧她，我也剛好要到歐洲去，便帶一盒巧克力去看她，問心怡：「爸爸和媽媽呢？」她說：「去上班。」「哭不哭？」「不哭。」她的祖父說：「心怡很聽話。」兩歲的小孩難得如此懂事。

我從歐洲旅行回來不久，她們一家人就要到沙烏地阿拉伯參加醫療服務，心怡也一起去。妹妹常寄底片回來，讓我洗好後寄給她。妹妹來信說，她叫心怡刷牙她不刷，反而在那裡說：「吃過飯，吃了糖果之後一定要刷牙，牙齒才不會蛀掉。」她好像演講一樣，講得頭頭是道，只是心怡是例外，可以不必刷牙。而從照片裡可以看到心怡在沙烏地阿拉伯的生活情形。

她們到過很多地方，有一張是到歐洲看美術館時，竟對著名畫打哈欠。

她們從沙烏地阿拉伯回來後，剛好父親中風，病癒不久，心怡看見外祖父中風後不會講話，說：「阿公生病不能講話很可憐。」

有一天我到妹妹家裡，說：「心怡，讓阿舅看看牙齒。」她竟笑著張開嘴巴，一看，上面牙齒都蛀光了，她自己說：「阿舅，你看這樣像不像老太婆？」我到她家裡，時常和她玩踢橡皮球，她的運動神經還不錯，踢得很好，玩得太高興了，就不讓我回家，擋在門口，做出中國功夫的架勢，還勇猛的叫「哈！哈！」總要花好大功夫才能脫身回來。

有一次爸爸媽媽一起到心怡家裡，回家時，她照例哭鬧，俊士只好開車載我們回家，心怡到我家後，竟賴著說要和阿嬤一起睡，俊士沒法，說：「打電話問媽媽可不可以？」心怡說：「好。」俊士拿起電話機用英文跟妹妹商量半天後，叫心怡來聽，心怡接了電話跟她母親說：「我不聽、我不聽。」我在旁邊看了覺得真好笑，兩個醫生受了三十八年的教育，還不如三歲小孩的一句話。俊士看了沒辦法，只好一個人回去。

四歲的小孩總是頑皮些，妹妹便叫心怡罰跪，跪完了，心怡不甘心，便打電話給我說：「阿舅！媽媽好壞，你叫她罰跪三分鐘，爸爸也好壞，叫他罰跪五分鐘。」

過了不久，妹妹帶了心怡到美國，我到機場送她們，她一看到我，就要我抱她，她說：「阿舅，你也可以到美國來找我們。」她們到登機室時，心怡蹣跚的走著，似乎沒有平日活潑的樣子，她也體會到離愁的滋味。

妹妹第二次懷孕時，大家期待生一個小弟弟，問她說：「小弟弟呢？」她說：「在媽媽的肚子裡，我也要生個小妹妹給我爸爸！」

今年暑假，我從歐洲旅行回來到巴爾的摩（Baltimore）看她們，妹夫也到那裡的醫院當醫生，妹妹生了第二胎的女娃娃，大家忙著照料小娃娃，心怡也開始作姐姐了，一副當姐姐的樣子。

一年後，當她們回臺北時，心怡大概會長大些，也懂事些，不過有趣的童年將隨著歲月行將過去，現在叫她學狗叫、貓叫，已經沒法叫的像從前那樣美妙逼真，面臨即將到幼稚園上課的日子，小妹妹的出生，將不知會帶給她怎樣的影響。

當我離開巴爾的摩時，天色還早，看心怡睡得真甜，微張的小嘴，露出幾顆蛀牙，今日相別，一年後見面時，不知會長高多少？

在飛機上我想起，像這樣聰明可愛的小女孩還真少見，下次見面時，她大概不會再問：「媽！阿舅是不是我的哥哥？」了。

沛怡

沛怡是小妹的么女，大家都習慣叫她妹妹。

有一次小妹全家到麥當勞吃東西，店裡的女服務生便對沛怡說：「弟弟，你好可愛哦！」害我小妹趕緊解釋：「她是個女孩子！」那店員又改口說：「妹妹，妳好帥啊！」

是的！妹妹是帥得像個小男生。她喜歡穿短褲，有時也愛穿褪了色的牛仔褲，就是不喜歡穿像花蝴蝶般的少女裝。記得我到歐洲時，特地替她買了一件像小公主般的白色洋裝，上頭有很多的褶子和蕾絲花邊，可是她瞄了一眼便說：「好恐怖哦！」省立美術館開幕時，大家要去看我的〈十年樹木，百年樹人〉時，大妹叫沛怡穿上那件白色的小公主裝，她竟流下了斗大的眼淚嚎啕大哭，死也不肯穿，害我失望極了，白費了一番心思不說，也白費了一筆冤枉錢，因為，那件洋裝還蠻貴的。

妹妹今年已經十歲了，念的是貴族化的美國學校，我常問她說：「妹妹的學費要多少錢？」她媽媽便回答：「一學期是兩萬一千塊錢。」我故意跟妹妹說：「那麼貴！妳如果去讀臺灣的公立小學，不但不用交錢，還有午餐可以吃呢！」她聽了便一言不發的翻翻白眼，瞪我半天都不理我。

小時候的妹妹，相當的愛哭，而且哭的聲音大得嚇人，讓人聽了很煩；我便故意把她張嘴大哭的特寫鏡頭用相機拍了下來，沖洗好後又加以放大，然後指著相片向她說：「妹妹呀！妳哭的時候，嘴巴張得這麼大，真難看！以後再哭，等妳長大結婚時，我就把這張照片貼在門口供人參觀。」她似懂非懂的朝我看看，說也奇怪，後來就不太哭了。

有一次，妹妹在我家吃飯時，嘴裡含了一口飯，既不吞到肚裡去，也不吐到外面來，過了半小時之後，她媽媽只好連哄帶騙地拜託她……，我看在眼裡，相當的不以為然，這個搞怪的小傢伙，她若是我孩子的話，早就要先賞她吃一盤竹子炒肉絲，然後再把她關在廁所裡，餓她半天，看她以後還敢不敢這樣的折磨人！

妹妹這種倔強的個性不知是得自誰的遺傳，連她的父母也拿她沒辦法，真是令人啼笑皆非。在閒談中，我的小妹談起她的兩個女兒當中，七歲大的大女兒心怡比較乖，三歲的小女兒沛怡則比較不聽話；有一次，沛怡調皮犯了錯，媽媽便叫她去罰跪，可是沛怡卻偏偏不去跪下；姐姐心怡在旁邊看了，就說：「罰跪就是這樣子的，姐姐跪給妳看！」說完了，心怡就示範了罰跪的動作，靜靜的跪在那裡，一動也不敢動；而妹妹沛怡卻擺出一副漠不相關的神情，無動於衷的站在一旁欣賞著姐姐的跪姿。

妹妹雖然很有個性，但也聰明絕頂；跟她下棋，十有八九，我都會吃敗仗；因而妹妹每次到我家來，就急著擺象棋，纏著我要向我挑戰，一副非贏不可的樣子；幾個回合下來，如果是妹妹贏了，她便眉開眼笑，不可一世；偶爾輸了，她就不發一言，鐵青著臉，恨我入骨，好像我是她的世代仇敵似的。

妹妹在學校的表現很好，老師們常稱讚妹妹是天才型兒童，弄得心怡很不服氣，便說：「如果妹妹是天才的話，那我就是天才中的天才了。」說起來，妹妹真的是腦筋靈活，很有數理天賦：小學三年級時就會把時鐘全部拆解掉，然後又完好如初的一一的裝了回去；家裡的電視壞了，妹妹也只要動動手，便能把它修好；這種技藝在女孩子當中是很少見的。

又因為在美國出生，有美國籍，所以從小就在美國學校裡讀ＡＢＣ，英文當然呱呱叫，也沒把我這個身為大學教授和大畫家的舅舅看在眼裡，根本就不賣我的帳；有時，我不服氣，就拿出長輩的身分來壓她，告訴她：「妹妹！妳知道嗎，妳媽媽是我的妹妹，我比她還大，可以管她呢！」「我知道啊！」她瞪我一眼，言下之意，好像說這又有什麼了不起的呢！我不死心又說：「妳們學校的圖畫老師也是我的學生呢！」「可是上次你替我姐姐畫的圖畫作業，只有得到八十八分而已！」「最高的是多少分？」「九十分呀！」好險！好險！總算這位老師的審美觀還不錯，可是在妹妹的心目中，我這個傻舅舅還是太遜了！

半年前，妹妹迷上了忍者龜，為了討好她，我便發動了工讀生到處去幫我收購大大小小的忍者龜；有一次，我送了五隻造型各不相同的忍者龜給妹妹，她馬上把所有的忍者龜都排成一列，說是忍者龜在排隊，同時又把其中的一隻忍者龜放在小凳子底下，說是這隻忍者龜不乖，被關在地牢下了；過了幾天，當我打電話給她時，故意叫她「忍者龜」，惹得她高興的咕咕笑，後來，我就常叫她「忍者龜」了。

舍妹開了一家小兒科診所，常有很多的小病患來看病，而妹妹也常在一旁觀看小朋友看病時的百態，她告訴我：「小朋友都很喜歡擺在櫃子上的忍者龜，有些小朋友因為想看忍者龜，便騙媽媽說自己生病了！」我說：「叫妳媽媽把診所改成忍者龜診所好了！」

今年的四月一日，我打電話給妹妹說：「阿舅有一個學生從美國帶了一隻跟妳一樣高的忍者龜回來，它不但會動，也會走路，妳要趕快來拿哦！」妹妹聽到這個大好消息，果然纏著妹婿，逼妹婿馬上載她來我家。

等他們到我家後，我就帶妹妹到衣櫃前的大鏡子前面，跟妹妹說：「妳笑一笑，忍者龜就會出來跟妳笑一笑。」她急著看那大忍者龜，就咧開嘴巴，對著鏡子大笑，我在旁邊看著鏡子跟妹妹說：「這就是那隻會笑的忍者龜，妳帶回去吧！」妹妹聽了嘟著嘴氣的半死了，半天都不說一句話，可惜她不知是愚人節的含義，這是愚人節的一個玩笑而已。自從上了這個大當之後，她在我面前就絕口不提忍者龜的事情了。

妹妹很喜歡小寵物，曾經養過松鼠、魚、天竺鼠和鸚鵡；前一陣子，舍妹全家到東京度假，聽舍妹說：「妹妹最喜歡到上野公園餵鴿子，連下雨天也堅持要去餵鴿子。」

有一天，謝醫師夫婦帶了兩個小孩請妹婿一家人和我一起去吃飯，飯局快結束時，我故意裝得很正經的說：「上野公園的園長是阿舅的朋友，他寫信告訴我，要請一個專門餵鴿子的小朋友，一個月還可以賺五萬塊錢，妳要不要去？」妹妹一聽，便和同齡的謝醫師的小孩子咬耳朵商量；結果，她很理智的說：「阿舅，別再騙人了，世界上沒有這麼好康的工作！」我不死心，繼續進行遊說：「上野公園的工作那麼有趣，又有錢賺；不去的話很可惜呢！」但妹妹卻理直氣壯的回答我：「哼！若是要餵鴿子的話，又何必要念書呢！」言下之意，好像是讀小學四年級的她，已經很有學問了，是不屑於去餵鴿子的。看樣子，愚人節所上的那次大當，仍讓她耿耿於懷，再也不會輕易相信阿舅的狂言了。

其實，看來一本正經的妹妹有時也蠻幽默的：有一次在杉林溪鳥園看到貓頭鷹一直動也不動，便判斷：「那是假的。」如果看到霜淇淋掉在地上，就高喊：「大便掉下來了！」還有一次舍妹買了一件屁股蓬蓬的裙子，問忍者龜好不好看，忍者龜胡亂的應了一聲：「好看！」說完後，一回頭，跟她的姐姐心怡小聲的嘀咕：「好看才怪！真是俏人說俏話（臺語：瘋言瘋語）。」弄得舍妹啼笑皆非，覺得這個小女兒很難侍候。

妹妹有潛伏的特異功能，她平日練鋼琴時，總是會彈錯，可是一旦上臺表演時，卻能彈得無懈可擊；舞蹈和運動方面的表現也很不錯，可能在學游泳時，曾經喝過不少游泳池的水，竟會以池水的口感來判斷游泳池的潔淨度，她說：「楓丹白露的游泳池很髒，池水有落葉的味道。」

妹妹的心地善良，有一副軟心腸；當她看到在診所看患者的媽媽忙得無法休息時，她就會把肉鬆夾在麵包裡，同時又泡好一杯牛奶拿到一樓去給媽媽加油打氣；和爸媽一起來看外公外婆時，也會親切的和阿公阿嬤打招呼，讓中風的阿公樂得笑呵呵！可惜這些生活在都市裡的現代兒童，大都沒有打赤腳在地面上跑跳的經驗，更談不上有爬樹、抓蜻蜓、捕蟬、灌蟋蟀、釣魚……等的樂趣，每天只是關在家裡看電視、打電動，養得又白又嫩，連講話的口吻都大人化了。

舍妹的大女兒心怡聰明絕頂，在小學二年級時就會背唐詩了，有時，我故意說：「床前明月光，疑是地上霜，舉頭望明月，低頭吃餅乾。」害得心怡一個字一個字的對照半天，然後判定我得了85分，因為我背錯了三個字。心怡因為很喜歡吃餅乾，乳齒早就蛀光了，像個老太婆一樣，後來又去做了牙齒的矯正牙套，我便常常取笑心怡：「妳的牙齒安上鐵筋了。」看樣子，愛吃餅乾的妹妹也可能會步上姐姐後塵，牙齒得裝上鐵筋了。

因為妹妹讀的是美國學校，所以她的偶像也是洋人，她最崇拜的是那個叫做麥當勞（瑪丹娜）的歌星，還有那個專門搖屁股的麥可．傑克遜。有一次，電視上正好有麥可．傑克遜的節目，我便打電話向她報告：「妹妹，妳趕快看21臺的電視，有麥可．傑克遜在表演。」「你趕快幫我錄下來！」「我不會錄呀！」我又說：「他搖頭擺尾的樣子真難看，那麼三八，不錄也罷！」這番中傷她偶像的話，惹得妹妹護主心切，義憤填膺的制止了我的謬論，在電話的那一頭大喊：「壞心阿舅，停！停！停！不要再亂講了！」畢竟時代不同了，連小小女孩都有她所崇拜的意中人呢！

最近大妹的女兒許韻純生了一個男寶寶，我就跟妹妹說：「妳已經升級當表姨了，過年的時候，要記得給小寶寶包紅包哦！」妹妹回答我說：「不用給啦！小寶寶那麼小，給他壓歲錢也沒有用！」「小寶寶雖然不會用錢，可是他媽媽可以幫忙存起來呀！」沒想到，妹妹堅持著她的理論，怎麼哄，也沒能打動她的惻隱之心，看來也是一個「桔仔膏」（臺語：吝嗇）。此後，只要是碰到這個敏感問題，妹妹便儘可能的閃避，除了瞪我白眼之外，便是像北京人一樣的駝著背溜之大吉，不讓我有開口要紅包的機會。

日復一日，妹妹畢竟長大了，也不再是當年幼稚的忍者龜了；她有個性，也能獨立自主，再過一陣子，她就會像心怡一樣的亭亭玉立，成天為臉上的青春痘苦惱得茶飯不思了；我這個石器時代的「舊男人」當然會被踢在一旁，我的逆耳忠言更會遭到不屑一顧的噩運；嗯！不過，等著瞧吧！當妳結婚的時候，還是得乖乖的來拜託我這個高人一等的大舅去坐首席的！到時，我可要把妳小時候張嘴大哭的照片給公開亮相，忍者龜啊！妳說，到底誰是最後的贏家呢？誰又比較跩呢？

啊！這是多年前的事了，忍者龜居然現在已經是某家醫院家庭醫學科的醫生了，也不是傻傻的忍者龜了！

一九八四年記

芳鄰的砂鍋魚頭

隔壁的王先生結婚了，聽說新娘是美術系畢業的，心裡想也許曾經教過她。有一天，偶然在門口碰到周梨花，打過招呼之後，她說：「老師！我的家就在這裡！」我忽然想起隔壁王先生結婚的事，原來新娘就是她！

昨天周梨花打電話給我說：「老師！上次結婚典禮忘了請你，今天晚上補請你吃砂鍋魚頭。」我想也好，反正成為鄰居了，便準時到他們家。

見面後大家寒暄了幾句，便到餐廳吃飯，我看桌上有一大鍋砂鍋魚頭，有肉、有青菜、有魚丸，還有一個炸得金黃色的魚頭，心裡想，居然很齊全，乖乖，周梨花居然也會炸魚頭了！結婚之後果然進步多多。

她看我用懷疑的眼光看著她，就心虛地趕快說：「這些都是在超級市場裡買來的。」「魚頭也是炸好的嗎？」「當然，不然我哪有這種本領！」這不用她說明我也知道。

原來，她在校時，曾經表演過一道「油爆蔥炒牛肉」，可是居然忘了先放油，就在熱鍋上開始炒蔥，結果炒出一道「黑蔥炒牛肉」，其來有自，她的烹飪功夫，早就有口皆碑，大家心裡有數。

「好！不用客氣，大家開始吧！」她的先生端給我一小碗沙茶，我看桌上還有三個蛋放在硬塑膠盒裡，不過蛋殼有點兒泛青，看來不像是雞蛋，雞蛋應該是泛紅的呀！她的先生也看得有點發呆，心裡大概跟我想的一樣——可能是鴨蛋，因此遲遲不想動手去拿。我想即使是鴨蛋也無所謂，雖然鴨蛋是腥一點，可是也可以吃，總不至於中毒吧！

我看她的先生也有同樣的感覺，終於伸手拿了一個蛋。這時周梨花還在談笑風生，說超級市場有多好就有多好，多方便就有多方便，什麼都炸好了，佐料也是配好的，只需放一點水，再插上火鍋的插頭，便香噴噴，很好吃，超級市場就像她的救世主，有了超級市場，似乎她這個家庭主婦當得很稱職，一點也不曾「漏氣」。

她還在高聲談笑時，她的先生「咔擦」一聲，把蛋殼敲了一下，當他小心翼翼的剝開蛋殼，想把卵倒在碗裡，結果卵黃卵白都流不出來，他把蛋往桌上一放，只見她臉色僵直，原來是煮好的鹹鴨蛋——那硬硬的蛋黃還很紅。

我還是第一次看到沙茶要加上煮好的鹹鴨蛋，好不容易忍住笑聲，大家沉默了一陣之後，她紅著臉連忙說：「我買的時候，看到這一盒比較少，只有三個，其他都裝有五六個嘛！」

喔！原來如此，她買東西是不分什麼蛋就買了，只要三個的就好，反正蛋就是卵嘛，還有什麼雞的、鴨的、鹹的、煮過的分別。過了一會兒，周梨花跟我說，訂婚那一天大家一起拍紀念照的時候，當攝影師按了快門，她覺得好像閉上眼睛，不禁大叫一聲「Once more!」又在她結婚典禮的喜宴上，看到吳小姐來，覺得好不容易才來了一個熟人，便連忙站起來招呼，大喊一聲：「哈囉！吳蓓，到這裡來！」你瞧她是一個多麼「羞答答」的新娘，她說：「每次都被母親捏了一下。」

談到這裡忽然她放了一個響屁！看她很窘，臉色漲得像夕陽般通紅，這時她先生靈感一到，幽她一默，隨口吟出一首詩：「聞者莫生氣，未聞者勿嘆息，昔者秦始皇管天管地，也管不了人家放屁！」大家聽了哈哈大笑，真是賓主盡歡。

回到家裡，我也寫了一首打油詩：「芳鄰真可愛，難夫又難妻，三個鹹鴨蛋，一首放屁詩。」

從此大家便互有往來，我還送給他們一幅油畫。

這餐飯，沙茶雖然沒加上蛋，可是有此佐（笑）料，吃得也很有味道，讓我畢生難忘，時常回味。「哈！吃過鹹鴨蛋砂鍋魚頭？」「沒有！」「這還是一道名菜呢！你要吃嗎？到周梨花家——她就住在我隔壁，請大家告訴大家。」

擠紅豆

當我念完那首紅豆詞之後，不禁嘆口氣，把最後一句改成「此物最青春」，放下筆，再照照鏡子，「我的媽呀」，鏡中的我，竟滿臉紅豆。心血來潮，寫下一首〈紅豆頌〉，願天下有情人共流一把同情的假淚！

佳人臉上生紅豆，晨起梳妝空嘆息，密密麻麻處處生，堪比滿天星斗，點點滴滴，恆河細沙也不如奴家臉上的紅豆多。

何必登月球，佳人臉上便是廣寒宮，大坑小洞處處有，土坑漿坑到處是，請你免費來觀光。

東方名珠在鼻尖，額頭一顆釋迦珠，唇上人中發一顆，唇下三個品字形，別人一個分大，奴家一個兩個大。

照鏡細剪撒隆巴斯，貼成一張小花臉，但願上蒼有慈悲，紅豆應生別人家。

昨夜路過龍泉街，心中想吃花生湯，想起：吃一個花生，生一個紅豆，強忍口水和淚吞，那想今晨又萌新紅豆，四、五顆排隊，向我問早安：「小姐，我們是紅豆的生力軍！」

唉！真是氣死人，才消了一個，卻又長了五個。

什麼蜜斯糊塗，什麼滋生堂，擦也沒用，抹也無效。聽說鄉下有土方：抹些雞膏哩（土雞瀉肚子拉的大便），塗了真有效，想試試看，就是不好意思，又怕髒。

可憐奴家有眉如月，眼如秋水，嘴似櫻桃，只是多了這些可惡的紅豆，不然西施見了還覺遜色，畢幾巴肚也讓奴家三分，為此紅豆，使奴家如此落魄，小女生背後指指點點，大男生卻叫我去開個紅豆湯店，真是無可奈何。

管不了這許多，先吃一碗紅豆湯再說，順便再吃一把花生米看看，反正不吃也生紅豆，吃也生紅豆，總不能在老紅豆上再生新紅豆，來個紅豆的騎馬戰！

想來奴家命苦，生辰不利，命中註定是紅豆座，唉！我的青春，我的口福，都是我的紅豆害的！有詩為證：

紅豆生南國，

春來發幾枝。

願君多採擷，

此物最青春。

又一妙聯送君留念：

密密麻麻滿天都是星星，

點點滴滴一臉全是紅豆。（點點是硬的，滴滴是有膿的）

又有一聯可以貼在門口當春聯：

滿天星星亮晶晶

全國紅豆最大王

一臉紅豆數不清

這時意猶未盡又寫下一首詩：

對鏡擠紅豆，一顆又一顆，流出膿和水，粒粒不輕鬆。

寫完了這麼多可以永垂萬世的詩、賦、對聯之後，照照鏡子，紅豆依舊那樣多，在那裡對我瞇瞇笑，最後只好鼓起勇氣。

來來來！來照鏡！擠擠擠！擠紅豆！大家來擠紅豆。

真是「空使佳人淚滿襟，一臉紅豆和淚垂！」我不怨誰，只怨紅豆，我不擠車、擠學校，只擠紅豆！

痴情的汪小姐

謹致痴情的汪小姐轉給丘先生，請他勿作薄情郎

有一天晚上，汪小姐請內人和我喝咖啡，訴說她多麼愛丘先生，可是丘先生就是愛理不理的，心裡好苦。她說：「我會縛肉粽（臺語：包肉粽）、煎魚、拜祖先、孝順公婆，是個典型的好媳婦，前天我跟他說：『烏來有瀑布、有溫泉，週末傍晚和你一走去怎樣？』他也很高興，就用機車載我從新烏路到烏來洗溫泉，可是他呀！到了溫泉卻提議各自分別在男女分開的浴間，唉！我聽了隔壁弄水聲好不難過。」

我聽了之後，覺得可憐的汪小姐那麼痴情，於是寫了六首空想的打油詩，每首詩的最後再加上一句那一天的實際情況。唉！丘先生啊！這麼好的太太，你要想想到何處去找？但願你摸摸良心，她多麼痴情愛上你，求求你！救人一命勝造七級浮屠。

汪小姐心情好

細雨濛濛新烏路　歲末天寒心意暖
濃霧如煙度假村　世紀開始新希望
郎君笑笑來牽手　往日思君腸寸斷
今宵心花朵朵開　雙雙走上大紅毯
其實你太會想像了！

這麼好的媳婦，你還不要

孝順公婆拜祖先　拜拜燒金樣樣行
我會煎魚縛肉粽　孤男寡女真虛情
熱熱比薩冷冷吃　吊人胃口要忍耐
望君莫作負心漢　給你生子一大堆
這麼好的女人難道你還不要！

有希望，芳心澎澎跳

午夜香車載美人　秀髮隨著往後飄
飛馳深山新烏路　溫泉水暖洗凝脂
空聞隔牆弄水聲　只恨郎心如鐵硬
君似有意卻無情　心酸心酸雙淚垂
哎呀！先上車後補票，他偏偏不上當！

愛情永固

甜甜湯圓熱熱吃　黏黏麻糬元祖情
氣溫驟降雲裳薄　吊人胃口真高竿
深山共聽戲水聲　相依取暖將就計
半夜終圓鴛鴦夢　愛情永固在今宵
哈哈！你也太會想像了！

半夜深情

楓橋夜泊濛濛谷　隔壁聲響真熟悉
曠男怨女情意深　原來老丘汪大姊
難得有緣來相會　年底會計來盤點
山猿笑我太痴情　世紀情債一夜清
造謠！根本無影！

年終總結算

加加減減還負數　往日：真像吃口鹼酸甜
吵吵鬧鬧多少次　今夜：甜甜湯圓往裡吞
嘻嘻哈哈才幾回　現在：青春嶺上新烏路
拿出算盤撥一撥　將來：屈指一算待加油
但願如此，戀愛尚未成功，情人仍需努力。
但願，酸酸的開始，甜甜的過程，美美的結局。

最後汪小姐端起咖啡，看她流下一滴眼淚，慢慢地和咖啡一併喝下去，真是「苦苦的咖啡和淚吞」，她露出一絲苦笑，告別後消失在暗夜濛濛細雨中，不知走向何處！丘先生，請你多多發慈悲救救痴情的汪小姐，拜託！拜託！

陳景容敬上

小鴿子

我在巴黎的畫室，正面對著中庭。這中庭大約有一千坪左右大小的花園。中央有兩棵大樹，樹下植有花草，其四周又有三公尺寬的石板通道。雖然談不上是精緻華麗，但看來也相當的樸拙、乾淨。

三年前的二月底，不知從哪裡來了一對鴿子，在中庭飛來飛去，到處覓食，看來相當的優雅可愛。

到了六月，我趁著暑假從臺北回到巴黎的住處，發現這對鴿子竟然在我二樓的窗前築了一個小小的巢。可能是鴿子看中這裡的窗戶許久都無人開啟，裡面又有暖氣，於是便定居在這個安全溫暖的地方，想不到現在屋子的主人卻回來了！

當我打開窗戶，看到鳥巢中有一對剛孵出的雛鴿，身上只覆蓋著短短的羽毛，睜著圓滾滾的小眼睛瞪著我，霎時之間，讓我也錯愕不已！這雖是小事一樁，卻很麻煩，如果要趕走牠們，是有點於心不忍，不趕走嘛，夏天快到了，鴿巢就在窗邊，開啟窗戶時，總會造成諸多不便，尤其是聽說鴿糞中帶有腦膜炎的細菌，所以心裡難免有點憂慮。

我從六月中旬開始認真修改大幅油畫〈羅馬的廣場〉，約一個月後，照例赴義大利寫生。在此之前，母親罹患肝癌，開刀後回到家裡靜養，等到母親逐漸康復後我才出國。現在母親雖有內人和妹妹在照料，但我還是十分牽掛，因此天天都打電話回家探問，萬一母親又要住院，便打算趕回臺北幫忙照料。

記得三月中旬，我在家中不小心跌了一跤，以致有輕微的腦震盪，在臺大醫院住了一星期。出院不久，在臺中省立美術館又有個展要舉行，我是直到開幕那天才勉強趕過去。回到臺北後，母親覺得胃腸不舒服，便到妹夫的醫院作斷層掃描，結果發現在肝臟長了個惡性腫瘤，立刻安排住進臺大醫院，因為正好碰上春假，所以只好等到春假結束後才開刀，幾經折騰，母親出院後便暫時住在妹夫家中，以便由學醫的妹妹就近照料，等到復原得差不多了，才接母親回到我的臺北住處。

我一向是利用暑假到巴黎的畫室來處理一些有關稅金、信件的事，也順便完成幾幅大的油畫作品。可是自從三月以來，很多瑣事接踵而至，弄得我也一陣忙亂，無心畫畫。等到母親日漸康復，我也放心許多，於是把學校和家裡的事都安排妥善後，就決定利用暑假出國散散心和專心作畫，沒想到一回到巴黎就看到這個鴿巢，實在是令人感到有點意外！

七月中旬，我到達義大利的維洛納（Verona），在競技場聽了幾場歌劇之後，又到翡冷翠參觀美術館。搭乘火車赴羅馬時，看看時間還充裕，就在阿雷索下車去參觀聖方濟教堂，欣賞了法蘭契斯卡的壁畫後，心滿意足地走向火車站，利用等車的時間，我打電話回臺北，大妹告訴我說：「現在母親的肩胛骨會酸痛。」我就叫她帶母親到師大的健康中心做復健，也許情況會好一點，掛斷電話匆忙上了火車後，我心想，母親的肩胛骨一向會酸痛，也算是一種老毛病，雖然不致構成大礙，但也難免令人擔心，於是到達羅馬後，也不敢久留，一兩天後便趕回巴黎了。

回到巴黎，放好行李，到二樓打開窗戶一看，那鴿巢還在，只是小鴿子卻不知在何時被啄死了！真可憐，羽毛都還沒有長豐滿就這麼淒慘的死掉了。牠們的身上有很多的傷痕，不知道是不是常飛到中庭的那隻烏鴉所做的好事？母鴿也不見蹤影，只剩下兩隻傷痕累累、血跡斑斑的小鴿子躺在這裡！事情演變至此，我雖然有一絲哀傷，但也得做些善後處理，於是拿了掃把，先將鳥巢和小鴿子的屍體都掃下去，然後再到院子裡做一番清理。周遭的環境是清洗乾淨了，但那水泥地上暗紅色的血漬，卻深刻地印在腦海中，令人無法釋懷！天黑後，呆呆地跌坐在家裡的客廳中，在寂靜昏暗的陰影包圍之下，猛然覺得生命的無常和世事的多變。唉！雖然只是小小的鴿子，卻也是一條可貴的生命！

陳景容〈羅馬的廣場〉1993 年，炭精畫

過了兩天，我便提前結束假期回到臺北，母親的病情也漸趨惡化，五十多天來，病床上的母親，起初總吵著要出院，或叨念著身邊的瑣事和感觸，或訴說著對兒孫的關懷和一生中值得懷念的事。往後母親日漸衰弱，就只能終日的呻吟喊痛了！有一次，姪兒太逸從美國趕來探望，幫她洗澡，讓她感到滿心歡喜。等到母親神智不清又吐血時，生命力已日漸喪失，最後終於陷入肝昏迷的狀態中。我看在眼裡，非常難過，母親的意志力雖然很堅強，但終究敵不過病魔的折磨，在回天乏術之下撒手人寰！

回想那小鴿子的死，印在灰色水泥地上的暗紅色血漬，和母親臨終前吐在磁磚上的斑斑血跡，是那麼相似，彷彿是母親即將逝世的預兆。怪不得直到現在我一想到這件事，就有一絲鬱悶和難過。這雖然只是一個巧合，但在我的心靈上，依然留下了一個難以磨滅的痕跡！

一九九六年記

野貓

三十年來，我家的院子裡住了不少野貓。有時三五隻，有時七八隻，現在只剩下一隻母貓。多年來，野貓便不曾間斷的在我家出入著。

十年前，垃圾車還沒定時的前來收垃圾時，鄰居們總是把垃圾丟在我家隔壁的空屋前，丟在這裡雖然沒有屋主會抗議，卻使附近的環境髒亂不堪，我也曾經多次勸阻，可惜絲毫不見成效，因為這裡實在是沒有更適當的地方可以供人丟棄垃圾。常常是好不容易清走了一批垃圾，過不多久又有人開始丟，我和家人就好像是住在垃圾山的旁邊，十分不舒服，但也只好自認倒楣極力忍耐。

垃圾當中有些是廚餘，這是貓族的最愛。因此野貓便成群結隊的到此覓食，弄得遍地狼藉，異味衝天。野貓有得吃，就順勢住在近鄰的屋簷下，因為這一帶從前是日本宿舍區，有很多的小木屋，是不愁沒地方棲息的。

後來這些日本房子紛紛改建為公寓，接著市政府也派人定時的來收取垃圾，附近的環境才日漸改善，先前群集的野貓也因為失去了棲息和覓食的好條件，而各奔前程自尋生路，只剩下兩三隻還戀舊的賴在我家的院子裡，但已不復當年盛況了。

這些肆無忌憚的野貓，常在光天化日之下，理所當然地咬破垃圾袋來翻找美食，根本不把人類看在眼裡，我們若是出聲喝止，牠們反而會回頭瞪你一眼，好像是你干擾了牠們的作息一樣。依我的個性，雖然不會殘忍得拿棍子去驅趕牠們，但是牠們那副囂張狂傲的模樣，也常讓人恨得咬牙切齒！

又因為臺灣有個民間傳說是：萬一把貓打死了，九命怪貓就會來找你償命。小時候在鄉下也聽過很多次這樣的故事：「從前，有一個人打死了一隻貓，又把死貓丟到河裡。過不多久，河裡突然冒出很多的蝦子，大家都去撈蝦子來吃，那個打死貓的人也跟著大家去撈蝦子，結果不知怎麼卻無緣無故的溺死了。大家都說那就是打死貓的報應！」由於這故事讓人聽了不寒而慄，潛意識中自然對貓族敬而遠之，當然更不敢動手打牠們，以免惹禍上身；只是在忍無可忍時，也會隨手撿個小石頭來丟擲牠們，萬一命中的話，也只是想要出出氣而已，野貓當然是不至於就此喪命的。總之，我對貓向來就無好感，尤其是野貓的一舉一動，看來刁鑽神祕，不像小狗那樣的喜怒哀樂分明，討人喜歡。

當鄰居把公寓的院子都改成車庫之後，野貓就轉移陣地聚居在我家的院子裡，有時也會爬到二樓的陽臺上，令人不得安寧。母親在世時，曾充滿恐懼、聲音顫抖地跟我說：「深夜時候，廚房上的塑膠棚，好像有小偷，腳步聲『碰！碰！碰！』的。」她年輕時，聽過村人講古代俠客和小偷都會飛簷走壁的故事，便猜想塑膠棚上的怪聲是小偷發出來的，我只好連忙解釋那是野貓在上面奔跑的腳步聲，可是母親還是半信半疑，這也難怪，因為我家經常遭竊，小偷像是「走灶腳」（臺語：廚房）一樣，不時的會從廚房後門來光顧我家一樓而大肆搜括。

因此母親常常半夜起來作畫，我深知母親個性剛烈，不知是否意圖徹夜守候來跟小偷拼個你死我活，若如此，後果將令人不堪設想。為此，我也極力向母親證明，擾人清夢的深夜足音只是野貓的惡作劇而已，大可不必庸人自擾的。

其實，恨歸恨，母親也有仁慈的一面，當看到野貓沒東西吃時，母親便會拿食物來餵牠們。母親去世後，便輪到家裡的菲傭餵野貓。有一次，菲傭在打掃二樓陽臺時，突然從厚紙箱竄出一窩小貓，害她嚇了一大跳！不過，這些野貓還算是安分守己，即使是二樓的玻璃門開著，牠們也不會擅闖入內，大概牠們也知道野貓是不可進入家門的。所以多年來，母貓生小貓，小貓長大後便分道揚鑣各奔前程，也沒發生過什麼意外的事。儘管如此，我還是對這些頗懂規矩的野貓印象不佳，無法產生對於寵物的憐愛之情。

記得二十多年前，我在板橋的國立藝專教書時，曾經把一棟公寓租給學生，那些同學在裡面養了兔子，也養了貓，搬走後又遺棄了這些寵物，好不容易叫她們帶走兔子，貓卻留了下來。有一天，我到那裡住了一夜，睡覺時被貓蝨咬得滿身紅腫，痛癢不已，從此對貓便敬而遠之了！

又有一次我回板橋時，一隻野貓像衛兵般的堵在門口，好像要拚命護衛自己的家園一樣，我出聲驅趕也沒用，只好順手拿了牆邊的掃把作勢要打牠，牠一看情勢不對，急忙衝向窗戶，張牙舞爪的拉長身體躍向窗戶，打算跳脫出去，不料窗戶沒開，貓卻「碰」的一聲撞上玻璃而滑了下來，那一瞬間，牠那凶悍猙獰的神情令人心驚膽顫，深恐牠會反撲過來攻擊我，只好緊抓著掃把，擺好備戰姿勢，小心翼翼的準備來個人獸大戰，否則若是被野貓的利牙咬上一口，豈不嗚呼哀哉！

有一個暑假，我從臺北回到板橋，掀開棉被一看，好幾隻小貓正安安適適的酣睡在被窩裡面，原來是母貓把我的床當作是產房，生下了滿床的小貓咪。我又氣又急的吩咐學生都來幫我活捉這些大貓和小貓，又把牠們全部裝在布袋裡，交代他們要回永和時，故意把布袋放在公車上，就像是遺失物一樣的去讓車掌小姐傷腦筋吧！野貓再怎麼樣神通廣大，總是無法從永和回到板橋吧！也唯有如此，才結束我這一場惡夢！

有了這些夢魇般的回憶，我自然對野貓不會有好感。記得在讀彰化高中時，下課後常在八卦山的樹上，看到一隻隻的死貓被吊在樹幹上，因為臺灣的習俗是：「死狗放水流，死貓吊樹頭。」看到了被吊在樹上的死貓，總是不太舒服，尤其是猛然一抬頭，便望見那半張著嘴，四肢軟垂無力的死狀，真是令人噁心反胃，不敢正視！

大約二十天前，我家的母貓生了三隻小貓。這隻母貓看來斯文可愛，有著美麗的褐、白相間的斑紋，有時也會優雅地回首凝視著我。儘管如此，野貓還是野貓，只是因為牠的長相可愛，所以這次特別通融不刻意趕牠，幾天來，人畜和平共處，可說是相安無事。

晚上，母貓帶著小貓咪睡在一樓的厚紙箱中，或睡在一塊掛在牆邊的厚布簾下。內人跟我說：「小貓可愛極了，好像是睡在帳篷裡，真聰明！」過了一陣子，廚房上面的塑膠棚開始有急促的跑步聲，內人告訴我：「母貓開始訓練小貓跑步和捉老鼠了。」聽了之後，心中不禁黯然，想起母親生前聽到這聲音時就以為是小偷又要來光顧的往事。

在這期間，母貓有時會帶著三隻小貓依偎在一樓的塑膠棚上曬太陽，一臉幸福的樣子，有時也抬起頭來看看我，一點敵意也沒有。

又過了幾天，我在院子裡看到母貓對著我哀叫，起初我也不在意，後來才想到可能是覓食不易，母貓的確是餓瘦很多。我想這附近也沒有什麼廚餘垃圾可撿了，便丟了三塊餅乾給牠充飢。

再過兩天，母貓帶著兩隻小貓又來到院子裡哀嚎，這時因為菲傭已回去，家裡也不再開伙，所以也沒有什麼食物可以餵這些貓兒，於是我到師大文薈廳吃中飯時，想順便帶份客飯給牠們吃，但白飯早已賣光，小姐說：「還有麵。」我問：「貓可以吃麵嗎？」小姐聽了，就包了兩塊魚排給我，回家後，我把魚排丟在院子裡，不久再看時，魚排已被吃光光了。可是到了傍晚時，內人卻告訴我：「真可憐，院子裡死了一隻小貓。」她說她害怕，叫我去處理貓屍，其實我也不喜歡做這種工作，便一直磨咕著，等到天黑後，我才到院子裡把死貓處理好，當晚就丟掉，心裡有些發毛也有些難過，畢竟小貓也是一條生命啊！

我跟內人說：「小貓看來是沒得吃，餓死的。」內人說：「也許是吃了死老鼠，死老鼠肚裡又有毒藥也說不定。」這樣的解釋，讓我們對小貓的死也不會那麼內疚了。

為什麼我要等到天黑才去處理那小貓的屍體呢？我是想天黑之後比較看不清楚小貓的死狀，所留下的印象就不會像白天那樣的深刻。即使如此，我還是先準備好了一個大塑膠袋，摒住呼吸，連掃了好幾下，才把小貓掃進畚斗裝到垃圾袋內，然後又閉著眼睛把塑膠袋綁好，辦完這一件大事後，忙著吁了幾口氣才去徹底的把自己洗淨。後來有朋友來訪，才暫時忘掉這件事，只是在閒談之間，還會聽到母貓低沉的哀嚎聲斷斷續續的傳到耳際。

事隔一天，我開始準備前赴法國的行李，中午時請兩位同學前來幫忙把行李搬到一樓，因為剛好是午餐時間，我便買了四個便當留大家吃飯，吃飯時，我看大家都不吃鮭魚皮，便用鮭魚皮拌著剩菜剩飯，放在院子裡。這時只見母貓帶著一隻小白貓在遮雨棚上曬太陽而已，卻沒有看到另一隻小貓的蹤影，滿心狐疑，那隻小貓該不會也死掉了吧？

下午四點搭上前往巴黎的飛機，便一路睡覺。近幾年來身體不太好，血糖偏高，有空便閉目養神，即使有美麗的空中小姐在身邊來回穿梭也提不起精神來畫她們。回想二十年前從臺北搭乘日航赴東京時，我曾為每個空中小姐輪流畫素描，因為畫得相當不錯，所以每畫完一張，她們就敬我一杯葡萄酒，害我喝得酩酊大醉。當年在醇酒美人環繞下意氣風發的我，如今已不復存在，令人不勝欷歔！

抵達巴黎後，便打電話回去提醒內人，叫她留意，也許小貓又死了一隻，她說：「我不敢去找。」我只好打電話到畫室請同學黃顯輝幫忙處理這件事。

第二天我又打電話回去，內人說：「好佳哉！顯輝找到了兩隻死去的小貓咪，而且都處理好了。有一隻好像是先死了一天，看起來很瘦。我包了紅包要給顯輝仔，他說：『老朋友啦，不必這麼客氣！』只收了紅紙袋，意思意思而已，朋友畢竟是老的好！」內人又說：「母貓一直在塑膠棚上跑來跑去，又淒慘的叫個不停，好像很激動似的！」

聽了之後，我也不知如何是好，三十多年來，在我家住過的野貓，也不曾見到有生病或死掉的，牠們好像永遠都是那麼的神氣活現不可一世。我又想起母貓在院子裡，呵護著小貓，回頭看著我喵喵叫的情景，豈不正像是母親早年呵護她的小孩那樣的艱難——母親處在阿嬤（臺語：祖母）嚴厲的眼光下，即使被責罵，也無法反抗，只能盡力保護著她的孩子而已。今天的母貓就像當年母親那般的無奈，明知小貓的肚子實在太餓了，也只能輕輕地叫幾聲，希望能引起我的注意和垂憐！

不巧偏偏碰上不喜歡貓的我，而我也從未想過野貓是需要餵食的，總認為野貓神通廣大，當然有辦法自行填飽肚子。從前臺灣有一首民謠：「祈禱，祈禱，一尾魚仔給貓仔咬咧走！」是當時保守的臺灣人在諷刺時興的基督徒，連野貓也在當中摻上一腳。這也讓我想起日治時期，臺灣人諷刺日本人的話：「人抱嬰，汝抱狗，人睏紅眠床，汝睏灶腳口。」這些充滿幽默的語句也讓人想到日本人抱著狗睡在榻榻米上的情景，令人莞爾！

經過這個事件之後，回想多年來我一向是以「藝術至上」作為人生觀，舉凡會影響到我作畫的一切因素，都被我儘量的排除，因此，大妹常說我一旦開始作畫，就會變得「六親不認」。其實作畫本來就要集中精神，即使如此，也不見得都能畫得很順手，於是無形中，情緒反映在言行上，不希望周遭的人來干擾作畫的心境，也是一件不得已的事，對人如此，更何況是對野貓呢！因此，我向來是不給野貓好臉色看的。直到最近在無意中發現到野貓也有脆弱的一面，牠們若是沒得吃也是會餓死的，尤其是母貓那令人同情的眼神，更是讓我想起了去世母親的音容。

前幾天，有一個音樂系的女同學到我家來喝茶，我告訴她女人從婚後到去世大約有六十年，天天都要做菜和洗碗，到底在一生當中要洗多少的碗盤呢，就算算看吧！六十（年）乘三百六十五（天）乘三（餐）乘十（碗盤）是等於多少呢？這可真是個天文數字呀！那女同學聽了之後沉默不語，我接著又說：「女人還要洗衣服呢！」後來提到要幫她介紹男朋友時，她竟然興趣缺缺，不置可否。這麼看來，母親的一生也夠辛苦和偉大了。

坐在床邊，腦海中不禁又浮起母貓呵護小貓的畫面，以及依偎在一起曬太陽的情景，耳邊也依稀聽到小貓在塑膠棚上急促奔跑的腳步聲。想到這裡，推開窗戶，一輪明月高掛樹梢，這柔和的月光也同樣照著塑膠棚上孤單的母貓吧！牠是否還是東奔西跑的忙著尋找早已經在天國的三隻小貓呢？

我關上了窗戶，嘆道：「小貓，小貓，誰叫你生做野貓呢？」雖然命中註定牠們不是受人寵溺的家貓，但還是有生存的權利呀！幾天來，我心中一直有個結，常人看待世事，似乎一切都以「人」為本位，包括對「人」、對「貓」。其實貓之所以會回頭瞪人是牠的習性之一，卻被人認為貓很陰險，至於貓蝨更不是野貓所願意繁殖的，但人卻把被貓蝨叮咬的怒氣，轉嫁怪罪到貓身上，似乎也有失公平！

　　正像是我認真作畫，排除俗事，或許是一種身為畫家的「必要之惡」，但常會遭到某些人的誤解。其實「橫看成嶺側成峰」，世事本無絕對的是非，端看你從何種角度切入，就會有不同的想法和看法。日本作家夏目漱石有一篇小說《我是貓》，便是從貓的立場來看中學教師迂腐的生活，文筆幽默卻充滿無奈。

　　野貓之死，帶給了我些微的感傷和遺憾，畢竟人是像小貓一樣，終究會死的。人的一生，雖比小貓幾個禮拜的生命長久些，但和亙古綿長的歷史相較，也只是朝生暮死的蜉蝣罷了！其實每個人都是逐漸走向死亡之路的，只不過距離終點站有近有遠而已，想到這裡，不由得有些難過和茫然。

　　窗外的月色依然皎潔明亮，遠在臺北家中塑膠棚上的野貓，是否還在尋找那永遠也找不回的那三隻小貓呢？想到故鄉的一景一物和無可預知的世事，陣陣鄉愁迎面襲來，心中也興起了無限的傷感！

蘭嶼之夜

有一年的暑假，我到蘭嶼寫生，第一天晚上就到原住民的涼臺乘涼，聽當地的小孩唱歌、談天、彈吉他，他們看來是那麼的天真活潑，也沒有人戴眼鏡，夜深時，孩子們紛紛散去。這時涼風襲人、星空燦爛，正打算在外面的涼臺過夜時，一個當地的青年走到我身旁向我說：「這是我的床位。」我聽了之後只好抱著枕頭走下涼臺。

這個枕頭是我從旅館裡帶出來的；雖然訂了房間，洗完澡後覺得房間裡悶熱不堪，便拿了枕頭到外面，準備找個涼臺睡一夜。哪知卻佔了別人的地盤，又被下了逐客令，只好悻悻然的離開。

歸途中，有一個睡在水泥屋頂的原住民，看我抱著枕頭滿臉沮喪的樣子，便招手叫我去他那邊睡。我想這樣也好，便爬上屋頂，跟他和他的五、六個家人睡在一起。

水泥屋頂經過豔陽的整天曝曬，餘溫猶存，我便借了條棉被鋪在下面，好擋擋熱氣。躺在屋頂上，天空像一只覆蓋的碗，半圓形的天幕綴滿了閃爍的星星，由於沒有燈光的

陳景容〈老婦人〉1989 年，炭精畫

照射，更顯出星空的明亮。蛙鳴也夾雜著陣陣的潮汐聲直達耳際，徐徐吹來的清風也吹得人心沁脾開。這一切的美景，讓我了無倦怠，睡意全消。睜大眼睛在天空中尋找記憶中的「北斗七星」，那是年少時，住在八卦山麓下時常見的星斗，如今又在不同的時空中和它重逢，讓我倍覺親切！

天亮後，乍見別家的屋頂上也是睡滿了人，這才知道，原來蘭嶼的人是在屋頂上度過他們的夏夜的！

謝過那位好心的原住民之後，漫步回旅館，許多人都以異樣的眼光看著我，大概他們都在猜測，這個人為什麼一大早就抱個旅館的枕頭在路上閒逛呢？

吃過早餐，我心裡想，既然旅館這麼熱，不如搬到國中暫時借住一下，於是去找了一個認識的老師商量，第二天晚上我就睡在運動場旁邊的鐵椅上，在天籟下獨享美好的蘭嶼夜景。正當我睡眼朦朧時，來了一個原住民跟我攀談起來，告訴我一些蘭嶼的掌故（傳說故事），他說：「當颱風來襲的時候，小石頭會被風吹得到處飛舞，速度有如子彈，它穿過玻璃，玻璃竟然不會破裂，只是留下一個整齊的圓洞。」他又遙指海邊的饅頭山說：「那裡是蘭嶼的墳場。」繼而又提到一些有關饅頭山的傳奇，聽得我毛骨悚然，等他離去之後，更覺得風吹草

陳景容〈礁石與少年〉2005 年，油畫

動、魅影重重，螢火蟲飛來飛去的慘綠光點，像是偷窺我睡姿的幽靈的眼睛，令人心驚，但是這個難忘的蘭嶼之夜，卻時時刻刻迴盪在我的記憶裡，久久難忘。

瓦斯燈

一個夏天的傍晚，我坐在巴塞隆納古老教堂的石階上寫生，小公園中央有瓦斯燈，旁邊剛好有茂密的街道樹，濃郁的墨綠樹葉襯托著潔白的瓦斯燈，整個畫面顯得十分簡潔有力。

我一筆接著一筆，很少有誤差，畫得十分順手，享受著作畫時獨特的喜悅。這時突然覺得背後似乎有人影，本能地回頭一看，原來有一位美麗的少婦帶著她的小女兒正看著我作畫。她有點不好意思地說：「對不起，打擾您了！我也很喜歡畫畫，您畫得真好。」我道謝之後，又繼續作畫。

當我快完成時，她說：「你現在所畫的瓦斯燈，在西班牙算是最早裝設的，因為巴塞隆納的地理位置較靠近法國，接受現代文明、思想都比馬德里來得快，不僅如此，政治也是一樣，五十年前我們為了反對當時的獨裁政權，便和政府打游擊戰，尤其就在這一帶打得很激烈，死了很多人，當被鎮壓之後，不少人還被抓了，在這裡槍斃。」我深表同情，一時之間，突然覺得有點陰森森的，她接著說：「獨裁政權真不好。」我說：「是不是佛朗哥

（Francisco Franco, 1892～1975）？」她說：「是的，我的爸爸、舅舅都在那次激烈的市街戰犧牲了。」我回頭看到她的眼眶裡含了一顆晶瑩的淚珠。

我又繼續畫我的畫，沉默了片刻，她突然給我一個穿有藍色帶子的貝殼，告訴我說：「你如果缺少路費，給他們看這個貝殼，告訴人家說你要到聖地牙哥（Santiago de Compostela）朝聖，一路上都會有人免費提供你飲食。」我不想辜負她的好意，便說聲謝謝，接過來一看，是一個漂亮的帆形貝，就像波提且利的作品〈維納斯的誕生〉裡維納斯踩在腳下的貝殼，這條藍帶子似乎是用來掛在頸子上的。過了片刻，她帶小女孩走下石階，在瓦斯燈下，回頭跟我道別。

收拾畫具後，在回旅館的途中，覺得這真是個奇妙的際遇。看著那穿有藍帶子的貝殼，很想試試看是否真的像少婦所說的那樣神奇。當時對僅帶了少許旅費的我來說，的確有點好奇，心想，這真的那麼奇妙嗎？很想試試看。

回到巴黎後我就把它掛在衣櫥裡，每當看到這貝殼時，總會想到萬一到了山窮水盡時，就掛著這貝殼，到處化緣，或許能暫度困境。也許有這麼窮途潦倒的一天到來，這貝殼就成為救命恩人了。就像那少婦的爸爸和舅舅，誰也沒想到會死在市街戰裡。

只要看到這個貝殼，我就會想起那少婦給我貝殼的那一幕，這神奇的貝殼不知她如何得

陳景容〈有油燈的靜物〉1995 年，油畫

來的？會不會就是所謂的貝殼黨？看她能夠從主祭室的後門走出來，也許跟這教會有深厚的關係吧！假如她只有這個貝殼，送給我之後是否會給她帶來不方便？

十幾年後，我又到巴塞隆納，經過這教堂時又想起這件往事，入夜後，這教堂附近顯得格外陰森，我回到旅館請教櫃檯的老先生，他比著射擊的姿勢，似乎沉浸在回憶中，說：「是五、六十年前的事了。原來我們加泰隆尼亞人講的是加泰卡達蘭(Catalan)話，和馬德里的人所講的語言並不相同，想法也跟他們不一樣，當年的我們反抗獨裁政府，游擊戰打得的確很激烈，也死了很多人。」就在這一刻，我似乎回到當時作畫的情景，如今已過了這麼多年了，我想今後不太可能再和那少婦見面，這一切似乎像一片迷濛的薄霧，似真似幻，給我留下深刻的回憶。

二〇〇〇年記

佩沙洛

有一次，我從義大利的拉芬納（Ravenna）打算搭火車到里米尼（Rimini），轉往波隆那（Bolonia），再到翡冷翠（Firenze）。

上火車後，座位對面是一個來自法國的胖太太，隔壁則是個西裝筆挺的美國人，後來才知道他是哈佛大學的美學準博士。由於我和博士都不會講法文，大家只好用英文交談，閒談之間，知道那位珠光寶氣的胖太太要專程前往佩沙洛（Pesaro）聽羅西尼（Gioacchino Rossini, 1792～1868）的歌劇《塞維里亞的理髮師》。佩沙洛是羅西尼的故鄉，在一九八四年七月二十九日左右有一年一度的盛大演出，她早已託人買好了票。我和準博士所買的是周遊歐洲的火車票，可以隨意變更行程。既然如此，便決定跟著胖太太在里米尼換車，一起到佩沙洛。

一路上，準博士與胖太太聊得不亦樂乎，一下子是準博士背一段莎士比亞的《哈姆雷特》，一下子又是胖太太哼一段《波西米亞人》，小車廂中充滿了藝術氣息，氣氛十分的愉快。

不知停了多少站，終於到了佩沙洛。胖太太的身分畢竟和我們不同，一下車就被人用自家轎車接走了。於是我和準博士商量著去處，他說他帶有青年旅館的地址，我們便到公車售票處，比手劃腳問出了該搭乘的交通工具，然後買了票上車。

公車一直往郊外駛去，我擔心著歌劇結束後，是否還有公車可以回去？準博士倒是很篤定，既天真又得意地描述著青年旅館有多好、多便宜。等到司機告訴我們該下車時，準博士便拿起筆記簿，記下站名「Fermata」，他說回程看到這個站名就要下車，我也跟著牢牢的記住了。

下車後，我們又向人家問路，最後終於在山腰上找到了那家青年旅館，可是卻大門深鎖，要到晚上七點才營業。準博士想要等下去，可是我想即使住進了這一家青年旅館，還要等車下山、買歌劇票，算算沒那麼多的時間可耗費。此外，在歌劇院附近或許也能找到便宜的小旅館，於是費盡唇舌終於說服這書呆子走回公車站。

上車後，準博士一下子就睡著了，所以每當公車靠站時，我便留心看著站牌以免坐過頭了。通常，我都會記住上車處的附近有什麼特殊的建築物，站名倒不一定記得。可是這次卻記住了站名，偶爾瞄一下站牌，奇怪！怎麼每一站都叫做Fermata！正在納悶，準博士醒了，我告訴他怎麼每一個站名都一樣呢？準博士也覺得奇怪，急忙拿出手邊的美義辭典一查，原

陳景容〈黃昏的廣場〉1995 年，油畫

來 Fermata 是候車站的意思。幸好沒在青年旅館住下來，否則要在哪一個 Fermata 站下車呢？尤其是深夜之後，車子一定很少，說不定就得露宿荒野了。

看來準博士果然是個書呆子，本以為跟著他走就沒錯，看來以後還是要他跟著我比較保險，否則一定會誤事的。

下車後，好不容易找到歌劇院，只見售票處人擠人，提著行李排了半天隊，似乎一步也沒往前挪動過，人們一下子如潮湧般往前推擠，一下子又被擠得倒退幾步。不但是人擠人，四處也充滿了嘈雜聲，隊伍最前面有一個禿頭的胖子，一直霸佔在那兒等著買票，又怕被人家插隊，不時的紅著臉在大聲嚷叫。我想，要提著行李在這麼擁擠的情況下買票實在太辛苦了，不如先找個旅館安頓下來再做打算。

書呆子問我旅館在哪裡？我回答他：「小巷裡的較便宜。」他說了句：「走吧！」我們便離開歌劇院，當書呆子走在我前面時，我才猛然發現，在這麼個大熱天裡，他不僅是穿西裝打領帶，還提了一個舊式沒裝小車輪的皮箱（這皮箱可能是他祖父留下來的傳家寶吧），所以他只好用手提著走，從後面看，他的樣子像是要去參加學術會議似的，很有架勢。可是走不了多遠，書呆子便汗流浹背，又把提不動的皮箱扛在右肩上，很像是個穿著西裝的碼頭工人，令人看了不禁失笑；幸好我是拉著一個有輪子的行李箱裝畫具，另一個背包裝的是輕便衣物，跟書呆子一比，我可是輕鬆多了！

找到了旅館後，我們又回到歌劇院，原先那一堆像肉串般的排隊人潮還是在那裡大聲叫嚷，我心想：義大利人的效率真差，再仔細一看，隊伍的最前頭還是那個禿頭胖子，原來我們雖然曾經離開半小時，但是整個隊伍依然動都沒動過，擠進了隊伍的長龍當中，過了很久，忽然聽到「砰砰」一聲，有人一拳打破了玻璃，接著警笛大作，人們爭著往外奔竄，書呆子也想要跟著人群跑，我說：「不用！」又趁機往前擠到售票口，售票員好像剛由睡夢中被驚醒過來，開始售票的工作，我們也很順利買到了票。先前排隊的人眼看著我們買到了票，又重新排起隊來，此後所有的人才一個接一個很有效率的買到了票。

我們找到座位後才知道，原來是在頂樓，是最便宜的座位。抬頭一看，那個珠光寶氣的胖太太正坐在我們對面，旁邊還有兩三個當地的朋友，看來，她的荷包也跟我們的差不多，說不定那些珠寶也是一些假的便宜貨吧！折騰了半天，在悶熱的歌劇院裡也不舒服，好不容易才聽完歌劇，便拖著疲倦的腳步回旅館休息。回想起來，對當天的演出情形已不復記憶，倒是義大利人看歌劇的熱忱，留給我極為深刻的印象。

第二天早上，上車前參觀了幾個古教堂，教堂前的石獅子十分可愛。我們一起搭火車前往翡冷翠，在里米尼利用換車的空檔參觀了法蘭契斯卡的壁畫，午餐時吃的是披薩，意外的便宜，吃起來過癮極了。

前往翡冷翠的車上，鄰座剛好有兩個來自佩沙洛的小姐，閒談間，她們提到明年可以先替我們買歌劇票，於是便留下她們的地址，準博士也把他的聯絡地址留給了我，兩小時後，抵達翡冷翠，我和準博士揮手告別。至今雖然彼此沒有聯絡，但是他那西裝筆挺的紳士打扮和扛著大皮箱的滑稽模樣，仍是令我難忘。

後來我也常到義大利旅行聽歌劇，覺得義大利人不只是在聽歌劇，同時他們也有一股參與的熱忱。每當歌手唱得精彩時，便會熱烈鼓掌，唱得越好，鼓掌的時間也越長越激烈，表示你們唱得好我也聽得懂。至於買票之所以要那樣的擠來擠去，則更能顯現出買票的辛苦和不簡單。而故意打破售票處的玻璃，也是要藉機來突顯出他個人的英雄氣概，也許打破玻璃的那個人，往後和朋友在喝咖啡時，會以打破歌劇院玻璃的這件大事來炫耀吧！這也就是義大利人可愛的一面吧。

從亞格拉到齋普

泰姬瑪哈陵宮

到達印度的亞格拉（Agra），用過晚餐後，就前往參觀泰姬瑪哈陵宮（Taj Mahal），當月光開始照射到泰姬瑪哈陵宮，大理石的圓屋頂發出優雅的反光，浮現在夜空中，就像是肥皂泡那樣的輕盈剔透。從側面的伊斯蘭教寺院幽黯的拱門，仰望泰姬瑪哈陵，嵌在陵宮牆上的鑽石閃閃發光，讓人不覺得這是由大理石建造的，倒像是童話裡用冰淇淋砌成的城堡，是那麼地輕巧夢幻！

陵宮雕花的門射出橘紅色的燭光，照著黑漆漆的墓室，陵宮四周的城樓背著月光，變成黑色的影像，像衛兵般矗立在河邊，拱衛著陵宮。深夜當我離開陵宮的時候，回頭看那盞燭光，依然發出溫馨的光輝，映照在水池裡。而陵宮的圓屋頂仍然迎著月光，發出微弱的光輝，浮在幽暗的夜空，像一座冰雕玉琢的宮殿。

陳景容〈鐘樓〉1991年，素描

一陣涼風吹過，不知是否泰姬乘風歸來，回到她的陵宮？

第二天再前往陵宮參觀，清晨的泰姬陵宮，像是晨霧裡披著粉紅圍巾的麗人，端莊的倩影映在水中，露出一絲微笑，我急忙揮著畫筆想留住霧中麗人的身影。走進陵宮，只見高貴的泰姬躺在石棺裡，牆上用鑽石嵌出的美麗圖案，正發出透明的光彩。

從對岸的亞格拉城遙望泰姬瑪哈陵宮，那些圓屋頂正隱隱約約地浮現在河邊，一群牛緩緩地從陵宮下走過。據說，高貴、美麗像百合花般的泰姬瑪哈，臨終前曾握著撒賈汗（Shah Jahan, 1592～1666）的手說：「我唯一的願望，便是替我建一座美麗的陵宮。」

當美麗的陵宮建造完工後不久，撒賈汗卻被幽禁在隔著一條河，可以瞭望陵宮的亞格拉城中。每當月圓之夜，撒賈汗才以囚犯之身，隔河遠眺泰姬瑪哈陵。在亞格拉城樓上，似乎可以聽到當年年老國王所發出的嘆息聲，而陵宮上的圓屋頂，也如往昔般發出微弱的光暈，浮現在夜空中。

據說信奉伊斯蘭教的蒙兀兒帝國統治了印度，到了第五代撒賈汗（1628~1658年在位）時，國力達到最高峰。泰姬瑪哈陵宮便是為了他的寵妃穆塔茲．瑪哈（Mumtaz Mahal, 1593~1631）所建的，泰姬便是穆塔茲的暱稱。據說她系出波斯，像百合花般的高貴;，不但是一位絕世美女，也善解人意，獨具慧心，又曾幫撒賈汗爭取到王位，可說是撒賈汗的得力幫手。

泰姬二十歲時便與撒賈汗結婚，經過六年艱難的王位爭奪戰之後，終使撒賈汗在三十五歲時登上王位寶座。泰姬育有八男六女，一六三一年隨撒賈汗出征，不料就在泰姬坐月子時得了熱病，以致難產而死，時年三十九歲。臨終前，含淚懇求撒賈汗為她建造一座世界上最美的陵宮，以供人憑弔。哀痛的撒賈汗，在戰事告一段落的第二年，即一六三二年便開始建造這座美麗的陵宮，動員了二十萬人，歷時二十二年才建造完成，被列為世界七大奇觀之一，並被譽為世界最美麗的建築。

在這座陵宮之前的蒙兀兒帝國的建築物，都慣用紅色的砂岩。而撒賈汗則特別喜歡白色的大理石，因此，泰姬瑪哈陵也就用白色的大理石來建造，力求建築之精美，整座陵宮也就花費了龐大的公帑。

建造泰姬瑪哈陵宮時，不但從印度，甚至從土耳其、波斯、中亞各地的伊斯蘭教國家聘請著名的建築師、工藝家來參與設計工作。因為伊斯蘭教禁止偶像的崇拜，所以在陵宮當中，完全不採用有關動物和人物的圖案或雕刻，而以寶石嵌出幾何圖案和花草圖案來作為裝飾。又為了書寫《可蘭經》的聖句於牆上，還特地聘請書法家來書寫阿拉伯文字，同時撒賈汗更親自督工完成這座建築物。

陳景容〈泰姬瑪哈陵宮〉1991 年，素描

據說當時曾不惜重金，從印度各地搜集色澤良好的寶石和名貴的石頭，用來鑲嵌那些花草圖案，作為主要建材的白色大理石也是特別由外地運來的。在這個龐大的工程中，僅僅為了陵宮的建造，就花了十五年半的時間，再加上伊斯蘭教寺廟、庭院、樓門等附屬建築，一共花了二十二年才完成。由於全部建築所用的材料都是質地最好的大理石或紅砂岩，所以泰姬瑪哈陵宮自完工迄今雖已有三百四十多年之久，但仍能保持著聖潔純淨的原貌。

從遠處看這座陵宮，由於比例優美，雖有六十五公尺高（相當於現代建築物的十六層高），卻不會使人覺得龐大。陵宮本身是八角形，上面的圓屋頂，稍呈洋蔥球狀，據說靈感得自稻草堆；除了中央的圓屋頂外，四周還配有小圓屋頂，另外在陵宮四周還配有四座輕巧細長的柱形石塔，因此整個建築物保持了很美妙的對比，尤其在明月下更顯出有如夢幻般的美感。

從正門位置遠眺陵宮的角度最美，通常在照片上所看到的陵宮前的水池，並不很深，使人覺得很大，其實水池也不很寬，但因有泰姬陵宮的倒影落在水面上，所以令人神往。當我作畫時更發現，水池末端的寬度剛好和陵宮正門的寬度相等，其他各處的線條比例也都相當優美。至於水池裡所露出的很多噴水銅管，據說是英國人為了研究噴水的裝置，而把它拆下來研究，結果卻給弄壞了，至今尚無法修復。庭院裡的樹木，也都種植排列得很好，使得全

陳景容〈遠眺〉1991 年，素描

景呈現一種微妙的協調感。

陵宮前的大門高達十公尺，寬四十五公尺，原先裝有銀製的門扇。但在後世的戰亂中被掠奪了，現在是以青銅製的門扇來替代原先的銀門。

泰姬瑪哈陵宮裡的墓室，共分上下兩層，各有兩座大理石棺，據說真正的泰姬遺體是埋在地下七尺之處。本來這陵宮只是為了泰姬而建的，不料在撒賈汗晚年被幽禁之後，他的女兒同情撒賈汗悲慘的遭遇，特地在他逝世後，將他的石棺置放在泰姬的旁邊。在撒賈汗的計畫中，原是預定在隔著雅木納河（Yamuna）的地方，以黑大理石來為自己建立一座與泰姬瑪哈陵宮同一形式的陵宮，再以大理石橋相連；當時已完成了地基的整修，但因撒賈汗被幽禁而作罷。現在隔著那條河尚能看到那未完成陵墓的遺跡。

事實上，幽禁撒賈汗的人是他的第三個兒子奧朗澤布（Aurangzeb, 1618~1767），令人深刻的體會出宮闈生活的詭譎和悲悽；撒賈汗被幽禁了八年，直到一六六六年逝世。明月下、寒風中，銀髮飄零的老國王，只能隔河遠眺他親手建造的泰姬瑪哈陵宮，回想著他心愛的妻子以及從前那段意氣風發的日子。為他感嘆之餘，耳邊彷彿也傳來了年老的撒賈汗思慕泰姬的嘆息聲，不禁憶起《神曲》裡的一句話：「在痛苦的時光裡，回想快樂的往日，是最令人悲傷的一件事。」

想不到美麗的泰姬瑪哈陵宮的背後，竟隱藏著這麼一段令人心酸的故事。

亞格拉城堡

參觀了泰姬瑪哈陵宮之後，上車前有很多當小販的幼童前來兜售大理石鑲嵌花草圖案的小盒子，這些小盒子可能是參加建造陵宮匠人的後裔所作的，看來也很可愛。

亞格拉城堡（Agra Fort）是一個很堅固的城堡，我想在大砲攻城術尚未使用之前，以騎兵和步兵為主的古代軍隊，幾乎是不可能攻克此城的。以我們外行人的眼光來看，外城城牆之高，城壕之深，要攻佔此城實屬不易。即使攻克了外城，要到內城途中，守城者仍可利用道路旁的城牆加以捍衛。何況當時在城壕之間，還飼養了為數甚多的猛虎，是足可令圍攻者望而生畏的。

我們進入城堡之後，先參觀了當地的市場和一個又深又大的水井，又去看了國王接見大臣的廳堂和一個曾經置放了世界上最華麗的孔雀王座的地方；在後宮裡有宮女的居室、浴池，還有一個可以居高臨下觀看斬首或武術表演的小廣場，以及釀造葡萄美酒的庭院和關過撒賈汗的地牢等。

先前有提到，伊斯蘭教徒禁止偶像崇拜與製作圖畫，因此以寶石鑲嵌花草的圖案便成為亞格拉城堡牆壁上普遍的裝飾。在夜間，若是以手電筒照射的話，那些紅寶石會發出透明的紅色光采，我也趁機畫了一張素描。這個城門叫做亞瑪爾辛城門（Amar Singh Gate），據說有一次，國王撒賈汗宴請各地諸侯，其中有一個武將亞瑪爾辛在宴席中被人侮辱，就憤而拔刀斬殺了侮辱他的人。而亞瑪爾辛自知殺人罪重難免一死，便沿著城牆逃跑，到達城門後，眼看前無去路，後有追兵，正在危急之際，他的坐騎適時出現在城牆下方，亞瑪爾辛便一躍而下，跳到坐騎身上，可是這匹馬卻因突然承受到過大的衝力，以致碰撞到城牆而斃命，但亞瑪爾辛卻順利的逃出了城堡。當國王知道此事後深感佩服，為了紀念他的英勇，而將此門命名為亞瑪爾辛門。

接著我們又前往參觀大理石廠，較高級的作品都嵌在潔美的白大理石上，至於花草圖案的小片大理石則用手工，以砂輪水磨，磨成適當的形體，工作情形甚為辛苦，工人的手指頭也都因而被磨破了。我曾經在義大利、西班牙看過這類嵌畫，據說目前世界上只有此地還在繼續製作，其原因探討起來，除了是泰姬瑪哈陵宮鑲嵌大理石匠人的後裔仍保留了優異的傳統技巧之外，印度的廉價勞工，可能也和嵌畫的製作有所關聯！

回到旅館後，利用短暫的時間畫了〈玩蛇老人〉的速寫。旅館的瓷器店有很美的花瓶，也掛了很多拍攝於泰姬瑪哈陵宮的照片。

廢城法特普希克里

從亞格拉到齋普途中，參觀了一座叫法特普希克里（Fatehpur Sikri）的廢城，這是阿克巴大帝（Akbar, 1542～1605）所建的，距亞格拉城有四十二公里。

原來阿克巴大帝，有很長的時間沒有子嗣，因此向住在這山崗岩洞裡的伊斯蘭教聖者撒里姆斯蒂許願，過了不久，阿克巴大帝終於喜獲麟兒，國王在感激之餘，為此聖者建立了伊斯蘭教寺院和聖者的墓室。後來因為阿克巴大帝常到這裡來，不覺迷上了此地風光，便開始營造新的都城，建築完成之後，又從亞格拉遷都到這裡來。可是在十四年之後，因為附近的湖水乾涸，引起了種種的不便，才又把都城遷回亞格拉，所以法特普希克里遂成為廢城。儘管如此，山上的伊斯蘭教寺院仍舊是附近居民的信仰中心，那些牢固的石造宮殿即使歷經了四百年的荒蕪歲月，至今仍然完好如初。這座廢城是以砂岩築成的，規模宏大，看來十分壯觀美麗。

在這個廢宮殿中，令我印象最為深刻的是國王召見大臣的那個房間中央，有一支雕工精美的石柱，還有一座巫女在午夜朝著月亮禱告的專用樓閣，想到那種神祕的情景，也許可以畫出一幅超現實的作品。此外，國王為了感謝聖者而特別建造嵌滿寶石的石棺，也十分的壯麗。

陳景容〈玩蛇老人〉1988 年，素描

上車後，已近黃昏，從車窗外可以看到野生的孔雀，有的在草原上覓食，有的在半空中飛翔，有的停在樹梢上，也有的正展翅開屏漫步而行。原野上也有很多野生的綠色鸚哥和不知名的怪鳥，以及遊蕩在四處的野牛，使人覺得像是走入了童話世界。尤其當夕陽下山之後，紅色的晚霞像是用油畫顏料塗抹過般的豔麗，從黃橙色逐漸變成紅橙色，最後又變為土紅色，那深沉的印度紅也歷久不褪，令人神迷。

當月亮上升後，車子載著我們疾駛在公路上，遇到了匆忙趕路的駱駝車，發出「踏躂！踏躂！」的蹄聲，彷彿走進了阿拉伯的世界。這一帶的印度人大都信奉伊斯蘭教，他們在黝黑的院子裡燃起了火堆，幾個身穿白袍的印度人圍著火堆烤肉，準備著他們的晚餐，旁邊還繫了幾頭駱駝，宛如置身在沙漠之中。簡陋的房子裡也透露出一絲油燈的光輝和走動的人影，傳達出了家的溫馨。

一望無垠的印度平原是如此的廣大，我們的車子像是正在駛進一個無人的世界，直到九點多我們才抵達齋普，齋普的旅館正在表演舞蹈，可惜已近尾聲了。

陳景容〈印度老人〉1987 年，素描

齋普

齋普（Jaipur），原先是拉迦斯坦（Rajasthan）省的首都，有五十萬人口，舊城區至今仍有城牆圍繞著，建築物大都是以紅砂岩建成的，因此也叫做粉紅城。據說社會福利辦得很好，街道也頗為整齊，齋普和亞格拉同屬於伊斯蘭教勢力較大的古城，有不少的伊斯蘭教式古蹟和王宮。

抵達齋普的第二天，我們便前往位於齋普北郊十一公里處的安珀城（Amber Fort）。車子駛出齋普後，老遠便能看到沿著山脊建得像萬里長城般的城牆，山下是一條相當寬闊的河流，是此地的天然護城河，城堡映在水裡的倒影很美，我利用下車的短暫休息時間畫了張速寫。

在我們印度之旅的行程裡，大家最期待的一件事便是在安珀城騎大象上山，而且我早就計畫好要騎在大象頭上，如此拍起照來才顯得夠神氣。

到達目的地後，我終於如願地騎上大象，而且走在最前面。可是騎象上坡時會一顛一顛的，令人覺得不太舒服，從象的背脊往下看，同伴們也都接二連三地跟著上來了。這個隊伍，也讓我想起了印度史上印度的象軍對抗伊斯蘭教徒入侵的故事。

一〇〇一年十一月伊斯蘭教領袖穆罕默德重創了印度的錚帕軍，錚帕王被俘之後，雖在

陳景容〈印度少年〉1977 年，彩瓷畫

不久後即獲釋，但錚帕王仍覺得這是個奇恥大辱，於是引火自焚；他的兒子安拉德帕聯合印度諸邦組織聯軍和穆罕默德交戰於白雪華附近，當印度聯軍獲得旁遮普哥卡部的援軍之後，便猛攻伊斯蘭軍，在短短的幾分鐘內，斬殺伊斯蘭軍四千多人，就在幾乎獲得全勝的那一剎那，安拉德帕父子所騎乘的大象，竟不聽駕馭，莫名其妙地離開陣地返身逃跑。印度軍看到這種情形，也跟著軍心大亂，棄甲而逃，在伊斯蘭軍的反攻追殺下，印度軍死傷高達八千多人，伊斯蘭軍終於獲得了最後的勝利。每當讀及這段印度史實，總是讓人為之嘆息！若不是那隻虛有其表的大象臨陣脫逃，印度歷史豈不改寫？但反過來說，印度也因為被伊斯蘭教徒統治過，所以才能留下很多聞名於世的伊斯蘭教式建築，在亞格拉、齋普、新德里，都有不少規模宏大的伊斯蘭教寺院或陵宮。想到歷史的輪轉，朝代的更替，竟然像是由著一頭大象在操縱，也只好以苦笑來回應了。

到了安珀城堡之後，我開始畫大象，心想到了印度非得畫好一張騎大象的作品不可，可是期待過深卻反而失常，雖用心作畫，但畫得卻不好。

當我作畫時，有一個印度少年拿他所畫的作品想賣給我，那張畫雖然是畫得不錯，可是題材卻有點邪門，因此便加以回絕了。

下山後，到城市宮殿（City Palace）參觀，裡面有不少印度細密畫的收藏品、名貴的地毯和英國人所畫的油畫。

齋普街上有一座很著名的建築物，外表扁扁的，有很多窗子並列，是以紅砂岩為建材，造型奇特。據說，當初國王造此宮殿的目的是為了要讓王妃們從窗口觀賞街上的祭祀遊行，又因為四面通風，所以又被稱之為「風之宮殿」（Wind Palace）。這個建築物看來真的是細細扁扁的，似乎除了樓頂之外，都是一排一排的座位和窗戶，像這樣特殊的建築物極為罕見，也可見這位國王對愛妃們的用心了。

下午前往國營寶石店，很多同伴都大肆採購，因為我怕身懷貴重寶石，無法專心作畫，只看了一下，便去畫遊覽車司機的素描，他戴著頭巾，據說是個錫克教徒。畫完後，看到一個患有痲瘋病、斷手的乞丐坐在寶石店門口，和裡面燦爛的寶石形成了鮮明的對比。上車後，又從車窗畫了一個齋普街景，才剛畫好，車子便開向新德里了。

布施

我們到印度旅遊時，常被一群群窮苦的印度小孩包圍，他們伸出瘦瘦髒髒的手，張口大喊：「布施！布施！」如果給了其中一個小孩錢，那可不得了，大家都纏著你不放，不但小孩子如此，大人也是，口口聲聲：「布施！布施！」叫個不停。

直到後來念了一本日文的旅遊書，才知道原來印度人對你說：「布施！」算是讓你有機會做好事，增加你的功德，即使我們「布施」一點小錢，還得感謝他們的好意！

有一次，我們都上了遊覽車，車窗外，還圍著十來個印度小孩，剛好我身上帶了一顆糖果，打算從窗口丟給一位看起來很可愛的小孩，可惜丟歪了，糖果掉在地上，想不到所有的小孩子都一擁而上，像搶橄欖球般撲向那顆糖果，瞬間，地面上人疊人地堆了一大堆的小孩子，不管搶得到也好，搶不到也好，似乎並不重要，好像不這麼撲下去，就丟了面子。更令人啼笑皆非的是，有一位沒跟著撲下去的小孩，傻傻地站在那裡，看地上都是他的同伴，遲疑了一下，也照樣像跳水般奮不顧身地撲在他的同伴身上。一旁的我，看到眼前的景象，感

陳景容〈河畔〉1991年，素描

觸很深，那麼一顆小糖果，卻湧上那麼多的小孩，最後的這位小朋友，再怎樣也沒機會撿到，但他還是照著其他人的方式，做出樣子，也撲在他們身上。這幅畫面，很好笑，可是卻讓人笑不出來。

在印度旅遊期間，什麼都好，就是「布施！布施！」這件事讓人感到不愉快，不管到什麼地方，都有人向你伸手，說：「布施！」有一次連在大飯店，那些穿著很時髦，看來很體面的高尚美女，也一樣跟你伸手說：「布施！布施！」令人覺得印度人真是貪得無厭！過了不久，我在旅館大廳又碰到那位印度貴婦，這次換我伸手跟她說：「布施！布施！」想不到她竟然瞪我看了半天，一毛不拔，我心想，難道我讓妳有機會積功德是「不對的事」嗎？

像這次門諾醫院的壁畫，讓我有機會義務製作〈耶穌誕生〉的壁畫，也可說是讓我有機會「布施」，讓我無形中增加了些「功德」。像這樣我就應該感謝他們給我一個奉獻的機會！

自從開始製作這嵌畫以來，其間所經歷的一些挫折，真是一言難盡。當我想起印度人對「布施」的觀念之後，原來「布施」倒含有很高深的哲理，回想東京藝大的好友，在九月底送我到羽田機場時，說了一句：「陳桑！你不要去計較這種小錢，畢竟作品是無價的。」又想起那些印度小孩為了搶一顆糖果撲倒在地上，搶不到的人還居多數！反正人生就是這樣，想到這裡心裡也就坦然許多。

寫在五月畫展之前

今年二月回國前夕，在巴黎曾經與五月畫會的老會員李元亨、謝里法、彭萬墀等見面，除了彭萬墀較忙，今年無法參加，其他如李芳枝，鄭瓊娟等也都有作品寄回來，除此之外，去年年底鑑於目前的成員不是老會員就是新畢業的同學，因此決定增加一些中堅畫家，目前總共有二十三位成員。

回國後，每當有朋友打電話來總是先說一句：「老師你知道嗎？」接下去就是一些有關畫壇的小道消息……畫廊較先前冷清了；我想這樣也好，收藏家會冷靜一點收藏自己喜愛的作品——而不是以投資為目的。畫家也可以靜下心來作畫，當然畫廊有機會挑選好畫，畫廊小姐也有時間談戀愛……像這樣我覺得經過一陣風暴之後一切趨於平靜反而不錯。

我在法國期間，作畫之餘曾經反覆念了夏目漱石的小說《草枕》有三次之多，覺得他的藝術觀含有濃厚的東方趣味，具有徘句、唐詩、禪的境界。像「採菊東籬下，悠然見南山」一句，淡泊名利，無所事事，平易而有詩趣的意境一再被他稱讚便是這個道理。回臺灣後，我的人生觀多少也受此影響，因此畫廊界有什麼風吹草動，對我來說並沒多大關係，照樣畫我的畫，偶爾到畫廊看看難得一見閒散的一面，在國外，畫廊本來就是如此：偶爾有人進來欣賞作品。

且說，有一陰雨天，來到東區的畫廊，閒談之間知道有畫廊某小姐在電梯間認識了一位男朋友，我聽了之後，覺得很有趣，也許受夏目漱石的影響吧！於是提筆就寫了：

放眼望去無一人選，唉！只好往外發展，
天涯無處不相逢，哦！電梯間也可以！
畫中佳人終是幻影，啊！櫃檯中自有佳人，
有情人終成眷屬，咦！這個金龜婿也不錯！

大家念了之後哈哈大笑，又知道她的妹妹失戀，到美國散散心，又得一對聯：

遠離傷心地，高飛新世界

天下第一愛哭人

近別新婚人，低垂舊眼淚

回途中心想，作畫時若能如此無所事事，毫無拘束，反而能流露出自然的感情，再說，像以往畫廊小姐天天坐電梯只為忙著送畫，怎麼有機會把手帕掉在地上，讓小生來撿，紅著臉說：「小姐，這是妳的手帕吧！」

話又說回來，我還是偶爾才到畫廊輕輕鬆鬆，寫寫打油詩，其實大部分的時間都在認真作畫，我想其他會員也都是如此。

其實這次由我負責寫這篇文章，應該藉機會吹噓吹噓五月畫展的歷史使命，又是如何的重要，可是近日對名利淡泊，隨遇而安，只能如此順手寫幾個字以便交差：「最後希望各位來看看我們的新作品：相當不錯，附加一點，這次我們有二十三位會員，都相當優秀。最後一點是，從五月一日到五月十四日在印象畫廊舉行五月畫展，歡迎來參觀，謝謝！」

一九六八年記

陳景容〈悠情〉2003 年，油畫

後記

回想大約六十年前，我到日本留學，當時對於日本東京的一切都感到十分驚訝！覺得日本的建設都非常現代化，高樓大廈林立很像西方國家那樣整齊，地下鐵也十分暢通。我跟朋友也都驚訝於，在第二次世界大戰結束後的十四年，竟然就恢復得如此迅速！我的一位日本朋友跟我說：「當時戰爭之後，從上野公園可以一望無盡看到東京車站被轟炸成一片廢墟。」而經過十四年的努力，現已煥然一新，地下鐵（捷運）四通八達，讓我十分驚喜！當年的臺北還只有三輪車跟公車，還沒有捷運與計程車，對於留學生的我來說，覺得日本的一切都十分新穎！

當時還是學生的我，在日本地鐵裡，發現許多乘客都在閱讀文庫本，當時最有名的是岩波文庫，大小剛好可以放進口袋，內容包羅萬象，包括國內外的文藝小說或是藝術或科學家知識類的書籍，各式各樣的主題，幾乎一人一本，在坐地鐵時，我看到乘客們都非常安靜地在閱讀，我也十分喜歡閱讀，也仿效了他們，買了幾本文庫本，在坐地鐵的時候閱讀。

記得那時我所住的小房間，窗邊長滿爬藤，當月光照進屋內時，爬藤的影子倒映在窗上，非常美麗！我喜歡在我小小的房間裡面，開一盞燈，一邊看書一邊思考，沉醉在閱讀喜悅的世界裡，享受閱讀的樂趣。這習慣影響我很深，之後到巴黎發展時，也喜歡睡前在咖啡廳裡享受閱讀，閱讀幾乎可以說是陪伴了我許多重要的時刻。

可是現代不同於以前的風氣，我發現大家越來越沒有閱讀的習慣了，走在路上，或是在捷運上時，大多數的人都在滑手機，因為手機很方便，所以改變了人們的習慣，我覺得這樣十分可惜，因為這樣減少了自己重新思考的空間，以及做筆記，溫故知新的機會。此外，當年我們談戀愛的時候，表達相思情感，文章也要寫得好，才可以讓對方感動，需要許多思考與體會。然而，現在人們幾乎沒有寫情書給情人的習慣，全靠打一通電話就好了，這樣一來自然減少了練習寫作的機會，讓我覺得非常可惜，不過我仍舊保留了這些習慣，每天閱讀、寫作與思考。

目前我們的生活逐漸進入手機萬能的時代，可以快速的尋求片斷的知識，就像一本百科全書那麼方便。但因此也就減少從閱讀尋找需要參考的資料的機會，自然而然減少了很多購買書籍的人口，從前重慶南路的書店一間一間地熄火也令人惋惜！

這本書是以民國九十二年出版的《靜寂與哀愁》的再版，收錄了我的許多散文與隨筆並加以重新編排，加上一些最近新的想法，集結成這本《寧靜的世界》。我把心裡感受藉文字表現出來，如此一來便累積了不少篇文章，經三民書局的好意，能夠在此表示萬分的感謝！

陳景容與東京藝大石膏像合影。

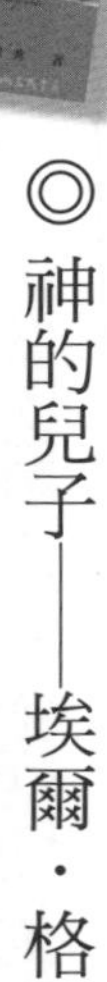

◎神的兒子——埃爾・格雷考

韓　秀／著

故事描寫來自希臘克里特島的藝術家埃爾・格雷考到義大利威尼斯學畫，後來前往西班牙發展，成為西班牙文藝復興代表藝術家的故事。全書穿插人物對話及畫作介紹，帶領讀者一窺這位充滿神秘色彩的藝術家的一生。

◎巴洛克藝術第一人——卡拉瓦喬

韓　秀／著

本書為作者走訪世界各大博物館、美術館、圖書館，從堆積如山的資料中考證史實，梳理歷史脈絡，加以文學之筆，以平實真摯的文字，寫就一部娓娓動人的藝術家傳記。卡拉瓦喬的生平事蹟，在作者生動的文字描述下，栩栩如生地躍然於紙上，彷彿穿越時空，來到卡拉瓦喬的藝術世界。

◎藝術概論

陳瓊花／著

本書的內容概括藝術的意義與創造、藝術品的特質、藝術的欣賞與批評、藝術與人生的關係等層面。作者透過理論與實例之介述，引導讀者認識並建立有關藝術的基本概念，適於高中、專科、大學的學生，以及對藝術有興趣的人士參閱。

◎藝術批評

姚一葦／著

本書針對有關藝術批評的基本問題，提示解決的觀念與方法。全書分三部分：第一部分引論界定「藝術」與「批評」的觀念；第二部分探究價值之來源，找出八種不同說法，並作出總結，以供讀者思辨及比較；第三部分自歷史上所出現的批評方法中，歸納為四大類，考其源流，證其得失，並舉例以明之。本書集批評、理論與技巧於一身，不僅足以訓練思考，開拓視野，且具高度實用性。

國家圖書館出版品預行編目資料

寧靜的世界／陳景容著.——增訂二版一刷.——臺北市：三民，2022
面； 公分.——（輯+）

ISBN 978-957-14-7215-7（平裝）

863.55 110008372

寧靜的世界

作　　者	陳景容
責任編輯	陳　欣
美術編輯	陳子蓁
發 行 人	劉振強
出 版 者	三民書局股份有限公司
地　　址	臺北市復興北路 386 號（復北門市） 臺北市重慶南路一段 61 號（重南門市）
電　　話	(02)25006600
網　　址	三民網路書店 https://www.sanmin.com.tw
出版日期	初版一刷 2003 年 4 月 增訂二版一刷 2022 年 1 月
書籍編號	S856150
I S B N	978-957-14-7215-7

三民書局